D0831526

Un dernier verre
avant la guerre

Dennis Lehane

Un dernier verre
avant la guerre

Traduit de l'anglais (États-Unis)
par Mona de Pracontal

Collection dirigée par
François Guérif

Rivages/noir

Titre original : *A Drink before the War*

© 1994, Dennis Lehane
© 1999, Éditions Payot & Rivages
pour la traduction française
© 2001, Éditions Payot & Rivages
pour l'édition de poche
106, boulevard Saint-Germain –75006 Paris

ISBN : 2-7436-0738-6
ISSN : 0764-7786

*Ce roman est dédié à mes parents,
Michael et Ann Lehane, et à
Lawrence Corcoran, S.J.*

Note de l'auteur

L'action de ce roman se déroule pour l'essentiel à Boston, mais certaines libertés ont été prises en ce qui concerne la peinture de la ville et de ses institutions. Ceci est tout à fait délibéré. Le monde présenté dans ce livre est fictif, de même que les personnages et les événements.

Toute ressemblance avec des faits réels ou avec des personnes existantes, ou ayant existé, est purement fortuite.

Remerciements

Pendant que j'écrivais ce roman,
les personnes suivantes m'ont apporté
des conseils, des critiques,
des encouragements et un enthousiasme
pour lesquels je leur serai toujours plus
reconnaissant qu'ils ne pourraient le savoir :

John Dempsey, Mal Ellenburg, Ruth Greenstein,
Tupi Konstan, Gerard Lehane, Chris Mullen,
Courtnay Pelech, Ann Riley, Ann Rittenberg,
Claire Wachtel et Sterling Watson.

Le feu fait partie de mes tout premiers souvenirs.

J'ai regardé Watts, Detroit et Atlanta brûler au journal du soir, j'ai vu des océans de mangroves et de palmiers partir en fumée de napalm en entendant Walter Cronkite parler de désarmement latéral et d'une guerre qui avait perdu sa raison d'être.

Mon père, qui était pompier, me réveillait souvent la nuit pour que je puisse regarder aux nouvelles les dernières images des incendies qu'il avait combattus. Je sentais son odeur de suie et de fumée, les odeurs épaisses de l'essence et du cambouis, et pour moi, assis sur ses genoux dans le vieux fauteuil, c'étaient des odeurs agréables. Il pointait du doigt quand sa silhouette traversait l'écran, ombre floue qui courait sur fond lumineux de rouges violents et de jaunes scintillants.

Je grandissais, et les incendies eux aussi, me semblait-il. Jusqu'à ce que récemment L.A. brûle, et l'enfant en moi se demanda ce qu'il adviendrait des retombées, si les cendres et la fumée allaient flotter vers le nord-est, se déposer ici, à Boston, et contaminer l'air.

L'été dernier, on aurait cru que oui. La haine arriva comme un ouragan, et nous l'appelâmes de plusieurs noms – racisme, pédophilie, justice, rectitude –, mais tous ces mots n'étaient que les rubans et le papier d'emballage d'un cadeau souillé que personne ne voulait ouvrir.

Des gens sont morts l'été dernier. Presque tous innocents. Certains plus coupables que d'autres.

Et des gens ont tué l'été dernier. Aucun d'eux n'était innocent. Je le sais ; j'étais l'un d'eux. Derrière le canon fuselé d'un revolver, j'ai plongé le regard dans des yeux dévorés par la peur et la haine, et j'y ai vu mon reflet. Pressé sur la détente pour le faire disparaître.

J'ai entendu l'écho de mes coups de feu, j'ai senti l'odeur de la cordite, et, dans la fumée, j'ai vu mon reflet qui était encore là, et j'ai su que je le verrais toujours.

1

Le bar du Ritz-Carlton donne sur Public Gardens et requiert le port d'une cravate. J'ai déjà regardé Public Gardens depuis d'autres points de vue, sans cravate, et je ne m'en suis jamais trouvé embarrassé, mais peut-être le Ritz sait-il quelque chose que j'ignore.

D'habitude, en matière de vêtements, je suis plutôt porté sur les jeans et les tee-shirts, mais c'était un boulot, donc c'était leur temps et pas le mien. Par ailleurs, j'avais pris un peu de retard sur ma lessive, et je crois que mes jeans auraient sauté dans le métro et couru m'attendre sur place sans me laisser la moindre chance de les enfiler. J'ai attrapé un Armani croisé bleu foncé dans ma penderie – j'en ai reçu plusieurs d'un client en guise de paiement –, trouvé les chaussures, la cravate et la chemise idoines et, en moins de temps qu'il n'en faut pour dire « classe », j'étais beau à croquer.

En traversant Arlington Street, je me suis jaugé d'un coup d'œil dans la vitrine en verre fumé du bar. La démarche élastique, une lueur pétillante dans le regard et pas un cheveu qui dépassait. Tout était bien dans le monde.

Un jeune portier aux joues si lisses qu'il avait dû carrément sauter la puberté a ouvert la lourde porte en cuivre et m'a dit :

13

– Bienvenue au Ritz-Carlton, monsieur.

Et il le pensait, en plus ; sa voix tremblait de fierté que j'aie choisi son petit hôtel si pittoresque. Il a tendu le bras dans un grand geste pour me montrer le chemin – au cas où je ne l'aurais pas trouvé tout seul –, et, avant que j'aie pu le remercier, la porte s'était refermée derrière moi : déjà, il hélait le meilleur taxi au monde pour quelque autre bienheureux.

Mes chaussures claquaient avec une précision militaire sur le sol de marbre, et les plis impeccables de mon pantalon se reflétaient dans les cendriers de cuivre. Je m'attends toujours à tomber sur George Reeves en Clark Kent dans le hall du Ritz, voire Bogey et Raymond Massey en train d'en griller une. Le Ritz est un de ces hôtels qui perdurent dans une opulence surannée : tapis d'Orient épais et luxueux ; bureaux en chêne lustré pour la réception et le concierge ; un vestibule comme un hall de gare, sillonné par des décideurs politiques nonchalants qui trimballent des destinées dans leurs mallettes de cuir souple, grouillant de duchesses bostoniennes en manteaux de fourrure, mines impatientes, manucure quotidienne, et d'une armée de domestiques en livrée bleu marine qui poussent de robustes chariots à bagages en cuivre, accompagnés du chuintement extrêmement doux des roues prenant appui sur la moquette moelleuse. Peu importe ce qui se passe au-dehors, quand on est dans ce hall et qu'on regarde les gens, on pourrait croire qu'il y a encore un blitz sur Londres.

J'ai esquivé le chasseur près du bar et ouvert moi-même la porte. S'il en fut amusé, il ne le montra pas. S'il était vivant, il ne le montra pas. Debout sur la moquette luxueuse, j'ai laissé la lourde porte se refermer doucement derrière moi, et je les ai repérés à une table du fond, face aux Gardens. Trois hommes qui avaient assez d'influence pour bloquer le jeu politique jusqu'à l'an 2000.

Le plus jeune, Jim Vurnan, s'est levé en souriant quand il m'a aperçu. Jim est mon représentant local, c'est son boulot. Il a traversé la moquette en trois longues foulées, m'offrant son sourire à la Kennedy juste derrière sa main tendue. J'ai pris la main.

– Salut, Jim.

– Patrick, a-t-il dit, comme s'il avait passé toute la journée sur une piste à attendre mon retour d'un camp de prisonniers de guerre. Patrick, a-t-il répété. Content que tu aies pu venir.

Il m'a touché l'épaule, me mesurant du regard comme s'il ne m'avait pas déjà vu la veille.

– Tu as l'air en forme.

– Tu me dragues ?

Jim a tiré de cette vanne un rire jovial, beaucoup plus jovial qu'elle ne le méritait. Il m'a emmené à la table.

– Patrick Kenzie, sénateur Sterling Mulkern, sénateur Brian Paulson.

Jim disait « sénateur » comme d'autres disent « Hugh Hefner [1] », avec une révérence dénuée de tout discernement.

Sterling Mulkern était un rougeaud bien en chair, le genre qui porte son poids comme une arme, pas comme un handicap. Il avait une masse de cheveux blancs et raides sur laquelle on aurait pu faire atterrir un DC-10, et une poignée de main qui s'arrêtait juste avant de provoquer la paralysie. Il était le leader de la majorité au Sénat du Massachusetts depuis au moins la guerre de Sécession, et il n'avait aucun projet de retraite.

– Pat, mon garçon, a-t-il dit, ça fait plaisir de vous revoir.

Il affectait aussi un accent irlandais qu'il avait trouvé moyen d'attraper en grandissant à South Boston.

---

1. Fondateur et patron de *Playboy*. *(N.d.T.)*

Brian Paulson était maigre comme un coucou, avec des cheveux lisses couleur d'étain et une poignée de main moite et charnue. Il a attendu que Mulkern se rasseye pour en faire autant, et je me suis demandé s'il avait aussi demandé la permission avant de me transpirer abondamment dans la paume. Il saluait d'un hochement de tête et d'un clin d'œil, comme il sied à quelqu'un qui n'est sorti de l'ombre que momentanément. On disait pourtant qu'il avait un cerveau affûté par des années de service à la bo-botte de Mulkern.

Ce dernier a levé légèrement les sourcils et regardé Paulson. Paulson a levé les siens et regardé Jim. Jim a levé les siens à mon intention. J'ai attendu une fraction de seconde, et j'ai levé les miens vers tout le monde.

– Je fais partie du club ? ai-je demandé.

Paulson a paru dérouté. Jim a souri. À peine. Et Mulkern a dit :

– Par quoi commencer ?

J'ai regardé vers le bar, derrière moi.

– Par un verre ?

Mulkern est parti d'un rire jovial, aussitôt repris par Jim et Paulson. Je savais maintenant d'où Jim tenait cela. Au moins, ils ne se tapaient pas tous les cuisses en chœur.

– Bien sûr, dit Mulkern. Bien sûr.

Il a levé la main, et une jeune femme incroyablement charmante, qu'une plaque dorée identifiait comme Rachel, est apparue près de mon coude.

– Sénateur ! que puis-je vous servir ?

– Vous pouvez servir un verre à ce jeune homme, fut la réponse à mi-chemin entre le rire et l'aboiement.

Le sourire de Rachel n'en devint que plus radieux. Elle a pivoté légèrement et baissé les yeux vers moi.

– Bien sûr. Qu'aimeriez-vous boire, monsieur ?

– Une bière. Vous avez de ça, ici ?

Elle a ri. Les politiques aussi. Je me suis pincé pour rester sérieux. Mon Dieu, quel endroit joyeux.

– Oui, monsieur, a-t-elle annoncé. Heineken, Beck's, Molson, Sam Adams, St. Pauli Girl, Corona, Löwenbräu, Dos Equis...

Je l'ai interrompue sans attendre le crépuscule :

– Une Molson, ce sera parfait.

– Patrick, a dit Jim, qui a croisé les mains et s'est penché vers moi. (Il était temps de passer aux affaires sérieuses.) Nous avons une petite...

– Aporie, a dit Mulkern. Une petite aporie sur les bras. Que nous aimerions voir résolue discrètement et oubliée.

Pendant quelques instants, personne n'a rien dit. Je crois que nous étions tous trop impressionnés de connaître quelqu'un qui employait « aporie » dans la conversation courante.

Je fus le premier à m'ébrouer de ma fascination.

– Quelle est cette aporie, au juste ?

Mulkern s'est enfoncé dans son fauteuil en m'observant. Rachel est apparue, a posé un verre givré devant moi et l'a rempli avec les deux tiers de la Molson. Je voyais les yeux noirs de Mulkern fermement rivés aux miens. Rachel m'a dit : « À la vôtre », et elle est repartie.

Le regard de Mulkern n'avait pas vacillé une seule fois. Il fallait sans doute une explosion pour le faire ciller.

– J'ai bien connu votre père, mon garçon, a-t-il dit. Un homme meilleur... c'est simple, je n'en ai jamais rencontré. Un véritable héros.

– Il parlait toujours de vous en termes chaleureux, sénateur.

Mulkern a hoché la tête ; ça allait sans dire.

– Dommage qu'il soit parti si jeune. Il avait l'air solide comme Jack LaLane, mais (il s'est tapoté la poitrine avec les doigts)... on ne sait jamais avec la vieille tocante.

Mon père avait perdu une bataille de six mois contre le cancer du poumon, mais, si Mulkern voulait penser que c'était un infarctus du myocarde, qui allait se plaindre ?

– Et maintenant, voici son garçon, a repris Mulkern. Presque adulte.

– Presque, ai-je dit. Je me suis même rasé, le mois dernier.

Jim a eu l'air d'avoir avalé une grenouille, et Paulson a plissé les yeux.

– D'accord, mon garçon, d'accord, a dit Mulkern avec un sourire radieux. Vous marquez un point.

Il a soupiré :

– Je vais vous dire, Pat, quand on arrive à mon âge, tout, sauf hier, paraît jeune.

J'ai opiné du chef avec sagesse, ne sachant pas du tout à quoi m'en tenir.

Mulkern a remué sa boisson, retiré la mouvette et l'a posée délicatement sur une serviette à cocktail.

– Si nous avons bien compris, pour ce qui est de retrouver des gens, il n'y a pas meilleur, a-t-il dit en tendant sa main largement ouverte dans ma direction.

J'ai acquiescé de la tête.

– Ah, fit-il. Pas de fausse modestie ?

– C'est mon boulot, ai-je répondu avec un haussement d'épaules. Autant être bon.

J'ai bu quelques gorgées de Molson, et le mordant doux-amer de la bière a envahi ma langue. Une fois de plus, j'ai regretté d'avoir arrêté de fumer.

– Bien, mon garçon, notre problème est le suivant : nous avons un projet de loi assez important qui arrive en discussion la semaine prochaine. Nous avons des arguments de poids, mais certains des moyens et des prestataires auxquels nous avons recouru pour glaner ces arguments pourraient être... mal interprétés.

– Par exemple ?

Mulkern a hoché la tête en souriant comme si je lui avais dit « Bravo l'ami ! »

– Mal interprétés, répéta-t-il.

J'ai décidé de jouer le jeu.

– Et il y a des documents – des traces écrites de ces moyens et de ces prestataires ?

– Il est rapide, a-t-il dit à Jim et à Paulson. Oui, m'sieur. Rapide.

Il m'a regardé :

– Des documents. Exactement, Pat.

Je me suis demandé s'il fallait que je lui dise que je détestais qu'on m'appelle Pat. Je devais peut-être me mettre à l'appeler Sterl, pour voir si ça le gênait. J'ai avalé une gorgée de bière.

– Sénateur, je trouve des gens, pas des objets.

– Si je puis me permettre, s'est permis Jim, les documents sont entre les mains d'une personne qui a récemment disparu. Une...

– ... ancienne employée de confiance à la Chambre, a coupé Mulkern.

Sa technique de « la main de fer dans un gant de velours » tenait du grand art. Rien, dans son comportement, sa façon de parler ou son aspect ne suggérait le reproche, pourtant Jim a pris l'air d'un môme attrapé à tirer la queue du chat. Il a bu une grande lampée de scotch, en faisant tinter les glaçons contre le bord du verre. À mon avis, il n'était pas près de « se permettre » à nouveau.

Mulkern a regardé Paulson, et Paulson a plongé la main dans son attaché-case. Il en a sorti une petite liasse de papiers qu'il m'a tendue.

La feuille du dessus était une photographie qui avait pas mal de grain. Un agrandissement d'une fiche d'identité du personnel de la Chambre. C'était celle d'une femme noire, d'âge mûr, les yeux fatigués, une expression de lassitude sur le visage. Sa bouche était légèrement entrouverte et de travers, comme si elle était sur le point d'exprimer son impatience au photographe. J'ai tourné la page et vu la photocopie de son permis de conduire, centré au milieu d'une feuille blanche. Elle s'appelait Jenna Angeline. Elle avait quarante et un ans mais en paraissait cinquante. Elle avait un permis de conduire du Massachusetts classe trois, sans restriction. Elle avait les yeux bruns, taille : 1,67 m. Son adresse était 412, Kenneth Street, à Dorchester ; son numéro de sécurité sociale, 042-51-6543.

J'ai regardé les trois politiciens et senti mes yeux attirés vers le milieu, vers le regard noir de Mulkern.

– Et ? ai-je dit.

– Jenna était la femme de ménage qui faisait mon bureau. Celui de Brian aussi. (Il a haussé les épaules.) Pour des foncés, je n'avais pas à me plaindre.

Mulkern était le genre de type qui disait « foncés » quand il n'était pas assez sûr de ses interlocuteurs pour dire « nègres ».

– Jusqu'à ce que..., ai-je repris.

– Jusqu'à ce qu'elle disparaisse, il y a neuf jours.

– Des vacances impromptues ?

Mulkern m'a regardé comme si je venais d'avancer que les matches de basket-ball interuniversités n'étaient pas truqués.

– Lorsqu'elle a pris ces « vacances », Pat, elle a aussi emporté ces documents avec elle.

– Un peu de lecture facile pour la plage ? ai-je suggéré.

Paulson a tapé sur la table devant moi. Fort. À la Paulson.

– Ce n'est pas une plaisanterie, Kenzie. Compris ?

J'ai regardé sa main avec des yeux ensommeillés.

– Brian, a dit Mulkern.

Paulson a retiré sa main pour vérifier les marques de fouet sur son dos.

Je l'ai fixé, les yeux toujours ensommeillés (des yeux morts, comme les appelle Angie), et je me suis adressé à Mulkern.

– Comment savez-vous qu'elle a pris les... documents ?

Paulson a détaché son regard du mien et considéré son Martini. Il était encore intact, il n'en a pas bu une gorgée. Il attendait sans doute la permission.

– Nous avons vérifié, a répondu Mulkern. Croyez-moi. Il n'y a personne d'autre qui soit un suspect logique.

– Pourquoi l'est-elle ?

– Quoi ?

– Un suspect logique ?

Mulkern a souri. D'un petit sourire.

– Parce qu'elle a disparu le même jour que les documents. Qui sait avec ces gens-là ?

– Hm, hm, ai-je fait.

– Vous allez nous la retrouver, Pat ?

J'ai regardé par la fenêtre. Gai-Luron le Portier fourguait quelqu'un dans un taxi. Dans les Gardens, un couple d'âge mûr, avec des tee-shirts *Cheers* assortis, prenait photo sur la statue de George Washington. Sûr qu'ils allaient être épatés, là-bas, dans l'Idaho. Sur le trottoir, un clochard s'appuyait d'une main à une bouteille ; l'autre, il la tendait avec la fermeté d'un roc, dans l'attente de quelques pièces. De jolies femmes passaient, par grappes.

– Je coûte cher, ai-je dit.

– Je sais, a répondu Mulkern. Alors pourquoi habitez-vous toujours le vieux quartier ?

Il a dit cela comme s'il voulait me faire croire que son cœur était toujours là-bas, à lui aussi, comme si cela signifiait autre chose de plus pour lui, maintenant, qu'un itinéraire de délestage quand l'autoroute était bouchée.

Je me suis efforcé de réfléchir à une réponse. Un truc qui parlerait de racines, de savoir où était sa place. Pour finir, j'ai dit la vérité :

– J'ai un appartement à loyer modéré.

Ça a paru lui plaire.

2

Le vieux quartier est le secteur d'Edward Everett Square, à Dorchester. C'est à un peu moins de huit kilomètres du centre de Boston proprement dit, ce qui signifie que, les bons jours, il suffit d'une demi-heure pour y aller en voiture.

J'ai pour bureau le clocher de l'église Saint-Barthélemy. Je n'ai jamais découvert ce qui était arrivé à la cloche, et les bonnes sœurs qui enseignent à l'école paroissiale d'à côté refusent de me le dire. Les plus âgées ne me répondent pas, carrément, et les plus jeunes semblent trouver ma curiosité amusante. Sœur Helen m'a dit un jour qu'elle avait été « emportée par miracle ». Je cite. Sœur Joyce, qui a grandi avec moi, dit toujours qu'elle a été « égarée », en me gratifiant du genre de sourire méchant dont les bonnes sœurs ne sont pas censées être capables. Je suis détective, mais les bonnes sœurs pourraient envoyer Sam Spade à l'asile avec leurs réponses évasives.

Le lendemain du jour où j'ai obtenu ma licence d'enquêteur, le père Drummond, le pasteur de l'église, m'a demandé si cela me gênerait de veiller un peu à la sécurité des lieux. Des infidèles s'étaient remis à y entrer par effraction pour voler des calices et des chandeliers et, comme disait le pasteur

Drummond, « faut que ça cesse, ces conneries ». Il m'offrait trois repas par jour au presbytère, ma toute première affaire, et les remerciements de Dieu si je m'installais dans le beffroi pour attendre le prochain cambriolage. Je lui ai dit que je n'étais pas si bon marché que ça. J'ai exigé d'avoir l'usage du beffroi jusqu'à ce que je me sois trouvé mon propre local. Pour un ecclésiastique, il a cédé assez facilement. Lorsque j'ai vu l'état de la pièce – inutilisée depuis neuf ans –, j'ai compris pourquoi.

Angie et moi sommes parvenus à caser deux bureaux, là-dedans. Et deux chaises, aussi. Lorsque nous nous sommes rendu compte qu'il n'y avait pas de place pour un fichier de rangement, j'ai rapporté tous les vieux dossiers chez moi. Nous avons fait la dépense royale d'un ordinateur, mis tout ce que nous avons pu sur disquettes, et stocké quelques dossiers courants dans nos bureaux. Ça impressionne les clients presque assez pour leur faire oublier la pièce. Presque.

Angie était assise à son bureau quand j'ai atteint la dernière marche. Elle était occupée à passer au crible le courrier du cœur d'Ann Landers, aussi suis-je entré sans faire de bruit. Elle ne m'a pas remarqué tout de suite – Ann avait dû tomber sur un vrai cas –, et j'ai profité de l'occasion pour l'observer dans un de ses rares moments de sérénité.

Elle avait les pieds sur le bureau, chaussés de bottes à la Peter Pan en daim noir avec le revers de son jean gris anthracite rentré dedans. J'ai suivi ses longues jambes du regard, jusqu'à un ample tee-shirt en coton blanc. Le reste de sa personne était caché derrière le journal, à l'exception d'une vue partielle sur sa chevelure épaisse et abondante, couleur de bitume balayé par la pluie, qui tombait sur ses bras mats. Derrière ce journal, il y avait un cou mince qui tremblait quand elle faisait semblant de ne pas rire à une de mes plaisanteries, une mâchoire intransigeante avec un grain de beauté brun quasi microscopique sur le côté gauche, un nez aristocratique, qui n'allait pas du tout avec sa personnalité, et des yeux couleur de caramel qui fond. Des yeux dans lesquels on plongerait sans un regard en arrière.

Je n'ai pas eu l'occasion de les voir, pourtant. Elle a posé le journal et m'a regardé à travers une paire de Wayfarers noires. À mon avis, il y avait peu de chances qu'elle les retire de sitôt.

– Hé, Skid, a-t-elle dit en attrapant une cigarette du paquet qui était sur son bureau.

Angie est la seule personne qui m'appelle Skid. Sans doute parce qu'elle est la seule personne à s'être trouvée avec moi dans la voiture de mon père le soir où je l'ai pliée contre un réverbère à Lower Mills, il y a treize ans [1].

– Hé, beauté, ai-je dit avant d'investir ma chaise.

Je ne pense pas être le seul à l'appeler « beauté », mais c'est la force de l'habitude. Ou un constat de fait – à vous de choisir. J'ai fait un geste de la tête vers ses lunettes.

– Tu t'es bien amusée hier soir ?

Elle a haussé les épaules et regardé par la fenêtre.

– Phil avait bu.

Phil est le mari d'Angie. Phil est un connard.

C'est ce que je lui ai dit.

– Ouais, bon... (Elle a soulevé un coin du rideau et l'a fait sauter dans sa main.) Qu'est-ce que tu veux y faire, hein ?

– Ce que j'ai déjà fait, ai-je répondu. Et je n'en serais que trop heureux.

Elle a penché la tête de façon à faire glisser les lunettes jusqu'à la petite bosse sur l'arête de son nez, découvrant une marque foncée qui allait du coin de son œil gauche jusqu'à sa tempe.

1. *To skid* signifie « déraper ». (*N.d.T.*)

– Et quand t'en auras fini, il reviendra de nouveau à la maison et ce qu'il me fera... ça, à côté, c'est une caresse.

Elle a remonté les lunettes sur ses yeux.

– Dis-moi que je me trompe.

Sa voix était gaie, mais dure comme le soleil d'hiver. Je déteste cette voix.

– Comme tu veux, ai-je dit.

– C'est ça.

Angie, Phil et moi avons grandi ensemble. Angie et moi, meilleurs amis. Angie et Phil, meilleurs amants. Ça se passe comme ça, parfois. Pas souvent, d'après mon expérience, Dieu merci, mais parfois. Un jour, il y a quelques années, Angie est arrivée au bureau avec les lunettes de soleil et deux billes de huit à la place des yeux. Elle avait aussi une jolie collection de bleus sur les bras et le cou, et une bosse de trois centimètres à l'arrière de la tête. Mon visage dut trahir mes intentions, car les premiers mots qui sortirent de sa bouche furent :

– Patrick, sois raisonnable.

Pas comme si c'était la première fois ; ça ne l'était pas. Mais c'était la pire des fois, alors, quand j'ai trouvé Phil au Jimmy's Pub, à Uphams Corner, nous avons bu quelques verres raisonnables, fait une ou deux parties de billard raisonnables, et, peu après que j'eus abordé le sujet et qu'il m'eut répondu : « Si tu te mêlais de tes putains de fesses, Patrick », j'ai manqué le tuer en le tabassant avec une queue de billard, raisonnable elle aussi.

Là, pendant quelques jours, je me suis senti très content de moi. Il se peut, bien que je ne m'en souvienne pas, que je me sois laissé aller à quelques fantasmes d'Angie et moi-même en pleine félicité conjugale. Ensuite, Phil est sorti de l'hôpital, et

Angie n'est pas venue travailler pendant une semaine. Quand elle est revenue, elle se déplaçait avec beaucoup de précision et poussait un halètement chaque fois qu'elle s'asseyait ou se levait. Il n'avait pas touché au visage, mais le corps n'était qu'un bleu.

Elle ne m'a pas parlé pendant deux semaines. C'est long, deux semaines.

Je l'ai observée, maintenant, elle regardait fixement par la fenêtre. Une fois de plus, je me suis demandé pourquoi une femme comme ça – une femme qui ne laissait absolument personne lui marcher sur les pieds, une femme qui avait expédié deux balles sur un dur à cuire du nom de Bobby Royce quand il avait résisté à nos aimables efforts pour le remettre à son prêteur de caution – permettait à son mari de la traiter comme un punching-ball. Bobby Royce ne s'était jamais relevé, et je me demandais souvent quand viendrait le tour de Phil. Mais, jusqu'à présent, il n'était pas venu.

Et j'entendais la réponse à ma question dans la voix douce et fatiguée qu'elle prenait pour parler de lui. Elle l'aimait. Aussi simple que ça. Il doit y avoir un côté de sa personnalité que moi, c'est clair, je ne vois plus, mais qui se montre à elle dans leurs moments d'intimité, une forme de bonté qu'il possède et qui brille à ses yeux comme le Saint-Graal. Il faut bien que ce soit ça, parce que rien d'autre, dans leur relation, n'est compréhensible ni pour moi ni pour toutes les autres personnes qui la connaissent.

Elle a ouvert la fenêtre, et jeté sa cigarette. Citadine jusqu'au trognon. J'ai attendu qu'un élève des cours d'été hurle ou qu'une bonne sœur rapplique en trombe, la fureur de Dieu dans le regard et un mégot incandescent à la main. Ni l'un ni l'autre ne s'est produit.

Angie s'est détournée de la fenêtre ouverte, et la brise fraîche d'été a chiffonné la pièce en y apportant l'odeur des gaz d'échappement, de la liberté et des pétales de lilas qui jonchaient la cour de l'école.

– Alors, a-t-elle dit en se calant contre son dossier, les affaires reprennent ?

– Les affaires reprennent.

– Youpi ! Joli costard, à propos.

– Ça te donne envie de me culbuter illico, hein ?

– Oh non, a-t-elle répondu en secouant lentement la tête.

– Tu sais pas où j'ai été, c'est ça.

Elle a secoué de nouveau la tête :

– Je sais parfaitement où tu as été, Skid, c'est bien ça le problème.

– Salope, j'ai dit.

– Traînée. (Elle m'a tiré la langue.) C'est quoi, l'affaire ?

J'ai sorti la doc sur Jenna de ma poche intérieure et l'ai jetée sur son bureau.

– C'est un simple retrouver-appeler.

Elle a examiné les feuillets avec componction.

– Pourquoi irait-on s'inquiéter de la disparition d'une femme de ménage entre deux âges ?

– Apparemment, il y a des documents qui ont disparu avec elle. Des documents de la Chambre.

– Relatifs à ?

J'ai haussé les épaules :

– Tu connais ces politiciens. Tout est aussi secret que la bombe de Los Alamos, jusqu'au moment où ça pète.

– Comment savent-ils qu'elle les a pris ?

– Regarde la photo.

– Ah, a-t-elle dit en hochant la tête. Elle est noire.

– Une preuve suffisante pour la plupart des gens.

– Même pour le libéral de service au Sénat ?

– Le libéral de service au Sénat n'est rien qu'un raciste de Southie [1] de plus, quand il n'est pas de service à la Chambre.

Je lui ai raconté la réunion, Mulkern et son tou-tou Paulson, le style « épouse soumise » des employés du Ritz.

– Et le représentant James Vurnan, comment était-il en compagnie de ces grands pontes d'État ?

– T'as jamais vu ce dessin animé avec le grand chien et le petit chien ? Le petit chien n'arrête pas de haleter et de sauter sur place en demandant au grand chien : « Où qu'on va, Butch ? Où qu'on va, Butch ? »

– Oui.

– Comme ça.

Elle a mordillé un crayon puis s'est mise à le tapoter contre ses dents de devant.

– Bon, tu m'as donné la version « petite souris qui observe ». Qu'est-ce qui s'est vraiment passé ?

– C'est à peu près tout.

– Tu leur fais confiance ?

– Tu rigoles.

– Alors, il y a anguille sous roche, inspecteur ?

J'ai haussé les épaules :

– Ce sont des élus. Le jour où ils diront toute la vérité, les putes feront des passes à l'œil.

Elle a souri.

– Comme toujours, tes métaphores sont superbes. Le pur produit d'une bonne éducation, voilà ce que tu es.

Son sourire s'est élargi tandis qu'elle m'examinait, tapotant son crayon contre sa dent de devant, à gauche, celle qui est légèrement ébréchée.

---

1. Southie : quartier populaire de Boston, à majorité irlandaise. (*N.d.T.*)

– Alors, c'est quoi le reste de l'histoire ?

J'ai desserré ma cravate suffisamment pour la passer au-dessus de ma tête.

– Là, tu me poses une colle.

– Tu parles d'un détective, a-t-elle fait.

3

Jenna Angeline, comme moi, était née et avait grandi à Dorchester. Le visiteur occasionnel pourrait croire que cela offrirait un bon dénominateur commun entre Jenna et moi-même, un lien – aussi minime soit-il – forgé par le lieu : une ligne de départ identique pour deux couloirs différents. Mais le visiteur occasionnel se tromperait. Le Dorchester de Jenna et mon Dorchester ont à peu près autant en commun qu'Atlanta en Géorgie et la Géorgie russe.

Le Dorchester dans lequel j'ai grandi était ouvrier traditionnel, avec des quartiers délimités le plus souvent par les églises catholiques qu'ils entouraient. Les hommes étaient contremaîtres, chefs d'équipe, agents de probation, réparateurs de téléphone ou, comme mon père, pompiers. Les femmes étaient des femmes au foyer qui avaient parfois un travail à temps partiel, et parfois même des diplômes d'institutrices obtenus dans des universités d'État. Nous étions tous irlandais ou polonais, ou assez proches pour que ça passe. Nous étions tous blancs. Et quand la déségrégation fédérale des écoles publiques a commencé, en 1974, la plupart des hommes se sont mis à faire des heures supplémentaires, la plupart des femmes sont passées à plein temps et la plupart des mômes sont allés dans des écoles secondaires catholiques et privées.

Ce Dorchester-là a changé, bien sûr. Le divorce, pratiquement inconnu dans la génération de mes parents, est chose banale dans la mienne, et je connais beaucoup moins de mes voisins qu'autrefois. Mais nous avons toujours accès aux boulots syndiqués, nous connaissons en général un représentant qui peut nous faire entrer dans l'administration. Dans une certaine mesure, nous avons du piston.

Le Dorchester de Jenna est pauvre. Les quartiers sont le plus souvent délimités par les jardins publics et les centres sociaux qu'ils entourent. Les hommes sont dockers et aides-soignants à l'hôpital, dans certains cas employés de la poste, parfois pompiers. Les femmes, ce sont les aides-soignantes, les caissières, les femmes de ménage et les vendeuses des grands magasins. Il y a aussi des infirmières, des flics et des employés de l'administration, mais il y a de grandes chances, s'ils ont atteint de tels sommets, qu'ils n'habitent plus à Dorchester. Ils ont déménagé à Dedham, à Framingham ou à Brockton.

Mon Dorchester, on y reste à cause de la communauté et de la tradition, parce qu'on s'y est bâti une existence confortable, quoiqu'un peu pauvre, dans laquelle rien ne change. Un hameau.

Le Dorchester de Jenna, on y reste parce qu'on n'a pas le choix.

Nulle part il n'est plus difficile d'essayer d'expliquer les différences entre ces deux Dorchester – Dorchester Blanc et Dorchester Noir – qu'à Dorchester Blanc. C'est particulièrement vrai dans mon quartier parce que c'est un des quartiers limitrophes. À partir du moment où vous traversez Edward Everett Square en allant vers le sud, l'est ou l'ouest, vous êtes dans Dorchester Noir. De sorte que les gens, par ici, ont beaucoup de mal à accepter les différences autrement qu'en termes de noir et blanc. Un type avec qui j'ai grandi a exprimé ça un jour de façon on ne peut plus claire : « Hé, Patrick, ça suffit ces conneries, a-t-il dit. J'ai grandi à Dorchester. J'ai grandi pauvre. Personne m'a jamais rien donné. Mon vieux est parti quand j'étais môme, exactement comme plein de nègres du 'Bury. Personne m'a supplié d'apprendre à lire ou de trouver un boulot ou de devenir quelque chose. Personne m'a fait profiter d'embauche antidiscriminatoire pour m'aider non plus, ça, putain, c'est sûr. N'empêche que j'ai pas pris d'Uzi, je suis pas entré dans une bande et je me suis pas mis à descendre les gens dans la rue. Alors, épargne-moi ces conneries. Ils n'ont aucune excuse. »

Les gens de Dorchester Blanc appellent toujours Dorchester Noir le « 'Bury ». C'est l'abréviation de Roxbury, la partie de Boston qui commence là où Dorchester Noir finit, et où on charge des cadavres de mômes noirs dans des fourgons à viande à raison de huit en moyenne par week-end, quelquefois. Dorchester Noir livre lui aussi ses jeunes avec une certaine régularité, et ceux de Dorchester Blanc refusent de l'appeler autrement que le 'Bury. C'est juste que quelqu'un a oublié de changer le nom sur les cartes.

Ce que dit mon ami contient une part de vérité, aussi étroite soit-elle, et la vérité me fait peur. Quand je circule en voiture dans mon quartier, je vois de la pauvreté, mais je ne vois pas de misère.

En roulant dans le quartier de Jenna, j'ai vu beaucoup de misère. J'ai vu un quartier comme une énorme et hideuse balafre, avec plusieurs devantures masquées par des planches. J'en ai vu une qui n'avait pas encore été condamnée, mais qui était tout aussi fermée. La vitrine avait sauté et des marques de balles criblaient les murs d'une acné meurtrière aux motifs accidentés. L'intérieur était brûlé et complètement mis à nu, et l'enseigne en fibre de verre qui disait autrefois PLATS CUISINÉS en vietnamien avait volé en éclats. Le commerce des plats à emporter n'était plus ce qu'il avait été, dans ce quartier, mais le commerce du crack semblait se porter fort bien.

J'ai quitté Blue Hill Avenue et j'ai pris une côte défoncée qui avait l'air de ne pas avoir été goudronnée depuis le gouvernement Kennedy. Le soleil se couchait, rouge sang, derrière un jardin envahi de mauvaises herbes pourrissantes, en haut de la colline. Un groupe de mômes noirs peu loquaces a traversé la rue devant moi sans se presser, en fixant l'intérieur de ma voiture. Ils étaient quatre, et l'un d'eux avait un manche à balai à la main. Il a tourné la tête pour me regarder et fait claquer le bâton d'un geste brusque contre la chaussée. Un de ses potes, qui faisait rebondir une balle de tennis devant lui, a ri et pointé du doigt vers mon pare-brise en signe d'avertissement. Ils ont ignoré le trottoir et coupé par une allée marron pourri entre deux petits immeubles bas. J'ai continué de gravir la colline, et quelque chose de primordial m'a rassuré : mon pistolet pendait lourdement dans son étui, à mon épaule gauche.

Mon pistolet, comme dirait Angie, « c'est pas de la branlette ». C'est un magnum .44 automatique – un « automag » comme ils disent avec délectation dans *Soldier of Fortune* et autres publications du même jus –, et je ne l'ai pas acheté à cause d'un complexe phallique ou du syndrome de Clint Eastwood, ni parce que je voulais avoir le flingue le plus maous de tout le pâté de maisons. Je l'ai acheté pour une simple et unique raison : je tire comme un pied. J'ai besoin de savoir que si jamais je dois m'en servir, je toucherai ma cible et je la toucherai assez fort pour l'envoyer au tapis et qu'elle y reste. Tirez une balle de .32 dans le bras de certaines personnes, et elles se mettront juste en colère. Tirez-leur dessus au même endroit avec l'automag et elles demandent un prêtre.

Je m'en suis servi deux fois. Une fois quand un sociopathe, zéro de Q.I. et à peine légèrement plus grand que l'État de Rhode Island, a voulu que je lui prouve que j'étais un dur. Il avait sauté de sa voiture, il était à deux mètres de moi et il approchait vite, quand j'ai tiré une cartouche qui a traversé tout droit le bloc-moteur. Il a regardé sa Cordoba comme si je venais d'abattre son chien et il a failli pleurer. Mais la vapeur qui s'échappait du métal déchiré l'a convaincu qu'il existait, dans le vaste monde, des choses plus dures que nous deux.

L'autre fois, c'était Bobby Rice. Il avait les mains sur le cou d'Angie à ce moment-là, et je lui ai emporté un bon bout de jambe. Je vais vous dire un truc sur Bobby Rice : il s'est relevé. Il a braqué son revolver dans ma direction et il le tenait toujours pointé comme ça, même après que les deux balles d'Angie l'eurent soulevé, perforé, plaqué contre une bouche d'incendie, et que la lumière eut quitté ses yeux. Bobby Rice, pris de rigidité cadavérique, le revolver braqué sur moi, avec des yeux morts et éteints qui n'étaient pas très différents de quand il respirait.

Je portais une veste destructurée en lin gris perle quand je suis descendu de voiture devant la dernière adresse connue de Jenna. Ma veste était excessivement ample et dissimulait complètement le pistolet. Le groupe d'adolescents assis sur des voitures devant la maison de Jenna n'y a vu que du feu. Alors que je traversais la rue dans leur direction, l'un d'eux m'a dit :

– Hé, Du Keuf, il sont où tes renforts ?

La fille à côté de lui a ricané.

– Sous sa veste, Jerome.

Ils étaient neuf. La moitié d'entre eux étaient assis sur le coffre d'une Chevy Malibu bleu délavé avec un sabot de Denver jaune vif attaché au pneu avant parce que le propriétaire n'avait pas payé ses contraventions. Les autres étaient assis sur le capot de la voiture garée derrière la Malibu, une Granada vert dégueulis. Deux mômes ont glissé au bas des voitures et remonté rapidement la rue, tête baissée, en se frottant le front.

Je me suis arrêté à la hauteur des véhicules.

– Jenna est là ?

Jerome a ri. Il était mince et musclé, mais il se tenait mollement dans son débardeur violet, son short blanc et ses Air Jordan noires.

– Jenna est là ? a-t-il dit d'une voix de fausset. Genre lui et Jenna, c'est des vieux copains.

Tous les autres ont ri.

– Non, mon pote, Jenna est sortie pour la journée.

Il m'a regardé, il s'est frotté le menton et il a ajouté :

– Mais je suis comme qui dirait sa permanence. Pourquoi tu me laisses pas ton message ?

Les autres mômes ont pouffé à « permanence ».

Moi aussi, je trouvais ça drôle, mais j'étais censé la jouer « je maîtrise la situation ».

– Genre je dis à mon agent d'appeler son agent ?

Jerome m'a regardé, impassible.

– Ouais, genre ça, mon pote. Tu fais comme tu le sens.

D'autres rires. Beaucoup plus.

C'est tout moi, ça, tout Patrick Kenzie ; je sais y faire avec les jeunes. Je suis passé entre les deux voitures, ce qui est difficile quand personne ne s'écarte, mais j'y suis arrivé.

– Merci pour ton aide, Jerome.

– Pas de quoi, mon pote. C'est juste une facette de ma merveilleuse personnalité.

J'ai commencé de grimper le perron du petit immeuble de Jenna.

– Je glisserai un mot en ta faveur quand je verrai Jenna.

– Banco, blanco, a dit Jerome au moment où j'ouvrais la porte du hall d'entrée.

Jenna habitait au deuxième étage. J'ai gravi péniblement les marches dans les odeurs familières de tous ces petits immeubles à deux étages des quartiers défavorisés – bois écaillé et desséché par le soleil, vieille peinture, litière pour chats, bois et linoléum imbibés de décennies de neige fondue et de boue sur les bottes mouillées, de bières et de sodas renversés, des cendres d'un millier de cigarettes jetées. Je faisais attention à ne pas toucher la rampe ; à la voir, on avait l'impression qu'elle pourrait facilement s'effriter.

J'ai débouché sur le palier du haut et j'ai gagné la porte de Jenna, ou ce qu'il en restait. Quelque chose avait fait imploser le bois près de la poignée, laquelle gisait par terre dans un tas d'éclats de bois. Un rapide coup d'œil au couloir, devant moi, a révélé une fine bande de linoléum vert foncé où gisaient des pieds de chaise cassés, un tiroir en morceaux, quelques vêtements lacérés, du rembourrage d'oreiller, les pièces d'un petit transistor.

J'ai sorti mon pistolet et je suis entré petit à petit, en surveillant chaque porte du regard et du revolver, en tandem. La maison avait ce calme particulier qui ne vient que quand il ne reste rien de vivant à l'intérieur, mais je m'étais déjà laissé tromper par cette tranquillité particulière, et j'avais une mâchoire refaite pour en témoigner.

Il m'a fallu dix minutes de fouille laborieuse et opiniâtre pour estimer que l'endroit était vraiment vide. Au bout de quoi j'étais couvert de sueur, j'avais le dos douloureux et les muscles des mains et des bras à peu près aussi souples que du Placoplâtre.

J'ai laissé le pistolet pendre dans ma main et j'ai refait le tour de l'appartement de façon plus décontractée, revérifié chaque pièce, regardé les choses plus en détail. Rien n'a jailli de la chambre à coucher en dansant devant moi, surmonté d'un néon marqué INDICE !!! Dans la salle de bains non plus. Cuisine et salon se montrèrent aussi peu coopératifs. Tout ce que je savais, c'est que quelqu'un avait cherché quelque chose et que la délicatesse n'avait pas été son souci prioritaire. Rien de cassable n'était resté non cassé, rien d'éventrable non éventré.

Je suis entré dans le couloir et j'ai entendu un bruit sur ma droite. J'ai fait volte-face, et de derrière le gros canon, j'ai toisé Jerome. Il s'est accroupi, les mains devant le visage.

– Ho ! Ho ! Ho, ho, ho, ho ! Tire pas, bordel !

– Bon sang, ai-je dit avec une vague de soulagement mêlé d'épuisement qui déferlait sur mon adrénaline en lame de rasoir.

– De Dieu !

Jerome s'est redressé, a passé, allez savoir pourquoi, la main sur son débardeur, a lissé les revers de son short.

– Qu'est-ce que tu branles à te trimballer avec ce truc ? Ça fait un bail que j'ai pas vu d'éléphants dans le coin.

J'ai haussé les épaules :

– Qu'est-ce que tu fais ici ?

– Hé, tête d'enfariné, *j'habite* le quartier, moi. Je crois que c'est toi qui as besoin d'une excuse, tu vois. Et remballe ce putain de truc.

J'ai remis le revolver dans mon holster.

– Qu'est-ce qui s'est passé ici, Jerome ?

– Là, tu me colles, a répondu Jerome, qui est entré et a regardé le foutoir comme s'il l'avait déjà vu cent fois. Jenna, ça fait plus d'une semaine qu'elle est pas venue. Ça date du week-end, ça. (Il a deviné ma question suivante.) Eh non, mon pote, personne a rien vu.

– Ça ne m'étonne pas.

– Ah, parce que dans ton quartier, les gens passent leur temps à courir donner des infos aux flics, peut-être.

– Pas dans leurs bons jours, ai-je répondu en souriant.

– Hm, hm. (Jerome a de nouveau regardé le foutoir.) Ça doit être lié à Roland. C'est obligé.

– Qui est Roland ?

Ça, ça l'a fait glousser, et il m'a regardé.

– Ouais, c'est ça.

– Non, je suis sérieux. Qui est Roland ?

Il a tourné les talons et il est sorti.

– Rentre chez toi, l'enfariné.

Je l'ai suivi dans l'escalier.

– Jerome, qui est Roland ?

Il a secoué la tête sur tout le trajet jusqu'au rez-de-chaussée. Quand il a atteint le perron, où ses amis s'étaient regroupés sur les marches, il a balancé le pouce en arrière vers moi, qui franchissais le seuil.

– Il demande qui est Roland.

Ses amis ont ri. Je devais être le Blanc le plus drôle qu'ils aient vu depuis longtemps.

Ils se sont presque tous levés quand j'ai débouché sur le perron. La fille a dit :

– Tu veux savoir qui est Roland ?

J'ai descendu la moitié des marches.

– Je veux savoir qui est Roland.

Un des gars les plus balèzes m'a enfoncé l'index dans l'épaule.

– Roland, mon pote, c'est ton pire cauchemar.

– Pire que ta femme, a dit la fille.

Ils ont tous ri, et j'ai descendu les marches et coupé entre la Malibu bleue et la Granada verte.

– T'approche pas de Roland, dit Jerome. Ce qui flingue un éléphant, Roland, ça le chiffonne même pas. Parce qu'il est pas humain.

Je me suis arrêté et je me suis retourné, une main sur la Malibu.

– Alors, il est quoi ?

Jerome a haussé les épaules et il a croisé les bras.

– Il est juste mauvais, point. Aussi mauvais qu'on peut l'être.

4

Peu après mon retour au bureau, nous avons commandé à manger chez le Chinois et nous avons fait le bilan de la journée.

Angie s'était chargée de la filière papiers pendant que je remontais la piste physique. Je lui ai raconté ce que ma piste nous avait apporté, j'ai ajouté les noms « Jerome » et « Roland » sur la première page de notre dossier et je l'ai entrée dans l'ordinateur. J'ai également écrit « Effraction » et « Motif ? », en soulignant ce dernier mot.

La commande est arrivée, et nous nous sommes mis au boulot en encrassant nos artères et en forçant nos cœurs à travailler double. Angie m'a donné les résultats de la filière papiers entre deux bouchées de riz frit au porc et de *chow mein*. Le lendemain de la disparition de Jenna, Jim Vurnan avait fait le tour des restaurants et des magasins proches de Beacon Street et de la Chambre pour voir si elle y était passée récemment. Il ne l'avait pas trouvée mais, à une charcuterie-sandwicherie de Somerset, il avait eu par le patron un de ses tickets de carte de crédit. Jenna avait payé un jambon-seigle et un Coca avec une carte Visa. Angie avait pris le reçu et, en recourant à la technique éprouvée du « Bonjour, je suis (insérer le nom de la personne voulue) et je crois avoir égaré ma carte de crédit », elle avait découvert que Jenna ne possédait qu'une carte Visa, qu'elle avait des antécédents irréguliers en matière de crédit (un accrochage avec une société de recouvrement en 1981), et qu'elle s'était servie de sa carte pour la dernière fois le 19 juin, premier jour où elle n'était pas venue travailler, et ce à la Bank of Boston, au coin de Clarendon et de St. James, pour obtenir une avance de deux cents dollars en liquide. Angie avait ensuite appelé la Bank of Boston en se faisant passer pour une représentante d'American Express. Mrs. Angeline avait fait une demande de carte de crédit, pourraient-ils vérifier son compte ?

Quel compte ?

Elle avait obtenu la même réponse de toutes les banques qu'elle avait essayées. Jenna Angeline n'avait pas de compte en banque. Ce qui ne me dérange pas, personnellement, mais ça rend les gens plus difficiles à trouver.

Je m'apprêtais à demander à Angie si elle n'avait laissé passer aucune banque, mais elle a levé la main et elle est arrivée à articuler un « pas encore fini » par-dessus son travers de porc. Elle s'est essuyé la bouche avec une serviette et elle a avalé. Ensuite elle a descendu une lampée de bière et elle a dit :

– T'rappelles Billy Hawkins ?

– Bien sûr.

Billy Hawkins serait en train de tirer dix ans à la prison de Walpole si nous n'avions pas trouvé son alibi.

– Eh bien, Billy travaille à la Western Union maintenant, dans un de ces points express d'encaissement des chèques.

Elle s'est calée contre son dossier, satisfaite.

– Et alors ?

– Et alors, quoi ?

Elle s'amusait.

J'ai attrapé un travers de porc et j'ai tendu le bras.

Elle a levé les mains en l'air.

– D'accord, d'accord. Billy va faire une recherche pour nous, voir si elle s'est servie d'un de leurs bureaux. Elle ne peut pas avoir survécu depuis le 19 avec deux cents dollars. Pas dans cette ville, en tout cas.

– Et quand Billy va-t-il nous recontacter ?

– Il ne pouvait rien faire aujourd'hui. Il a dit que son patron se méfierait s'il traînait trop longtemps après la fin de son tour d'équipe, et il finissait cinq minutes après mon coup de téléphone. Il devra s'en occuper demain. Il a dit qu'il nous appellerait avant midi.

J'ai hoché la tête. Derrière Angie, le ciel sombre était parcouru de quatre doigts d'écarlate, et la brise légère ramenait contre sa pommette les petits cheveux fins de derrière son oreille. Van Morrison chantait l'« amour fou » dans le *ghetto-blaster* derrière moi, et nous étions assis dans ce bureau exigu, à nous regarder, gagné par le bien-être provoqué par la lourde nourriture chinoise, la journée humide et la satisfaction de savoir d'où viendrait notre prochaine paie. Elle a souri, d'un sourire un peu embarrassé, mais n'a pas détourné le regard et s'est remise à tapoter le crayon contre sa dent ébréchée.

J'ai laissé le calme s'installer entre nous pendant cinq bonnes minutes avant de dire :

– Viens à la maison avec moi.

Elle a secoué la tête, souriant toujours, et a fait légèrement pivoter la chaise.

– Allez... On regardera un peu la télé, on parlera du bon vieux temps...

– Il y a un lit quelque part dans cette histoire. Je le sais.

– Juste comme endroit où dormir. On se couchera et... on parlera.

Elle a ri.

– Hm, hm. Et qu'est-ce qu'on fait de ces petites choses charmantes qui ont tendance à planter la tente sur le pas de ta porte et à bloquer ton téléphone ?

– Qui ? ai-je demandé innocemment.

– Qui ? Donna, Beth, Kelly, la pouf avec le cul, Lauren...

– Excuse-moi, la *pouf avec le cul* ?

– Tu sais qui. L'Italienne. Celle qui dit (sa voix a grimpé de deux octaves) : « Oooooh, Patrick, est-ce qu'on peut prendre un bain moussant maintenant ? Hiiii...! » Celle-là.

– Gina.

Elle a hoché la tête :

– Giiiina. C'est ça.

– Je les laisserais toutes tomber pour une nuit avec...

– Je sais, Patrick. J'espère que tu ne penses pas qu'il y ait de quoi se vanter.

– M'enfin, m'man...!

Elle m'a souri.

– Patrick, dit-elle, la principale raison qui fait que tu penses être amoureux de moi, c'est que tu ne m'as jamais vue toute nue...

– Depuis...

– Depuis treize ans, s'est-elle empressée de dire. Et on était tous les deux d'accord que c'était oublié. En plus, treize ans, c'est toute une vie, pour toi, quand il s'agit d'une femme.

– Tu dis ça comme si c'était mal.

Angie a roulé des yeux en me regardant.

– Bon, a-t-elle dit, c'est quoi le programme de demain ?

J'ai haussé les épaules, bu un peu de bière à même la cannette. Pas de doute, l'été était arrivé :

elle avait un goût de thé. Van avait fini de chanter l'« amour fou » et il entrait dans le « mystique ».

– J'imagine qu'on attend que Bill téléphone, dis-je, sinon on l'appelle à midi.

– Ça ressemble presque à un plan.

Elle a éclusé sa bière, regardé la cannette en faisant la grimace.

– Y en a plus de fraîches ?

J'ai tendu le bras vers ma corbeille à papiers, qui faisait également office de glacière, et je lui en ai lancé une. Elle l'a ouverte, a bu une gorgée.

– Qu'est-ce qu'on fait quand on trouve Mrs. Angeline ?

– Aucune idée. On avise.

– Pour ça, t'es un vrai professionnel.

– C'est pour cette raison qu'ils me laissent porter une arme.

Elle l'a vu avant moi. Son ombre s'est abattue sur le sol, a grimpé lentement sur le côté droit de son visage. Phil. Le Connard.

Je ne l'avais pas vu depuis le jour où je l'avais envoyé à l'hôpital, trois ans plus tôt. Il avait meilleure mine qu'alors – allongé par terre à se tenir les côtes, à cracher du sang sur la sciure du sol –, mais il avait toujours l'air d'un connard. Il avait une méchante cicatrice à côté de l'œil gauche, compliments de cette queue de billard si raisonnable. Je n'en suis pas sûr, mais je crois que, quand je l'ai remarquée, j'ai souri jusqu'aux oreilles.

Il refusait de me regarder ; il la regardait, elle.

– Ça fait dix minutes que je klaxonne en bas, chou. Tu ne m'as pas entendu ?

– Il y avait pas mal de bruit dehors, et...

Elle a pointé du doigt vers le *ghetto-blaster*, mais Phil a décidé de ne pas le regarder, car ça l'aurait obligé à me regarder aussi.

– T'es prête ? a-t-il dit.

Elle a hoché la tête et s'est levée. Elle a éclusé sa bière d'un seul long trait. Ce qui n'a pas eu l'air de ravir Phil. Encore pire sans doute quand elle a balancé la cannette dans ma direction et que je l'ai rabattue d'une tape dans la corbeille.

– Deux points, a-t-elle dit en faisant le tour du bureau. À demain, Skid.

– Salut, j'ai répondu tandis qu'elle prenait la main de Phil et commençait à sortir.

Juste avant qu'ils n'atteignent la porte, Phil s'est retourné, la main d'Angie dans la sienne, et il m'a regardé. Il a souri.

Je lui ai envoyé un baiser.

Je les ai entendus descendre lentement l'escalier étroit et en colimaçon. Van avait cessé de chanter, et le calme qui le remplaçait avait un goût épais et vicié. Je me suis assis dans la chaise d'Angie et je les ai vus en dessous de moi. Phil montait dans la voiture, Angie était debout à la portière passager, la main sur la poignée. Elle avait la tête baissée, et j'ai eu l'impression qu'elle faisait un effort délibéré pour ne pas regarder vers la fenêtre. Phil lui a ouvert la porte de l'intérieur, et, après qu'elle fut assise, ils se sont engagés dans la circulation.

J'ai regardé mon *ghetto-blaster* ainsi que les cassettes éparses autour. J'ai envisagé de retirer Van et de mettre du Dire Straits. Ou éventuellement quelque chose des Stones. Non. Jane's Addiction, peut-être. Springsteen ? Quelque chose de vraiment différent alors. Ladysmith-Black-Mambazo ou The Chieftains. Je les ai tous envisagés. J'ai réfléchi à ce qui conviendrait le mieux à mon humeur. J'ai envisagé d'attraper le *ghetto-blaster* et de le balancer au travers de la pièce à l'endroit exact où Phil s'était retourné, la main d'Angie dans la sienne, et avait souri.

Mais je ne l'ai pas fait. Ça passerait.

Tout passait. Tôt ou tard.

5

J'ai quitté l'église quelques minutes après. Plus rien pour m'y retenir. J'ai traversé la cour d'école vide, shooté dans une boîte tout en marchant. Je suis passé par l'ouverture de la petite clôture de fer forgé qui borde la cour, et j'ai traversé l'avenue vers mon appartement. J'habite juste en face de l'église, dans un petit immeuble bleu et blanc qui est arrivé à échapper au fléau du revêtement aluminium qui a frappé tous ses voisins. Mon propriétaire est un vieux fermier hongrois dont je ne pourrais pas prononcer le nom, même avec un an d'entraînement. Il passe sa journée à traficoter dans la cour, et il a dû me dire un total de deux cent cinquante mots depuis cinq ans que j'habite ici. Les mots sont en général les mêmes et au nombre de trois : « Où est mon loyer ? » C'est un vrai vieux salaud, et en prime il est hostile.

Je me suis introduit dans mon appartement du premier étage et j'ai envoyé les factures qui m'attendaient rejoindre leurs petites sœurs sur la table basse. Il n'y avait pas de femmes qui campaient près de ma porte, à l'intérieur ou dehors, mais il y avait sept messages sur mon répondeur.

Il y en avait trois de Gina-du-Bain-Moussant. Chacun de ses messages s'accompagnait de grogne-

47

ments et de gémissements émanant de la salle d'aérobic où elle travaillait. Rien de tel qu'une petite suée d'été pour allumer les feux de la passion.

L'un était de ma sœur, Erin, qui m'appelait de Seattle. « On marche à l'ombre, p'tit frère ? » Ma sœur. J'aurai les dents dans un verre et le visage comme un pruneau, et elle m'appellera toujours « p'tit frère ». Un autre était de Bubba Rogowski, se demandant si ça me disait une bière, une petite partie de billard. Bubba avait l'air rond, ce qui voulait dire que quelqu'un allait saigner ce soir. J'ai rejeté l'invitation, bien évidemment. Quelqu'un, je crois que c'était Lauren, appelait pour me faire de méchantes promesses concernant une paire de ciseaux rouillés et mes parties génitales. J'essayais de me souvenir de notre dernier rendez-vous pour déterminer si mon comportement justifiait des mesures aussi extrêmes quand la voix de Mulkern a résonné dans la pièce, et j'ai complètement oublié Lauren.

« Pat, mon garçon, c'est Sterling Mulkern. Je présume que vous êtes dehors à gagner votre argent, ce qui est super, mais avez-vous eu le temps de lire le *Trib* d'aujourd'hui ? Colgan, le chéri, m'est encore tombé sur le paletot. Ah, ce garçon aurait accusé votre propre père d'allumer des incendies rien que pour pouvoir les éteindre. Un vrai mauvais garçon, ce Richie Colgan. Je me demande, Pat, si vous pourriez lui toucher un mot, le prier de lâcher un peu la pression sur un vieil homme, pour un temps. Juste une idée comme ça. Nous avons réservé pour déjeuner chez Copley, samedi à une heure. N'oubliez pas. » L'enregistrement s'est terminé sur une tonalité, puis la cassette a commencé à se rembobiner.

J'ai regardé la petite machine. Il se demandait si je pouvais toucher un mot à Richie. Juste une idée comme ça. En balançant le souvenir de mon père, pour faire bonne mesure. Le pompier héroïque. Le conseiller municipal bien-aimé. Mon père.

Tout le monde sait que Richie Colgan et moi sommes amis. C'est en partie la raison pour laquelle les gens sont un peu plus méfiants envers moi qu'auparavant. Nous nous sommes rencontrés sur le joyeux campus de U-Mass/Boston, quand nous étions tous les deux en licence de *Space Invaders*, option « bonnes manières au pub ». Maintenant Richie est le plus grand chroniqueur du *Trib*, et c'est un vrai teigneux s'il pense que vous participez d'un des trois grands maux : élitisme, sectarisme ou hypocrisie. Comme Mulkern est une incarnation des trois réunis, Richie se le paie une ou deux fois par semaine.

Tout le monde adorait Richie Colgan – jusqu'au jour où ils ont publié sa photo sous sa signature. Un nom bien irlandais. Un bon garçon irlandais. Qui traquait les gros manitous corrompus à la mairie et à la Chambre. Et puis ils ont publié sa photo, et tout le monde a pu voir que sa peau était aussi noire que le cœur de Kurtz [1], et soudain c'était devenu un « provocateur ». Mais il fait vendre de la copie, et sa cible de prédilection a toujours été Sterling Mulkern. Parmi les surnoms qu'il a donnés au sénateur figurent le « Mauvais Double du père Noël », « Sterling le Détourneur », « Mulkern le Magouilleur » et « Hippopo l'Hypocrite ». Boston n'est pas une ville pour politiciens sensibles.

Et maintenant, Mulkern voulait que je « lui touche un mot ». Genre « j'en veux pour mon argent ». J'ai décidé que la prochaine fois que je verrais Mulkern, je lui ferais le discours « je loue mes services, je ne suis pas à vendre » et que tant

---

1. Allusion au personnage du roman de Joseph Conrad *Au cœur des ténèbres*, repris par Francis Ford Coppola dans *Apocalypse Now* où il est interprété par Marlon Brando. (*N.d.T.*)

qu'à faire, je lui dirais de laisser mon père en dehors.

Mon père, Edgar Kenzie, avait eu son quart d'heure de gloire locale presque vingt ans auparavant. Il avait fait la une des deux quotidiens de la ville ; même la photo avait été publiée et s'était retrouvée en dernière page du *New York Times* et du *Washington Post*. Le photographe avait bien failli remporter le prix Pulitzer.

C'était une putain de photo. Mon père, emmailloté dans la tenue noir et jaune des pompiers de Boston, un ballon d'oxygène au dos, *escaladant* un immeuble de neuf étages le long d'une corde de draps. Une femme était descendue le long de ces draps quelques minutes plus tôt. Enfin, jusqu'à mi-chemin. Elle avait lâché prise et elle était morte sur le coup. Le bâtiment était une vieille usine du XIXe siècle que quelqu'un avait convertie en logements ; elle était faite de brique rouge et de bois bon marché, ce qui pour le feu aurait tout aussi bien pu être du papier et de l'essence.

La femme avait laissé ses gosses à l'intérieur en leur disant, dans un moment de panique, de la suivre, au lieu de l'inverse. Les gosses avaient vu ce qui lui était arrivé et ils s'étaient arrêtés net, debout dans l'encadrement de la fenêtre noire, à regarder leur mère en poupée disloquée, alors que derrière eux la fumée jaillissait de la pièce. La fenêtre donnait sur un parking, et les pompiers attendaient qu'une dépanneuse enlève les voitures pour pouvoir faire entrer une échelle en marche arrière. Mon père attrapa un ballon d'oxygène sans un mot, marcha jusqu'aux draps et se mit à grimper. Au quatrième étage, une fenêtre lui sauta à la poitrine, et il y a une autre photo, légèrement floue, de lui en train de battre l'air des éclats de verre qui explosent autour de son épaisse veste noire. Il finit par atteindre le neuvième étage, empoigna les enfants – un garçon de quatre ans, une fille de six ans – et redescendit. « Pas de quoi fouetter un chat », dirait-il avec un haussement d'épaules.

Quand il a pris sa retraite cinq ans plus tard, les gens se souvenaient toujours de lui, et je crois qu'il n'a plus jamais payé un seul verre de sa vie. Il s'est présenté au conseil municipal à la suggestion de Sterling Mulkern et a connu une bonne vie de pots-de-vin et de grandes maisons, jusqu'au moment où le cancer a envahi ses poumons, comme de la fumée dans un placard, et l'a rongé lui et son argent.

À la maison, le Héros, c'était une autre histoire. Il s'assurait d'une claque que son dîner était prêt. S'assurait d'une claque que les devoirs étaient faits. S'assurait d'une claque que tout était réglé comme du papier à musique. Et si ça ne marchait pas, une ceinture, un coup de poing ou deux, ou, une fois, une vieille planche à lessiver. N'importe quoi pourvu que ça soit capable de maintenir l'ordre dans le monde d'Egdar Kenzie.

Je n'ai jamais su, et je ne le saurai sans doute jamais, si c'est le boulot qui lui avait fait ça – s'il réagissait juste de la seule façon qu'il connaissait à tous ces corps noircis qu'il avait trouvés, recroquevillés par le feu en ultimes postures fœtales, dans des placards brûlants ou sous des lits fumants – ou s'il était simplement né méchant. Ma sœur prétend qu'elle ne se rappelle pas comment il était avant que j'arrive, mais elle a aussi déclaré, à l'occasion, qu'il ne nous avait jamais battus au point de nous faire manquer l'école une fois de plus. Ma mère a suivi le Héros dans la tombe six mois plus tard, de sorte que je ne lui ai finalement jamais posé la question. Mais je doute qu'elle m'aurait répondu. Les parents irlandais ne sont pas connus pour dire du mal de leur conjoint à leurs enfants.

Je me suis calé dans le canapé de mon appartement en repensant au Héros, en me disant que c'était la dernière fois. Ce fantôme-là était parti. Mais je mentais et je le savais. Le Héros me réveillait la nuit. Le Héros se tenait en embuscade – dans des ombres, dans des ruelles, dans les vestibules aseptisés de mes rêves, dans la chambre de mon arme. Tout comme de son vivant, il faisait exactement ce qui lui plaisait.

Je me suis levé et je suis passé devant la fenêtre pour aller au téléphone. Dehors, quelque chose a soudain bougé dans la cour de l'école, de l'autre côté de la rue. Les loubards du quartier étaient arrivés pour se tapir dans les ombres, s'asseoir sur les profonds rebords en pierre des fenêtres et fumer un peu d'herbe, boire quelques bières. Pourquoi pas. Quand j'étais un loubard du quartier, j'en avais fait autant. Moi, Phil, Bubba, Angie, Waldo, Hale, tout le monde.

J'ai composé le numéro de la ligne directe de Richie en espérant que je le choperais en train de travailler tard, comme d'habitude. Sa voix a surgi vers la moitié de la première sonnerie. « Nouvelles locales. Ne quittez pas. » Une version guimauve du thème des *Sept Mercenaires* s'étirait au bout du fil.

J'ai eu alors une de ces réponses en forme de « cherchez l'erreur » sans m'être jamais consciemment posé la question. Il n'y avait pas de musique en provenance de la cour. Peu importe si ça signale leur emplacement, les jeunes loubards ne vont nulle part sans leurs *ghetto-blasters*. Ça ne se fait pas.

J'ai regardé dans la cour de l'école par la fente des rideaux. Plus de mouvement brusque. Plus de mouvement du tout. Pas de braises de cigarettes ni de tintement de bouteilles. J'ai regardé attentivement le secteur où j'avais vu le mouvement. La cour de l'école était en forme de E sans la barre du milieu. Les barres des extrémités dépassaient de la partie centrale de deux bons mètres. Des ombres épaisses se formaient dans les poches à quatre-vingt-dix degrés de ces angles. Le mouvement était venu de la poche située à ma droite.

J'avais toujours l'espoir d'une allumette. Dans les films, quand quelqu'un suit le détective, l'idiot craque toujours une allumette pour permettre au héros de le distinguer. Je me suis alors rendu compte que j'étais en train de me faire un thriller débile, avec ces conneries. Pour autant que je sache, j'avais vu un chat.

J'ai quand même continué de regarder.

– Nouvelles locales, a dit Richie.

– Tu l'as déjà dit.

– Môssieur Kenzie. Comment va-ce ?

– Ça va bien. J'ai entendu dire que tu avais encore fait chier Mulkern aujourd'hui.

– Une raison de continuer à vivre, a dit Richie. Les hippopos qui se déguisent en baleines seront harponnés.

J'étais prêt à parier qu'il avait la formule écrite sur une fiche de huit par douze, scotchée au-dessus de son bureau.

– Quel est le projet de loi le plus important qui arrive en discussion à cette session ?

– Le projet de loi le plus important..., a-t-il répété en réfléchissant. Pas de doute, le projet de loi contre le terrorisme de rue.

Dans la cour, quelque chose a bougé.

– Le projet de loi contre le terrorisme de rue ?

– Ouais. Il colle l'étiquette de « terroriste de rue » à tous les membres des bandes, ce qui veut dire que tu peux les jeter en prison simplement parce qu'ils font partie d'une bande. En termes simples...

– Utilise des mots courts pour que je sois sûr de comprendre.

– Naturellement. En termes simples, les bandes seraient considérées comme des groupes paramilitaires ayant des intérêts en conflit direct avec ceux de l'État. À traiter comme une armée d'invasion. N'importe qui surpris à arborer les couleurs d'une équipe, à porter ne fût-ce qu'une casquette de baseball des Raiders, commet une trahison. Et va droit en prison, sans détour.

– Ça va passer ?

– C'est possible. Il y a de bonnes chances, en fait, compte tenu que tout le monde est prêt à tout pour se débarrasser des bandes.

– Et ?

– Et la loi sera annulée dans les six mois par un juge. C'est une chose de dire « on devrait déclarer la loi martiale et virer ces enfoirés des rues, et on emmerde les droits civiques ». Et c'en est une autre de le faire pour de bon, de se rapprocher à tel point du fascisme, de transformer Roxbury et Dorchester en un autre South Central, avec des hélicoptères qui volent dans le ciel jour et nuit et tout le bordel. Pourquoi cet intérêt ?

J'ai essayé d'associer ça à Mulkern, Paulson ou Vurnan, et ça n'a pas collé. Mulkern, le libéral de la Chambre, ne soutiendrait jamais publiquement un truc pareil. Mais Mulkern, le pragmatiste, ne prendrait pas non plus publiquement position en faveur des bandes. Il partirait juste en vacances la semaine où le projet de loi serait examiné.

– Quand arrive-t-il en discussion ? ai-je demandé.

– Lundi prochain, le 3 juillet.

– Il n'y a aucun autre projet auquel tu puisses penser ?

– Pas vraiment, non. Ils ont un projet de loi de sept ans incompressibles pour les pédophiles, qui devrait passer sans difficulté.

J'étais au courant de ce projet de loi. Une peine de prison incompressible de sept ans pour toute personne reconnue coupable de violences sur des enfants. Aucune possibilité de conditionnelle. Mon seul problème avec ce projet, c'était qu'il ne s'appelait pas « projet de *perpétuité* incompressible », et qu'il ne prévoyait pas de clause garantissant que ceux qui étaient condamnés seraient forcés de se mêler au gros de la population et de se faire rendre un peu de ce qu'ils avaient donné. -

De nouveau, Richie a demandé :

– Pourquoi cet intérêt, Patrick ?

J'ai pensé au message de Mulkern : « Parle à Richie Colgan. Change de bord. » Un très bref instant, j'ai pensé à le raconter à Richie. Ça apprendrait à Mulkern à me demander de l'aider à soulager son ego froissé. Mais je savais que Richie n'aurait pas d'autre choix que de le mettre dans sa prochaine rubrique, en gras, et, professionnellement parlant, contrarier Mulkern de la sorte reviendrait au même que de m'ouvrir les poignets dans une baignoire.

– Je travaille sur une affaire, ai-je dit à Richie. Top secret pour le moment.

– Raconte-moi à l'occasion.

– À l'occasion.

– C'est bon.

Richie n'insiste pas avec moi, et je n'insiste pas avec lui. Nous acceptons le mot « non » l'un de l'autre, ce qui est une des raisons de notre amitié.

– Comment va ta partenaire ? a-t-il demandé.

– Toujours appétissante.

– Elle t'a toujours pas sauté dessus ? a-t-il ajouté en gloussant.

– Elle est mariée.

– Fait rien. Tu en as déjà eu des mariées. Ça doit te rendre fou, Patrick, une belle femme comme ça à côté de toi toute la journée, sans que le moindre désir de toucher ta bite traverse son corps désirable. Putain, ça doit faire mal.

Richie est persuadé d'être un sacré rigolo à ses heures.

– Ouais, bon, faut que je file. (Quelque chose a bougé de nouveau dans la poche sombre de la cour de l'école.) On se fait quelques bières bientôt ?

– T'amènes Angie ?

J'ai eu l'impression de l'entendre haleter.

– Je verrai si elle est d'humeur à ça.

– Ça roule. Je t'enverrai quelques dossiers sur ces projets de loi.

– *Gracias.*

Il a raccroché, et je me suis adossé, et j'ai regardé par la fente entre les rideaux. Je m'étais familiarisé avec les ombres, maintenant, et je pouvais distinguer une grande forme assise parmi elles. Animal, végétal ou minéral, je n'aurais pas pu dire, mais quelque chose était là. J'ai pensé à joindre Bubba ; il était utile dans des cas comme celui-ci où on ne savait pas où on mettait les pieds. Mais il m'avait appelé d'un bar. Mauvais signe. Même si j'arrivais à le localiser, il voudrait juste tuer le problème, pas enquêter dessus. Bubba est à employer avec parcimonie, comme la nitro.

J'ai décidé de réquisitionner Harold.

Harold est un panda en peluche d'un mètre quatre-vingts que j'ai gagné à la foire de Marshfield, il y a quelques années de cela. J'avais essayé de le donner à Angie à l'époque ; je l'avais gagné pour elle, après tout. Mais elle m'avait lancé ce regard qu'elle me lancerait si j'allumais une cigarette en faisant l'amour, le regard qui ratatine. La raison pour laquelle elle ne voulait pas de panda en peluche d'un mètre quatre-vingts en short de caoutchouc jaune vif pour orner son appartement me dépasse, mais comme je n'ai pas pu trouver de poubelle assez grande pour l'y mettre, je l'ai accueilli chez moi.

J'ai traîné Harold de la chambre à coucher à la cuisine obscure, et je l'ai assis dans la chaise à côté de la fenêtre. Le store était baissé, et, en sortant, j'ai allumé la lumière. S'il y avait quelqu'un, parmi les ombres, qui me surveillait, Harold passerait pour moi. Bien que j'aie les oreilles plus petites.

Je me suis faufilé par l'arrière de la maison, j'ai pris mon Ithaca derrière la porte et j'ai descendu l'escalier de service. La seule chose qui soit mieux que l'automag pour l'incompétent total en armes à feu, c'est un fusil Ithaca calibre .12 à crosse de pistolet. Si vous n'arrivez pas à toucher votre cible avec ça, c'est que vous êtes officiellement aveugle.

Je suis sorti dans mon arrière-cour en me demandant s'ils pouvaient être deux. Un pour le devant, un pour l'arrière. Mais cela semblait aussi peu probable que le fait même qu'il y ait quelqu'un. Il fallait endiguer la paranoïa.

J'ai sauté quelques clôtures jusqu'à l'avenue, glissé l'Ithaca sous mon trench bleu. J'ai traversé le carrefour et j'ai longé l'église sur le côté sud. Il y a une route qui passe derrière l'église et l'école, et je l'ai prise vers le nord. En chemin, j'ai croisé quelques personnes que je connaissais, adressé de brefs hochements de tête en maintenant mon imper fermé d'une main : fusil visible, voisins irascibles.

Je me suis glissé dans la cour de l'école par l'arrière, silencieux dans mes baskets Avia montantes, et j'ai rasé le mur jusqu'au premier coin. J'étais au bord du E, et il était à trois mètres, derrière un autre coin, dans l'ombre. J'ai pensé à juste m'approcher de lui, vite, mais les gens ont tendance à mourir de cette façon. J'ai pensé à ramper au sol comme les mecs dans le désert, dans *Rat Patrol* [1], mais je n'étais même pas certain qu'il y ait quelqu'un là-bas, et, si je débouchais en rampant sur

1. Vieille série télévisée américaine. (*N.d.T.*)

un chat ou sur deux mômes en train de se rouler un patin, je ne pourrais plus me montrer pendant un mois.

La décision fut prise pour moi.

Ce n'était pas un chat et ce n'était pas un couple d'ados. C'était un homme, et il tenait un Uzi. Il est sorti de sa cachette dans l'angle devant moi en pointant l'arme hideuse sur mon sternum, et j'ai oublié comment respirer.

Il était debout dans l'obscurité et portait une casquette de base-ball bleu foncé, comme ils en ont dans la marine, avec des broderies dorées sur la visière et une inscription quelconque en doré sur le devant. Je n'arrivais pas à distinguer ce qu'elle disait, ou peut-être avais-je juste trop peur pour me concentrer.

Il portait des lunettes noires panoramiques. Pas ce qu'il y a de mieux pour voir correctement quand on veut tirer sur quelqu'un dans le noir, mais avec une telle arme et à cette portée, Ray Charles pourrait m'envoyer dans la tombe.

Il portait des vêtements noirs sur une peau noire, et c'est à peu près tout ce que je pouvais dire de lui.

J'ai commencé à mentionner le fait que ce quartier n'était pas connu pour sa courtoisie envers ses voisins plus foncés après le coucher du soleil quand quelque chose de rapide et dur m'a frappé à la bouche, et quelque chose d'autre, tout aussi dur, m'a frappé à la tempe, et, juste avant de perdre connaissance, je me souviens d'avoir pensé : Harold le Panda ne les dupe plus comme avant.

6

Pendant que je dormais du sommeil des idiots, le Héros m'a rendu visite. Il portait son uniforme et tenait un enfant sous chaque bras. Son visage était couvert de suie, et de la fumée déferlait de ses épaules. Les deux enfants pleuraient, mais le Héros riait. Il m'a regardé et il a ri. Et ri. Le rire s'est transformé en hurlement juste avant qu'une fumée brune commence à s'échapper de sa bouche, et je me suis réveillé.

J'étais sur un tapis. Je savais au moins ça. Il y avait un type en blanc agenouillé à côté de moi. Soit j'avais été interné, soit c'était l'aide médicale d'urgence. Il avait un sac à côté de lui et un stéthoscope autour du cou. Un urgentiste. Ou un très bon imitateur.

– Vous allez vomir ? m'a-t-il demandé.

J'ai secoué la tête et j'ai dégueulé sur le tapis.

Quelqu'un s'est mis à me hurler dessus dans une espèce de charabia strident. Je l'ai alors reconnue. Du gaélique. Elle s'est souvenue du pays où elle se trouvait et elle est passée à l'anglais avec un fort accent irlandais. Ça ne faisait pas une grande différence, mais au moins je savais où j'étais maintenant.

Le presbytère. La harpie hurlante était Delia, la gouvernante du père Drummond. D'un instant à l'autre, elle allait se mettre à me taper dessus.

59

– Père ? a dit le médecin.

Et j'ai entendu le pasteur qui poussait vivement Delia hors de la pièce.

– Vous avez fini ? a demandé le médecin.

Il avait l'air d'avoir des choses à faire. Un vrai ange de miséricorde. J'ai hoché la tête et j'ai roulé sur le dos. Je me suis redressé. Plus ou moins. J'ai passé les bras autour de mes genoux et je suis resté à m'accrocher comme ça, avec la tête qui tournait. Les murs se livraient à une danse psychédélique devant moi, et j'avais l'impression d'avoir plein de pièces ensanglantées dans la bouche. J'ai dit :

– Aïe.

– Vous avez le don des mots, a dit le médecin. Vous avez aussi une légère commotion cérébrale, quelques dents qui bougent, une lèvre éclatée et un mégacoquart en train de se former autour de l'œil gauche.

Super. Angie et moi aurions de quoi parler le lendemain matin. Les jumeaux Ray-Ban.

– C'est tout ?

– C'est tout, a-t-il dit en jetant son stéthoscope dans le sac. Je vous dirais bien de venir à l'hôpital avec moi, mais vous êtes de Dorchester, donc j'imagine que vous êtes dans ce trip macho à la con et que vous ne viendrez pas.

– Hm, hm. Comment je suis arrivé ici ?

Le père Drummond, derrière moi, a dit :

– Je vous ai trouvé.

Il est passé devant moi, en tenant mon fusil à pompe et le magnum. Il les a posés doucement sur le canapé en face de moi.

– Désolé pour le tapis, ai-je dit.

Il a montré du doigt le vomi.

– Le père Gabriel faisait ça tout le temps, quand il était dans les vignes du Seigneur. Si je me souviens bien, c'est pour ça que nous avons choisi ces couleurs. (Il a souri.) Delia est en train de vous faire un lit.

– Merci, père, mais je crois que si je peux me déplacer jusqu'à la chambre, je peux traverser la rue et marcher jusqu'à chez moi.

– Ce braqueur est peut-être encore là.

Le médecin a ramassé son sac, qui était à côté de moi, et m'a dit :

– Amusez-vous bien.

– Pour moi aussi, c'était super, suis-je arrivé à dire.

Le médecin a grimacé, et nous a fait un petit geste de la main avant de sortir par la porte de côté.

J'ai tendu la main, le père Drummond l'a attrapée et m'a hissé.

– Je ne me suis pas fait braquer, père.

Il a levé les sourcils :

– Un mari en colère ?

Je l'ai regardé :

– Père, ai-je dit. Je vous en prie. Il faut arrêter de vous faire des sensations illicites avec mon mode de vie. C'est en rapport avec une affaire sur laquelle je suis. Je crois. (Je n'en étais même pas certain.) C'était un avertissement.

Il m'a soutenu jusqu'au canapé. La pièce était toujours à peu près aussi stable qu'un verre d'eau sur le *Titanic*.

– C'est un sacré avertissement.

J'ai hoché la tête. Mauvaise idée. Le *Titanic* a chaviré et la pièce a glissé latéralement. La main du pasteur Drummond m'a repoussé contre le canapé.

– Oui, ai-je dit. Un sacré avertissement ! Est-ce que vous avez appelé la police ?

Il a eu l'air surpris :

– Vous savez, je n'y ai pas pensé.

– C'est bien. Je n'ai pas envie de passer la nuit à remplir des rapports.

– Mais peut-être qu'Angela l'a fait, cela étant.

– Vous avez appelé Angie ?

– Bien sûr qu'il m'a appelée.

Elle était debout sur le pas de la porte. Elle avait les cheveux complètement en bataille, avec des mèches ébouriffées qui se dressaient sur le front ; ça lui donnait l'air plus sexy, comme si elle venait de se réveiller. Elle portait un blouson de cuir noir sur un polo bordeaux qui pendait par-dessus un pantalon de jogging gris, et des tennis d'aérobic blanches. Elle avait un sac dans lequel vous auriez pu cacher le Pérou, qu'elle a laissé tomber par terre en s'approchant du canapé.

Elle s'est assise à côté de moi.

– C'est pas joli, joli... a-t-elle dit en me prenant le menton dans sa main. Bon sang, Patrick, t'es tombé sur qui, un mari en colère ?

Le père Drummond a pouffé. Un pasteur de soixante ans qui pouffe de rire dans sa main. C'était pas mon jour.

– Je crois que c'était un parent de Mike Tyson, ai-je dit.

Elle m'a regardé :

– Quoi, t'es manchot ?

J'ai écarté sa main.

– Il avait un Uzi, Ange. Sans doute avec ça qu'il m'a frappé.

– Excuse-moi, a-t-elle dit. Je suis un peu inquiète. Je ne voulais pas être désagréable.

Elle a regardé mes lèvres.

– Ça, ce n'est pas l'Uzi qui te l'a fait. Ta tempe, peut-être. Mais pas les lèvres. Ça m'a l'air d'un *speed glove*, à la façon dont la peau est ouverte.

Angie, l'experte en écorchures.

Elle s'est penchée tout près, et a murmuré :

– Tu connais le type ?

– Non, ai-je murmuré de retour.

– Jamais vu avant ?

– Nenni.

– T'es sûr ?

– Angie, si je voulais, j'aurais appelé les flics.

Elle s'est redressée, les mains en l'air.

– O.K., O.K.

Puis elle a regardé Drummond :

– Ça va si je le ramène chez lui, père ?

– Delia en serait ravie, a-t-il répondu.

– Merci, père, ai-je dit.

Il a croisé les bras et m'a dit en clignant de l'œil :

– Vous vous placez là, comme service de sécurité.

Tout pasteur qu'il est, je lui aurais volontiers envoyé un coup de pied.

Angie a ramassé les armes et ensuite elle m'a hissé sur mes pieds avec sa main libre.

J'ai regardé le père Drummond et je suis arrivé à sortir un :

– B'soir.

Pendant que nous descendions l'escalier menant à la cour de l'école, Angie m'a dit :

– Tu sais pourquoi c'est arrivé ?

– Non, pourquoi ?

– Tu ne vas plus à l'église.

– Ha, ha.

– Elle m'a fait traverser la rue et monter l'escalier, et la nausée se dissipait progressivement à mesure que la chaleur de sa peau et la conscience du sang qui battait dans son corps me réveillaient les sens.

Nous nous sommes assis dans la cuisine. J'ai viré Harold le Panda de ma chaise d'un coup de pied, et Angie nous a servi un verre de jus d'orange à chacun. Elle a reniflé le sien avant de boire.

– Qu'est-ce que tu as dit au Connard ? je lui ai demandé.

– Quand je lui ai raconté ce qui s'était passé, il a eu l'air tellement content que tu te sois enfin fait casser la gueule qu'il m'aurait laissé partir à Atlantic City avec le compte d'épargne.

– Content de savoir qu'il y a du bon à cette histoire.

Elle a posé sa main sur la mienne.

– Qu'est-ce qui s'est passé ?

Je lui ai fait le compte rendu de tout ce qui s'était passé entre le moment où elle avait quitté le bureau et les dix dernières minutes.

– Est-ce que tu le reconnaîtrais ?

– Peut-être que oui, peut-être que non, ai-je répondu en haussant les épaules.

Elle s'est calée contre son dossier, une jambe relevée, le pied appuyé sur la chaise, l'autre repliée sous elle. Elle m'a regardé longuement.

– Patrick, a-t-elle dit.

– Ouais ?

Elle a souri tristement et a secoué la tête :

– Tu vas avoir du mal à te trouver des rendez-vous galants pendant un certain temps.

7

Nous étions sur le point d'appeler Billy Hawkins, le lendemain à midi, quand il est entré dans le bureau. Billy, comme beaucoup de gens qui travaillent dans des bureaux de la Western Union, a l'air de sortir d'une cure de désintox. Il est extrêmement maigre, et sa peau a cette texture légèrement jaunâtre de quelqu'un qui passe tout son temps en intérieur, dans des pièces enfumées. Il souligne son manque de poids en portant des jeans et des chemises moulants, et il roule ses manches courtes jusqu'aux épaules comme s'il avait des biceps. Ses cheveux ont l'air d'être peignés avec un marteau à pied-de-biche, et il a une de ces moustaches tombantes de bandit mexicain que plus personne ne porte, pas même le bandit mexicain moyen. En 1979, le reste du monde a continué de tourner, mais Billy ne s'en est pas aperçu.

Il s'est laissé paresseusement tomber sur la chaise devant mon bureau, et il a dit :

– Alors, bon, les gars, quand est-ce que vous allez vous prendre un local plus grand ?

– Le jour où je trouverai la cloche, ai-je répondu.

Billy a plissé les yeux. Lentement, il a dit :

– Ah, ouais, d'accord...

– Comment ça va, Billy ? a demandé Angie.

Et elle avait vraiment l'air de s'en soucier.

Billy l'a regardée en rougissant.

– Ça va... ça va bien, Angie. Très bien.

– C'est bien, je suis contente, a répondu Angie.

– Une vraie allumeuse.

Billy a regardé mon visage :

– Qu'est-ce qui t'est arrivé ?

– Je me suis battu avec une bonne sœur.

– T'as l'air de t'être battu avec un camion, a dit Billy.

Et il a regardé Angie.

Angie a poussé un petit gloussement, et je me suis demandé lequel des deux j'avais le plus envie de balancer par la fenêtre.

– Tu as fait cette recherche pour nous, Billy ?

– Bien sûr, mon pote, bien sûr. Et vous me devez une sacrée chandelle sur ce coup, j'vais t'dire.

– Billy, ai-je dit en levant les sourcils. Rappelle-toi à qui tu parles.

Billy a réfléchi. Il a réfléchi aux dix années qu'il serait en train de tirer à Walpole, à aller chercher des cigarettes pour son petit copain Rolf l'Animal, si nous ne l'avions pas sauvé.

– Excuse-moi, mon pote. T'as raison. Et quand t'as raison, t'as raison.

Il a mis la main dans sa poche arrière de jean, et a jeté un bout de papier un peu gras et très chiffonné sur mon bureau.

– Qu'est-ce que je vois là, Billy ?

– La liste des références de Jenna Angeline. Cueillie à notre bureau de Jamaica Plain. Elle a encaissé un chèque là-bas mardi.

Le papier était graisseux, il était chiffonné, mais il valait de l'or. Jenna avait donné quatre références, toutes personnelles. À la ligne « Profession », elle avait écrit « indépendante » d'une petite écriture en pattes de mouche. Comme références personnelles, elle avait indiqué quatre sœurs. Trois d'entre elles vivaient en Alabama, à Mobile ou dans les environs. Une habitait à Wickham, dans le Massachusetts. Simone Angeline au 1254, Merrimack Avenue.

Billy m'a tendu un autre papier – une photocopie du chèque que Jenna avait encaissé. Le chèque était signé Simone Angeline. Si Billy n'avait pas eu l'air aussi répugnant comme mec, je l'aurais embrassé.

– Après le départ de Billy, j'ai enfin eu le courage de m'examiner dans la glace. J'ai les cheveux assez courts pour pouvoir les coiffer avec les doigts et que ça passe, et c'est donc exactement ce que j'avais fait ce matin, après ma douche. J'avais aussi sauté le rasage, et, si j'avais une petite ombre de barbe, je me suis dit que c'était très branché, très classe.

J'ai traversé le bureau et je suis entré dans le minuscule box que quelqu'un a un jour qualifié de « toilettes ». Il y a effectivement des W.-C. là-dedans, mais même ça c'est en miniature, et je me fais toujours l'effet d'un adulte enfermé dans une maternelle quand j'y suis assis, les genoux au menton. J'ai refermé la porte derrière moi, j'ai levé la tête au-dessus du lavabo de lilliputien et j'ai regardé dans le miroir.

Si je n'avais pas été moi, je n'aurais pas reconnu mon visage. Mes lèvres avaient doublé de volume, et on aurait dit que j'avais roulé un patin à une moissonneuse-batteuse. Mon œil gauche était bordé d'un épais liseré de sang brun, et la cornée striée de filets rouge vif. Le long de ma tempe, la peau s'était ouverte quand Casquette bleue m'avait frappé avec la crosse de l'Uzi, et, pendant que je dormais, le sang s'était caillé dans mes cheveux. Le côté droit de mon front, avec lequel je présumais avoir heurté le mur de l'école, était à vif et écorché. Si je n'étais pas du genre détective viril, j'aurais peut-être pleuré.

La vanité est une faiblesse. Je le sais. C'est une dépendance futile au moi extérieur, à l'aspect qu'on a plutôt qu'à ce qu'on est. Je le sais bien. Mais j'ai déjà une cicatrice de la taille et de la consistance d'une méduse sur l'abdomen, et vous seriez surpris de voir combien l'image qu'on a de soi change quand on ne peut pas enlever sa chemise à la plage. Dans mes moments plus intimes, je remonte ma chemise et je la regarde, je me dis que ça n'a pas d'importance, mais chaque fois qu'une femme l'a sentie sous sa paume tard dans la nuit, qu'elle s'est redressée contre un oreiller et m'a demandé ce que c'était, j'ai donné une explication aussi rapide que possible, refermé les portes de mon passé à peine ouvertes, et pas une seule fois, même quand c'est Angie qui m'a posé la question, je n'ai dit la vérité. La vanité et la malhonnêteté sont peut-être des vices, mais ce sont aussi les premières formes de protection que j'aie jamais connues.

Le Héros me donnait une claque méprisante sur la nuque chaque fois qu'il me surprenait à me regarder dans le miroir. Et il disait : « Les hommes ont construit ces trucs pour que les femmes aient quelque chose à faire. » Héros. Philosophe. Mon père, cet homme aux talents multiples.

À seize ans, j'avais des yeux d'un bleu profond, un joli sourire, et pas grand-chose d'autre où puiser de la confiance en moi, à force de côtoyer le Héros. Et si j'avais eu encore seize ans, à me regarder dans le miroir, à essayer de rassembler du courage, à me dire que *ce soir* je ferais enfin quelque chose à propos du Héros, il est certain que j'aurais été bien démuni.

Mais maintenant, bordel, j'avais une véritable affaire à résoudre, une Jenna Angeline à trouver, une partenaire impatiente de l'autre côté de la porte, un revolver dans mon holster, une licence de détective dans mon portefeuille, et... une figure qui avait l'air d'appartenir à un personnage de Flannery O'Connor. Ah, vanité.

– Quand j'ai ouvert la porte, Angie farfouillait dans son sac, sans doute à la recherche d'un micro-ondes égaré ou d'une vieille voiture. Elle a levé la tête :

– T'es prêt ?

– Je suis prêt.

Elle a sorti un poing électrique de son sac :

– À quoi il ressemble, déjà, ce mec ?

– Hier soir, il portait une casquette bleue et des panoramiques. Mais je ne sais pas si c'est son uniforme habituel ou quoi ou qu'est-ce.

J'ai ouvert la porte d'entrée :

– Tu n'auras pas besoin de ce poing électrique, Ange. Si tu le repères, ne fais rien. Nous voulons juste vérifier qu'il est toujours dans le circuit.

Angie a regardé le poing électrique :

– Ce n'est pas pour lui, a-t-elle dit. C'est pour moi. Au cas où j'aurais besoin de quelque chose pour rester éveillée au pays des vaches.

Wickham est à quatre-vingt-quinze kilomètres de Boston, donc Angie pense qu'ils n'ont pas encore le téléphone.

– Cette fille, tu peux la faire sortir de la ville..., ai-je dit.

– Mais il faudra que tu la descendes d'abord, a-t-elle continué avant de s'engager dans l'escalier.

Elle est restée dans l'église pour me donner une minute d'avance, en surveillant la rue par l'ouverture du bas d'un vitrail.

J'ai traversé la rue jusqu'à ce que j'appelle ma « voiture de fonction ». C'est une Volaré vert foncé de 1979. Le Vomonstre. Elle a un look dégueulasse, une conduite dégueulasse, elle fait un bruit dégueulasse, et en général elle s'intègre bien dans la plupart des endroits où je dois travailler. J'ai ouvert la portière, m'attendant à moitié à entendre un bruit de pas précipités derrière moi, suivi du claquement d'une arme contre mon crâne. C'est ça le truc, quand on est victime ; on se met à croire que ça va vous arriver de façon régulière. Tout d'un coup, tout paraît suspect, et la moindre trouée de lumière que vous ayez pu remarquer la veille s'est dissipée dans les ombres. Les ombres sont partout. Ça s'appelle vivre avec la réalité de sa vulnérabilité, et c'est à chier.

Mais il ne s'est rien passé cette fois-ci. Je n'ai pas vu Casquette bleue dans mon rétro quand j'ai fait demi-tour et pris la direction de l'autoroute. Cela dit, à moins qu'il ait vraiment apprécié la rencontre de la veille, je ne m'attendais pas à le revoir ; il me faudrait juste supposer qu'il était là. J'ai piloté le Vomonstre le long de l'avenue, puis j'ai tourné sur la bretelle nord d'accès à la I-93 et j'ai gagné le centre-ville.

Vingt minutes plus tard j'étais sur Storrow Drive, avec la Charles River qui coulait à ma droite en jetant des éclats cuivrés. Deux infirmières du centre hospitalier du Massachusetts déjeunaient sur la pelouse ; un homme courait sur une des passerelles, un gigantesque chow-chow marron chocolat à son côté. L'espace d'un instant, j'ai songé à m'en prendre un. Sans doute sacrément plus efficace comme protection que ne le serait jamais Harold le Panda. Mais bon, je n'avais pas vraiment besoin d'un chien d'attaque, j'avais Bubba. À la hauteur du hangar à bateaux, j'ai vu un groupe d'étudiants d'Emerson ou de B.U., coincés en ville pour l'été, qui se partageaient une bouteille de vin. Folle jeunesse. Ils avaient sans doute aussi du brie et des crackers dans leurs sacs à dos.

Je suis sorti à Beacon Street, j'ai fait demi-tour de nouveau pour prendre l'avenue parallèle, puis j'ai opéré un virage rapide dans Revere Street, et remonté sa chaussée pavée vers le sommet de Beacon Hill, en traversant Charles Street. Personne derrière moi.

J'ai de nouveau tourné en prenant Myrtle Street, une rue pas plus large qu'un bout de fil dentaire, avec de hauts bâtiments coloniaux qui se serraient contre moi. Il est impossible de suivre quelqu'un dans Beacon Hill sans se faire repérer. Les rues ont été construites avant les voitures et, je suppose, avant les gros ou les grands.

Au temps où Boston était ce monde mythique et merveilleux de profs d'aérobic nains, les hauteurs de Beacon Hill devaient paraître spacieuses. Mais maintenant, elle sont exiguës et étroites, et ont beaucoup en commun avec une vieille ville provinciale française : très agréable à l'œil, mais un désastre du point de vue fonctionnel. Un camion qui s'arrête sur Beacon Hill pour une livraison peut provoquer un embouteillage d'un kilomètre et demi. Les rues sont capables d'être en sens unique vers le nord sur deux ou trois pâtés de maisons, puis de passer arbitrairement en sens unique vers le sud. En général, ça prend le conducteur moyen au dépourvu, et ça l'oblige à tourner dans une autre rue étroite qui présente le même genre de problème et, avant qu'il ait eu le temps de s'en rendre compte, il se retrouve de nouveau à Cambridge, Charles ou Beacon Street, à regarder la colline en se demandant comment diable il a bien pu redescendre jusqu'ici – avec la nette impression, tout irrationnelle soit-elle, d'avoir été rejeté par la colline elle-même.

C'est un merveilleux endroit pour faire le snob. Les maisons sont en superbe brique rouge. Les places de stationnement sont gardées par la police de Boston. Les petits cafés et boutiques sont tenus

71

par des propriétaires pleins d'autorité, qui ferment leurs portes chaque fois que quelqu'un qu'ils ne reconnaissent pas semble susceptible de vouloir entrer. Et personne ne peut trouver votre adresse à moins que vous n'ayez personnellement tracé un plan.

J'ai regardé dans mon rétroviseur au moment où je franchissais la crête de la colline, le dôme doré de la Chambre pointant à travers la clôture en fer forgé d'un toit en terrasse devant moi. Deux rues derrière, j'ai vu une voiture qui roulait lentement avec un conducteur qui tournait la tête de gauche et de droite comme s'il cherchait une adresse inconnue.

J'ai tourné à gauche dans Joy Street et j'ai descendu les quatre pâtés de maisons me séparant de Cambridge Street. Quand le feu est passé au vert et que j'ai traversé le carrefour, j'ai aperçu cette même voiture derrière moi. Tout en haut de Joy Street, une autre voiture est apparue – un break avec une galerie cassée sur le toit. Je ne pouvais pas voir le conducteur, mais je savais que c'était Angie. Un matin, elle avait bousillé la galerie à coups de marteau en faisant comme si le léger métal était Phil.

J'ai pris Cambridge Street sur la gauche et j'ai longé quelques pâtés de maisons jusqu'au Charles Plaza. Dans le parking, j'ai pris un ticket à la barrière – seulement trois dollars la demi-heure, une affaire – et je l'ai traversé pour arriver devant le Holiday Inn. Je suis entré dans l'hôtel, l'air déterminé, j'ai tourné à droite devant la réception et j'ai sauté dans l'ascenseur. Au deuxième étage, j'ai suivi le couloir jusqu'à trouver une fenêtre, et j'ai regardé le parking.

Casquette bleue ne portait pas de casquette bleue aujourd'hui. Il avait une casquette de cycliste blanche, visière rabattue sur le front. Cependant il portait toujours les panoramiques, mais avec un tee-shirt Nike blanc et un pantalon de jogging noir. Il était debout juste à côté de sa voiture, une Nissan Pulsar blanche avec des rayures de course, et il s'appuyait à la portière ouverte en se demandant s'il allait me suivre à l'intérieur ou non. Je ne pouvais pas voir son numéro d'immatriculation sous cet angle, et, de la hauteur où j'étais, je ne pouvais que deviner son âge : je lui donnais entre vingt et vingt-cinq ans. Il était grand – dans les un mètre quatre-vingt-cinq – et il avait l'air d'être un familier des machines de musculation.

À Cambridge Street, la voiture d'Angie attendait en double file, moteur au ralenti.

J'ai de nouveau regardé Casquette bleue. Inutile de m'attarder. Ou il me suivrait à l'intérieur de l'hôtel ou il ne le ferait pas. Dans un cas comme dans l'autre, ça ne faisait pas de différence.

J'ai pris l'escalier jusqu'au sous-sol, ouvert une porte donnant sur une voie de livraison qui sentait les gaz d'échappement, et sauté de la plate-forme de chargement. J'ai longé une benne à ordures qui puait les fruits en train de pourrir lentement, et je me suis dirigé vers Blossom Street. Je ne me suis pas dépêché, mais en deux temps trois ronds de jambe, j'étais de retour à Cambridge Street.

Partout dans Boston, à des endroits que vous ne remarqueriez jamais, il y a des garages. Ça ne suffit pas dans une ville qui manque autant de places de parking que Moscou de papier hygiénique, mais au moins on se console quand on sait que les tarifs de location sont exorbitants. Je suis entré dans l'un d'eux, situé entre un salon de coiffure et un fleuriste, je l'ai traversé d'un pas nonchalant pour gagner la place numéro dix-huit, et j'ai retiré la housse de mon bébé.

Tous les garçons ont besoin d'un jouet. Le mien est un Roadster Porsche décapotable de 1959. Il est bleu roi, avec un volant imitation bois et un double cockpit. Certes, « cockpit » est un terme habituellement réservé aux avions, mais quand je fais monter cette chose dans les deux cent vingt, j'ai la nette impression que le décollage n'est plus qu'à quelques panneaux de signalisation aux contours flous. L'intérieur est d'élégant cuir blanc. Le levier de vitesse luit comme de l'étain poli. Le klaxon a un super emblème de cheval. Je travaille dessus plus que je ne roule avec, je la pomponne le week-end, je l'astique, j'ajoute de nouvelles pièces. Je suis fier de dire que je ne suis jamais allé jusqu'à lui donner un nom, mais Angie dit que c'est seulement parce que je manque d'imagination pour ça.

Elle a démarré avec un feulement de grand fauve au premier tour de clé. J'ai pris une casquette de base-ball de sous le siège, enlevé ma veste, redressé mes lunettes de soleil, et je suis sorti du garage.

ngie était toujours en double file devant le centre commercial, ce qui signifiait que Casquette bleue était présent à l'appel. J'ai fait un signe de la main et je me suis engagé dans Cambridge Street, en prenant la direction du fleuve. Elle était encore derrière moi quand je suis arrivé sur Storrow Drive, mais, le temps que j'atteigne la I-93, je l'avais laissée sur place, simplement parce que je pouvais le faire. Ou, peut-être, simplement parce que je suis tellement immature. L'un ou l'autre.

8

Le trajet de Wickham n'est pas très drôle. Il faut prendre un échangeur à peu près tous les cinq cents mètres, et il suffit d'un seul mauvais tournant pour se retrouver dans le New Hampshire, à essayer de demander son chemin à des ploucs de l'Est qui ne parlent pas la langue. Pour arranger les choses, il n'y a rien à voir sauf de temps en temps un parc industriel ou, quand on s'approche de la succession des petites villes qui bordent la Merrimack, la Merrimack elle-même. Un spectacle peu plaisant. En général, il faut regarder dans une grille d'égout pour trouver une eau aussi brune et stagnante, victime de l'industrie textile sur laquelle s'est construite une grande partie du New Hampshire et du Massachusetts. La deuxième chose qu'on remarque, quand on traverse cette région, ce sont les filatures elles-mêmes, et le ciel qui se transforme en suie.

Pendant tout le trajet, j'avais *Exile on Main Street*, qui se déversait de mes haut-parleurs, donc ça ne me gênait pas trop, et, le temps que je trouve Merrimack Avenue, je n'avais qu'un souci, c'était de laisser la voiture sans surveillance.

Wickham n'est pas une communauté pour cadres ambitieux. Elle est grise et terne comme seule une ville de filatures peut l'être. Les rues sont couleur

fond de chaussures, et la seule façon de faire la différence entre les maisons et les bars est de chercher
les néons aux fenêtres. Les chaussées et les trottoirs
sont inégaux, le bitume pâle et fissuré. Beaucoup de
gens, en particulier les ouvriers quand ils rentrent à
pas fatigués des filatures, dans la lumière qui
décline, y ont cet air de ceux qui se sont habitués
depuis longtemps à ce que personne ne se souvienne d'eux. C'est un endroit où les gens s'estiment
heureux qu'il y ait des saisons, car au moins ça
confirme que le temps passe véritablement.

Merrimack Avenue est la principale artère.
L'adresse de Simone Angeline était à un bon bout
de chemin du centre-ville – j'avais laissé les bars, les
stations-service, les filatures et les usines de vêtements depuis huit bons kilomètres quand je suis
parvenu au pâté de maisons des 1200. Angie était de
nouveau dans mon rétroviseur, et elle m'a doublé
quand je me suis engagé dans une rue latérale, où
j'ai garé la voiture. J'ai mis l'antivol et retiré l'autoradio, que j'ai emporté avec moi en sortant. J'ai jeté
un dernier coup d'œil à la voiture en espérant que
nous trouverions Jenna Angeline rapidement. Vraiment rapidement.

Je n'ai pas gagné ma voiture dans une partie de
cartes pas plus qu'elle ne m'a été léguée par un
client excessivement généreux. J'ai déposé mon
argent à la banque et j'ai attendu, j'en ai déposé
encore un peu et j'ai attendu. Finalement je l'ai vue
sur une petite annonce, et je suis allé à la banque
demander un prêt. J'ai passé un entretien abomi-
nable avec un chargé de prêt condescendant qui m'a
fait penser à tous ces garçons tordus et aigris au
lycée qui consacrent leur vie d'adulte à se venger de
leur adolescence en se comportant en connard fini
avec tous ceux qui, estiment-ils, les auraient maltraités en conseil de classe. Heureusement, ma clientèle

s'est développée, mes tarifs ont grimpé, et j'ai été vite débarrassé de ce fardeau. Mais je dois toujours payer le prix, qui est de m'inquiéter constamment pour le seul bien matériel qui ait jamais compté pour moi.

Je me suis glissé dans la voiture d'Angie, côté passager, et elle m'a pris la main :

– T'inquiète pas, mon bébé. On fera pas bobo à ton bijou. Je te le promets.

Elle est drôle à tuer parfois.

– Ouais, ai-je dit, c'est sûr que dans ce quartier personne ne va se méfier de cette chose-*là*.

– Oh, très bon. T'as jamais pensé à une carrière de comique ?

Ça se passait comme ça. On restait assis dans la voiture à se partager une boîte de Pepsi en attendant que notre ticket-restaurant entre en scène.

À six heures, nous étions courbatus, nous en avions marre l'un de l'autre, et encore plus marre de regarder le 1254, Merrimack Avenue. C'était une maison délavée, qui avait peut-être été rose à une époque. Une famille portoricaine était entrée une heure plus tôt, et nous avions vu une lumière s'allumer dans l'appartement du premier étage une minute après environ. À part notre seconde boîte de Pepsi qui avait explosé en plein sur le tableau de bord quand je l'avais ouverte, c'est ce que nous avions connu de plus excitant en quatre heures.

J'étais en train d'examiner la collection de cassettes qui gisait par terre dans la voiture d'Angie en essayant de trouver un groupe dont j'aie entendu parler, quand elle a dit :

– Haut les yeux.

Une femme noire – mince comme un fil, avec un port raide, presque majestueux – sortait d'une Honda Civic 1981, le bras droit autour d'un sac de courses calé contre sa hanche. Elle ressemblait à la photographie de Jenna, mais avec sept ou huit bonnes années en moins. Elle paraissait aussi avoir trop d'énergie pour la femme de la photo. Elle a envoyé claquer la portière de la voiture avec sa hanche libre, d'un mouvement sec et vif qui aurait laissé Gretzky [1] cul mouillé sur la glace. Elle a gagné d'un pas ferme la porte d'entrée de la maison, glissé la clé dans la serrure, et disparu à l'intérieur.

– Comment tu veux la jouer ? a demandé Angie.

– On attend.

Elle a remué dans son siège.

– J'avais peur que tu dises ça. (Elle a pris son menton entre ses doigts et l'a fait bouger un moment en demi-cercle.) Tu ne crois pas que Jenna est là ?

– Non. Depuis sa disparition, elle a joué assez prudemment. Elle doit bien savoir que son appart a été saccagé. Et à en juger par la dérouillée que m'a donnée le type dans la cour, elle est sans doute mêlée à quelque chose de plus grave que le vol mineur pour lequel nous la recherchons. Avec des gens pareils à ses trousses – et peut-être aussi ce Roland – je ne crois pas qu'elle aille s'installer chez sa sœur.

Angie a à moitié haussé les épaules, à moitié hoché la tête de cette façon bien à elle, et elle s'est allumé une cigarette. Elle a laissé pendre son bras par la vitre ouverte, et la fumée qui s'était concentrée autour du rétroviseur dans l'habitacle s'est divisée en deux filets qui se sont échappés par les fenêtres.

– Si nous sommes assez malins pour trouver où elle est, a-t-elle dit, pourquoi pas quelqu'un d'autre ? On ne peut pas être les seuls au courant pour sa sœur.

---

1. Wayne Gretzky : le joueur de hockey sur glace le plus primé de l'Amérique du Nord à l'heure actuelle. (*N.d.T.*)

J'y ai réfléchi. Ça se tenait. Si « ils », quels qu'ils soient, me faisaient suivre dans l'espoir de remonter jusqu'à Jenna par mon intermédiaire, ils devaient faire suivre Simone aussi.

– Merde.

– Maintenant, qu'est-ce que tu veux faire ?

– On attend, ai-je répété (et elle a grogné). On suit Simone quand elle ira quelque part...

– *Si* elle va quelque part.

– Énergie positive, s'il te plaît. Quand elle ira quelque part, on suit, mais d'abord on attend un peu, histoire de voir si on a de la compagnie.

– Et si notre compagnie nous a déjà repérés ? S'ils sont en train de nous regarder en ce moment même où nous parlons, et qu'ils se disent la même chose que nous ? On fait quoi dans ce cas ?

J'ai résisté à l'envie de me retourner et de chercher d'autres voitures avec deux occupants immobiles, le regard fixé dans notre direction.

– On se démerde, ai-je répondu.

Elle a froncé les sourcils :

– C'est toujours ce que tu dis quand tu ne sais pas quoi faire.

– Faux.

À dix-neuf heures quinze, les choses ont commencé à bouger.

Simone, vêtue d'un sweat-shirt bleu marine sur un tee-shirt blanc, d'un jean délavé et de tennis génériques couleur huître, est sortie de la maison avec détermination, et a ouvert sa voiture de la même façon.

Je me suis demandé si elle faisait tout de la sorte, avec cette expression figée, cet air de allez-vous-faire-voir-si-vous n'arrivez-pas-à-suivre. Est-il possible de *dormir* de cette façon ?

Elle a pris Merrimack tout droit, de sorte que nous lui avons laissé quelques pâtés de maisons en

attendant de voir si nous étions la seule partie inté-
ressée. Ça semblait être le cas, et si ce ne l'était pas,
je n'allais pas perdre mon unique piste. Nous avons
démarré et, avec un dernier regard pour mon auto-
mobile à trente-sept mille dollars – estimation de
l'assurance, s'il vous plaît –, nous l'avons suivie dans
Wickham. Elle a traversé le centre-ville, et a pris la
I-495. J'en avais assez d'être dans la voiture et
j'espérais de toutes mes forces qu'elle n'avait pas
planqué Jenna au Canada. Heureusement, ça
n'avait pas l'air d'être le cas, vu qu'elle a quitté
l'autoroute quelques kilomètres plus loin pour
entrer dans Lansington.

Lansington est, si c'est possible, encore plus laide
que Wickham, mais de façon imperceptible. À
presque tous les égards, les villes sont identiques.
Lansington paraît juste plus terne.

Nous attendions à un feu rouge près du centre-
ville, mais quand le feu est passé au vert, Simone n'a
pas bougé. J'ai senti un étau glacé se resserrer sur
mon cœur, et Angie a dit :

– Merde, tu crois qu'elle nous a remarqués ?

– Klaxonne, ai-je dit.

Elle l'a fait et la main de Simone s'est levée en un
geste d'excuses quand elle s'est rendu compte que le
feu avait changé. C'était la première chose dépour-
vue de détermination qu'elle faisait depuis que je
l'avais vue, et ça m'a provoqué comme une
décharge électrique : nous approchions.

Tout autour de nous, il y avait des maisons à bar-
deaux d'un étage, trapues, fin des années 1800 environ. Les arbres, quand on en voyait, étaient
clairsemés et horriblement noueux. Les feux de
signalisation étaient vieux et encore ronds, pas de
signaux « Passez piétons / Attendez piétons », ni de
dessins au néon pour ceux qui ne comprenaient pas
la partie « Passez / Attendez ». Les feux faisaient un

petit clic en changeant de couleur, et, roulant tran-
quillement le long de la route à deux voies, j'avais
l'impression que nous aurions tout aussi bien pu
nous trouver en Virginie ou Géorgie rurales.

Devant nous, le clignotant gauche de Simone s'est
déclenché, et, une fraction de seconde plus tard, elle
a quitté la route et rejoint un petit parking de terre
où stationnaient des pick-up, un Winnebago, deux
voitures de sports américaines couvertes de poussière et ces lamentables monuments au mauvais
goût de Detroit que sont les El Camino. Il y en avait
deux. Une voiture qui n'arrivait pas à décider si elle
voulait être un camion, un camion qui n'arrivait pas
à décider s'il voulait être une voiture : au final, des
hybrides obscènes.

Angie a continué de rouler et, au bout de huit
cents mètres, nous avons fait demi-tour et sommes
retournés au parking. Il appartenait à un bar. Tout
comme à Wickham, il n'y aurait pas eu moyen de
savoir ce que c'était sans les petits néons MILLER
HIGH LIFE aux fenêtres. C'était un bâtiment bas à un
étage, un peu plus profond que la plupart des autres
maisons, d'une dizaine de mètres en plus environ.
De l'intérieur, j'entendais des tintements de verres,
des éclats de rires, des rumeurs de conversation, et
une chanson de Bon Jovi qui venait d'un juke-box.
J'ai rectifié cette dernière pensée ; peut-être que
c'était juste une chaîne stéréo réglée sur une station
de radio, et que personne à l'intérieur n'avait réellement payé pour écouter Bon Jovi. Mais j'ai regardé
de nouveau les pick-up et le bar, et je n'ai pas eu
beaucoup d'espoir.

Angie a dit :

– On va attendre ici aussi ?

– Que nenni. On entre.

– Génial. (Elle a regardé le bâtiment.) Dieu
merci, j'ai un port d'armes.

Et elle a vérifié le chargement de son .38.

– Tu peux le redire, ai-je répondu en m'extirpant de la voiture. Et la première chose que tu fais quand on entre, tu flingues la chaîne.

– Simone n'était visible nulle part quand nous sommes entrés. Un fait assez facile à établir vu qu'au moment où nous avons franchi le seuil tout le monde s'est arrêté de bouger.

Je portais un blue-jean avec une chemise en jean et une casquette de base-ball. J'avais la figure de quelqu'un qui aurait eu un différend avec un pitbull, et la veste qui couvrait mon revolver était un truc de l'armée loqueteux et délavé. Je m'intégrais parfaitement.

Angie avait un blouson de football bleu foncé avec des manches en cuir blanches sur un grand tee-shirt en coton blanc qu'elle portait par-dessus un caleçon noir.

Devinez lequel de nous deux ils regardaient.

J'ai regardé Angie. New Bedford n'est pas terriblement loin d'ici. Le Big Dan's Bar est à New Bedford. C'est là qu'une bande de mecs ont jeté une fille sur une table de billard et se sont payé leur version d'une partie de plaisir à ses frais, sous les encouragements du reste du bar. J'ai regardé les clients de ce bar : un cocktail de ploucs de l'Est, petits Blancs pauvres, ouvriers des filatures fraîchement immigrés du tiers-monde, Portugais, deux Noirs – tous pauvres, et hostiles, et fin prêts à se défouler un petit coup. Ils étaient sans doute venus ici parce que Big Dan's était fermé. J'ai de nouveau regardé Angie. Je ne m'inquiétais pas pour elle ; je réfléchissais à ce que deviendrait mon affaire si ma partenaire explosait les bites de toute une assemblée de bar à Lansington. Je n'en étais pas certain, mais j'avais l'impression que nous ne pourrions plus garder ce bureau à l'église.

Le bar était plus grand qu'il n'y paraissait de l'extérieur. À ma gauche, juste avant le comptoir, il y avait un escalier étroit en bois brut. Le comptoir avançait jusqu'au milieu de la pièce, sur le côté gauche. En face, il y avait quelques tables pour deux le long d'un mur en contreplaqué foncé. Après le comptoir, la salle s'élargissait, et j'ai aperçu des flippers et des consoles de jeux sur la gauche, ainsi que le coin d'une table de billard sur la droite. Une table de billard. Super.

Le lieu était moyennement voire très rempli. À peu près tout le monde portait des casquettes de base-ball, même les gens que je présumais être des femmes. Quelques rares personnes buvaient des cocktails, mais dans l'ensemble on était en pays Budweiser ici.

Le barman était un jeune mec, beau gosse et blond décoloré, mais s'il travaillait là, c'est que c'était un gars du bled. Il m'a adressé un petit sourire. Puis il en a adressé un à Angie qui, par comparaison, avait l'air de lui exploser les lèvres.

– Salut, a-t-il dit, qu'est-ce que je vous sers ?

Il s'est penché en travers du bar et l'a regardée dans les yeux.

– Deux Bud', a dit Angie.

– Avec plaisir, a dit Blondie.

– Ben voyons, elle a répliqué en souriant.

Elle fait ça tout le temps. Flirte à mort avec tout le monde sauf moi. Si je n'étais pas un tel pilier d'assurance, ça m'agacerait.

Mais j'avais la chance de mon côté ce soir-là. Je l'ai senti au moment où la chanson de Bon Jovi s'est arrêtée. Pendant que Blondie allait chercher les bières, j'ai regardé vers l'escalier. Dans ce qui passe pour un moment de calme dans un bar, j'ai entendu des gens bouger en haut.

Quand Blondie a posé les deux bières devant Angie, j'ai dit :

– Est-ce qu'il y a une porte arrière, ici ?

Il a tourné lentement la tête dans ma direction, et m'a regardé comme si je venais de lui cogner le genou en montant dans le bus.

– Ouais, a-t-il dit avec une extrême lenteur.

Et il a fait un geste de la tête vers la table de billard.

À travers la fumée qui flottait dans le fond de la salle, j'ai vu la porte. Il s'était remis à regarder Angie, mais il m'a dit du coin de la bouche :

– Pourquoi, z'avez l'intention de braquer le bar ?

– Non. (J'ai feuilleté les cartes de mon porte-feuille jusqu'à trouver la bonne.) J'ai l'intention de vous coller une amende pour infractions aux normes de construction. Y en a une tripotée, connard.

J'ai balancé la carte sur le bar. Elle portait l'inscription : « Lewis Prine, inspecteur d'État aux bâtiments ». Lewis avait un jour commis l'erreur de me laisser seul dans son bureau.

Blondie a cessé de regarder Angie, mais j'ai bien vu que ça lui faisait mal. Il a un peu reculé, et a regardé la carte.

– Vous avez pas des insignes ou quelque chose du genre ?

J'avais aussi ça en stock. Ce qu'il y a de bien avec les insignes, c'est qu'ils se ressemblent presque tous, pour l'œil non averti, ce qui m'évite d'avoir à en trimballer cinquante avec moi. Je le lui ai agité sous le nez, et je l'ai rempoché.

– Tout ce que vous avez, c'est cette unique porte arrière ? ai-je demandé.

– Ouais, a-t-il dit. (Inquiet.) Pourquoi ?

– Pourquoi ? *Pourquoi ?* Où est le propriétaire ?

– Heuh ?

– Le propriétaire. *Le propriétaire.*

– Bob ? Il est rentré chez lui pour la soirée.

Ma chance tenait bon.

– Vous avez des étages ici, fiston ?

Il m'a regardé comme si je venais de lui demander la densité atmosphérique de Pluton.

– Des étages ? Euh, ouais, un. On en a un. Y a les chambres à louer à l'étage.

– Un étage, ai-je répété avec un air de profond dégoût moral. Un rez-de-chaussée et un étage, et les seules issues sont au rez-de-chaussée.

– Ouais, a-t-il dit.

– *Ouais ?* Et comment les gens du premier étage sont censés sortir s'il y a un incendie ?

– Par une fenêtre ? a-t-il suggéré.

– Une fenêtre. (J'ai secoué la tête.) Et si je t'emmenais là-haut, là maintenant, pour voir dans quel état t'arrives en sautant par une putain de fenêtre ? Une fenêtre. Nom de Dieu !

Angie a croisé les jambes, sirotant sa bière, savourant la situation.

– Ben..., a fait Blondie.

– Ben *quoi* ? j'ai dit.

Et j'ai lancé à Angie le regard « prépare-toi ».

Elle a levé les sourcils et elle a joyeusement descendu sa bière.

– Mon petit gars, ai-je dit, on va te faire entrer deux trois trucs dans le crâne, ce soir.

J'ai traversé la salle jusqu'au mur en contreplaqué et j'ai tiré l'alarme d'incendie.

Personne dans le bar n'a couru vers une sortie. Personne n'a vraiment bougé en fait. Ils ont juste tourné la tête, et m'ont regardé. Ils avaient l'air d'avoir un peu les boules.

Mais à l'étage, personne ne pouvait savoir s'il y avait un incendie ou non. Les bars sentent toujours la fumée.

Une femme plutôt forte avec un drap plutôt petit sur son corps nu et un type maigre couvert beaucoup moins furent les premiers à descendre. Ils jetèrent à peine un coup d'œil au bar avant de bondir par la porte comme des lapins à la saison de la chasse.

Deux mômes suivirent. Seize ans environ, un peu d'acné tous les deux. Probablement inscrits sous le nom de Mr. et Mrs. Smith. Ils se sont aplatis contre le mur dès qu'ils ont quitté la dernière marche, nous regardant tous, la poitrine haletante.

Et puis, soudain, Simone était là et elle avait l'air très contrariée, cherchant des yeux un responsable, passant en revue Blondie, puis l'assemblée de péquenauds, pour finir par tomber sur mézigue. Je lui ai adressé un regard furtif avant de concentrer mon attention sur quelque chose derrière son épaule.

Sur Jenna Angeline.

Angie s'est écartée de moi, et s'est éclipsée de l'autre côté du mur en contreplaqué. J'ai attendu, les yeux rivés sur Jenna Angeline, qui m'a finalement regardé. Elle avait des yeux qui hurlaient la résignation. Des yeux vieux, très vieux. Marron, engourdis et trop battus pour exprimer de la peur. Ou de la joie. Ou de la vie. Quelque chose les anima brièvement, et j'ai compris qu'elle m'avait reconnu. Pas qui j'étais. Ce que je représentais. J'étais juste une autre forme de flic, ou de collecteur d'impôts, ou de proprio, ou de patron. J'étais le pouvoir, et je venais pour décider quelque chose qui concernait sa vie, que ça lui plaise ou non. Elle m'avait parfaitement reconnu.

Angie avait trouvé le disjoncteur, et, en une seconde éraillée, la sonnerie de clairon chevrota et se tut.

J'étais le centre de l'attention maintenant, et je savais que j'allais rencontrer de la résistance, en tout cas au moins de la part des sœurs Angeline. Tout le monde sauf elles, le barman et un type genre ex-footballeur, grand tendance gros, à ma droite, s'effaça dans une brume indistincte. Le footballeur était penché en avant sur la pointe des pieds, et Blondie avait la main sous le bar. Aucune des sœurs Angeline ne semblait avoir la moindre intention de bouger sans l'aide d'une grue.

Ma voix a paru forte et rauque quand j'ai dit :

– Jenna, j'ai besoin de vous parler.

Simone a attrapé sa sœur par le bras, et lui a dit :

– Viens, Jenna, on s'en va.

Et elle l'a entraînée vers la porte.

J'ai secoué la tête et je me suis placé devant la porte, et j'avais déjà la main dans ma veste quand le footballeur est passé à l'action. Un autre héros. Sans doute membre de la brigade auxiliaire des sapeurs-pompiers. Il avait la main droite qui se dirigeait vers mon épaule et la bouche ouverte, avec une grosse voix qui disait :

– Hé, connard, laisse les femmes tranquilles.

Avant qu'il atteigne mon épaule, ma main a jailli de ma veste, balayé son bras et frôlé ses lèvres du bout de mon pistolet.

– Pardon ? j'ai dit.

Et je lui ai enfoncé le canon contre la lèvre supérieure.

Il a regardé l'arme. Il n'a rien dit.

Je n'ai pas bougé la tête, juste parcouru la salle et regardé dans les yeux tous ceux dont je croisais le regard. Je sentais la présence d'Angie à côté de moi, le revolver braqué, le souffle court.

– Jenna, Simone, a-t-elle dit, je veux que vous montiez dans votre voiture et que vous alliez à la maison de Wickham. Nous serons juste derrière vous, et, si vous essayez de vous tirer, croyez-moi, notre voiture est beaucoup plus rapide que la vôtre, et nous nous retrouverons à discuter dans un fossé.

J'ai regardé Simone :

– Si je voulais vous faire du mal, vous seriez déjà mortes.

Simone a émis un genre de langage du corps que seul une sœur peut reconnaître, parce que Jenna lui a mis la main sur le bras.

– On fait ce qu'ils disent, Simone.

Angie a ouvert la porte derrière moi. Jenna et Simone sont passées devant moi, et sont sorties.

J'ai regardé Joueur de Foot, puis je lui ai poussé la tête en arrière avec le revolver. Je sentais le poids de celui-ci dans mon bras, avec les muscles qui commençaient à fatiguer, ma main qui se raidissait et la transpiration qui jaillissait de toutes les glandes de mon corps.

Joueur de Foot m'a regardé, et j'ai vu qu'il songeait de nouveau à faire le héros.

J'ai attendu. J'ai braqué mon revolver et j'ai dit :

– Vas-y.

– Pas ici, a dit Angie. Allons-nous-en.

Elle m'a pris par le coude, et nous sommes sortis du bar à reculons dans la nuit.

9

– Assieds-toi, Simone. S'il te plaît.

Tout ce que disait Jenna sortait comme une sup-
plication fatiguée.

Nous étions de retour à la maison depuis dix
minutes et nous avions employé tout notre temps à
négocier avec l'ego de Simone. Jusqu'à présent, elle
avait essayé deux fois de me pousser pour passer, et
maintenant elle se dirigeait vers le téléphone.

– Ça existe pas, ça, un mec qui vient dans ma
maison, qui me dit ce que je dois faire, a-t-elle dit à
Jenna.

Puis elle a regardé Angie :

– Et le mec va pas me tirer dessus avec les voisins
d'en haut qui sont réveillés.

Elle avait commencé à y croire le temps
d'atteindre le téléphone.

– Simone, ai-je dit, qui allez-vous appeler ? La
police ? Très bien.

– Repose le téléphone, Simone, a dit Jenna. S'il
te plaît.

Angie avait l'air de trépigner d'ennui. La
patience n'est pas une de ses vertus premières. Elle
a traversé la pièce, et arraché du mur le fil du téléphone.

J'ai fermé les yeux, puis je les ai rouverts.

– Jenna, je suis détective privé, et avant qu'aucun de nous ne décide de faire quoi que ce soit d'autre, il faut que je vous parle.

Simone a regardé le téléphone, puis Angie et moi, et finalement sa sœur. Elle a dit :

– C'est tes oignons, ma fille, c'est toi qui vois.

Et elle s'est assise sur le canapé.

Angie s'est assise à côté d'elle.

– Vous avez un très bel appartement.

C'était vrai. C'était petit, l'extérieur n'avait rien de spécial, et ce n'était pas comme s'il y avait un demi-queue près de la fenêtre, mais le fait est que Simone avait du goût. Le canapé sur lequel Simone et Angie étaient assises était crème clair, avec un énorme coussin qu'Angie mourait d'envie de serrer contre elle. Jenna était assise dans un fauteuil d'acajou à la droite du canapé, et je m'appuyais à son pendant en face d'elle. À un mètre vingt des fenêtres, le sol s'élevait d'une vingtaine de centimètres, et une petite alcôve avait été créée autour des deux fenêtres face à la rue, avec des coussins sur les rebords des fenêtres, un petit porte-revues en bois, une plante tombante accrochée au plafond et le meuble en bois du téléphone.

Une bibliothèque couvrait le demi-pan de mur derrière Jenna, et j'ai vu des livres de poésie de Nikki Giovanni, Maya Angelou, Alice Walker et Amiri Baraka, plus des romans de Baldwin et Wright ainsi que de Gabriel García Márquez, Toni Morrison, Pete Dexter, Walker Percy et Charles Johnson.

J'ai regardé Simone :

– Où est-ce que vous avez fait vos études ?

– Tuskegee, a-t-elle répondu un peu surprise.

– Bonne fac.

Un de mes amis y avait joué au foot pendant un an avant de s'apercevoir qu'il n'était pas assez bon.

– Bonne collection de livres, ai-je ajouté.

– Vous êtes juste surpris que le nègre sache lire.

J'ai soupiré :

– D'accord. C'est ça, Simone.

J'ai dit à Jenna :

– Pourquoi avez-vous quitté votre boulot ?

– Il y a des gens qui quittent leur boulot tous les jours, a dit Jenna.

– C'est vrai, mais pourquoi avez-vous quitté le vôtre ?

– Je ne voulais plus travailler pour eux. Aussi simple que ça.

– Et quand vous avez fouillé dans leurs dossiers, ça aussi, c'était aussi simple que ça ?

Jenna a eu l'air déconcertée. Simone aussi. Peut-être l'étaient-elles vraiment, mais cela étant, si elle avait volé les dossiers, paraître parfaitement au courant de ce dont je parlais n'était sans doute pas la meilleure idée. Simone a dit :

– Mais de quoi est-ce que vous parlez ?

Jenna me regardait d'un regard ferme en malaxant le tissu de sa jupe entre ses doigts. Elle réfléchissait à quelque chose et, l'espace d'un instant, l'intelligence qui illumina ses yeux submergea toute cette lassitude comme une vague balaye une barque. Puis disparut de nouveau, et les yeux se ternirent. Jenna a dit :

– Simone, j'aimerais parler quelques minutes seule avec cet homme.

Ça ne plaisait pas à Simone, mais, après une minute ou deux, elle et Angie sont parties à la cuisine. Simone avait la voix forte et malheureuse, mais Angie sait y faire avec ce qui est fort et malheureux. On ne vit pas un mariage de rages arbitraires, de jalousies infondées et d'accusations soudaines sans apprendre à faire face à l'hostilité d'autrui dans une petite pièce. Quand elle est confrontée à des pleurnicheurs ou à des râleurs de tout poil – ceux qui se voient toujours comme les victimes de la grande conspiration de la vie pour leur gâcher la journée, qui sont excessifs ou s'étranglent de colère pour des peccadilles aussi insignifiantes que prévisibles –, Angie adopte un regard absent et calme, sa tête et son corps prennent l'immobilité d'une statue, et le pleurnicheur ou le râleur se déchargent jusqu'à ce que ce regard les force à bafouiller, à faiblir, à s'épuiser. Soit vous vous ratatinez sous l'effet de sa logique calme, blémissant devant cette intimidante maturité, soit vous vous jetez sur elle, comme Phil, et vous vous reniez. Je le sais, j'ai fait moi-même l'objet de ce regard une ou deux fois.

Dans le salon, Jenna avait les yeux fermement rivés au sol, et, si elle malaxait plus fort cette jupe, le fil allait commencer à former un tas à ses pieds. Elle a dit :

– Si vous me disiez pourquoi vous êtes venu me trouver.

J'y ai réfléchi. Je me suis déjà trompé sur des gens. Plusieurs fois. Je pars du principe que les gens sont tous des cons jusqu'à preuve du contraire, et ça me rend habituellement bien service. Mais de temps à autre, j'estime qu'un individu·a fait la preuve du contraire – et je découvre les merdes plus tard, en général de façon douloureuse. Jenna ne me faisait pas l'impression d'être une menteuse. Elle n'avait pas l'air de savoir comment s'y prendre, mais souvent c'est exactement ce genre de personnes qui ne reconnaîtraient pas la vérité si celle-ci se promenait avec une plaque d'identité sur son revers de veste. J'ai dit :

– Vous avez certains documents. J'ai été embauché pour les récupérer. (J'ai écarté les mains, paumes ouvertes.) Tout simplement.

– Des documents ? (Elle a craché le mot.) Des documents. Merde.

Elle s'est levée, et s'est mise à faire les cent pas, et soudain elle paraissait beaucoup plus forte que sa sœur, beaucoup plus déterminée. Elle n'avait aucun mal à me regarder dans les yeux maintenant. Les siens étaient rouges et durs, et je me suis rendu compte, une fois de plus, que les gens ne naissent pas fatigués et battus, ils le deviennent.

– Laissez-moi vous dire, monsieur Kenzie (elle a pointé le doigt vers moi, bien raide), que c'est un drôle de mot, ça, bon sang. Des « documents ».

Elle avait de nouveau baissé la tête et marchait en décrivant un cercle étroit dont elle était la seule à voir les bords.

– Des documents, a-t-elle répété. Bon, d'accord. Appelez-les comme vous voudrez. Oui, monsieur. Appelez-les comme vous voudrez.

– Comment les appelleriez-vous, madame Angeline ?

– J'suis pas une madame.

– O.K. Comment les appelleriez-vous, mademoiselle Angeline ?

Elle m'a regardé, et son corps tout entier s'était mis à trembler de rage. Le rouge de ses yeux avait foncé et son menton pointait vers l'avant, droit et intransigeant. Elle a dit :

– De toute ma vie, personne a jamais eu besoin de moi. Vous voyez ce que je veux dire ?

J'ai haussé les épaules.

– Besoin, a-t-elle dit. Personne a jamais eu besoin de moi. Les gens me veulent, bien sûr. Pour quelques heures, comme ça, une semaine peut-être, ils me disent : « Jenna, nettoyez la pièce cent cinq », ou : « Jenna, descendez faire une course pour moi », ou ils me disent tout gentiment : « Jenna, ma puce, viens ici, allonge-toi un moment. » Mais après, quand ils ont fini, je ne suis plus qu'un meuble de nouveau. S'en fichent si je suis là, s'en fichent si je suis pas là. Les gens peuvent toujours trouver quelqu'un qui nettoie pour eux, ou qui descende leur faire une course, ou qui s'allonge avec eux.

Elle est retournée à son fauteuil et elle a farfouillé dans son sac jusqu'à trouver un paquet de cigarettes.

– J'avais pas fumé depuis dix ans – jusqu'à il y a quelques jours. (Elle s'en est allumé une et a recraché une bouffée de fumée qui a embrumé la petite pièce.) C'est pas des documents, monsieur Kenzie. Vous comprenez ? C'est pas des documents.

– Alors qu'est-ce que...

– Ce sont des choses. Ce sont des choses.

Elle a hoché la tête, fouillé l'air avec sa cigarette, continué de faire les cent pas.

Je me suis un peu penché en avant dans mon fauteuil, en la suivant de la tête comme si j'étais à Wimbledon. J'ai dit :

– Quoi comme choses, mademoiselle Angeline ?

– Vous savez, monsieur Kenzie, a-t-elle dit comme si elle ne m'avait pas entendu tout d'un coup, tout le monde qui me cherche, qui embauche des gens comme vous, qui embauche sans doute des gens pires que vous, qui essaye de trouver Jenna, de parler à Jenna, d'avoir ce que Jenna a.

Elle m'a rejoint en traversant rapidement la pièce, cigarette brandie au-dessus de moi, comme un couteau de boucher, mâchoires serrées. Elle a dit :

– Personne va avoir ce que j'ai. Vous m'entendez ? Personne. Sauf celui à qui je décide de le donner. C'est moi qui prends la décision. J'obtiens ce que je veux. J'utilise un peu, moi aussi. Peut-être que j'envoie quelqu'un faire des courses pour *moi*. Je vois les gens travailler pour *moi*, pour changer. Je les vois se fondre en meubles quand j'ai plus besoin d'eux. (Elle a agité la cigarette incandescente en direction de mon œil.) *C'est moi qui décide.* Jenna Angeline. (Elle s'est un peu penchée en arrière, a tiré une bouffée de cigarette.) Et ce que j'ai n'est pas à vendre.

– Alors, c'est pour quoi ?

– La justice, a-t-elle dit à travers un flot de fumée. Et à hautes doses. Il y a des gens qui vont souffrir, monsieur Kenzie.

J'ai regardé sa main qui tremblait tellement que la cigarette oscillait de haut en bas comme un plongeoir juste abandonné. J'ai entendu l'angoisse dans sa voix – un son déchiré, légèrement caverneux – et j'ai vu ses ravages sur son visage. C'était une personne à bout, Jenna Angeline. Un cœur qui battait vite dans la coquille de son corps. Elle avait peur, et elle était fatiguée et en colère et elle hurlait à la face du monde, mais, à la différence de la plupart des gens dans la même situation, elle était dangereuse, car elle détenait quelque chose qui, du moins de son point de vue, lui rendrait quelque chose dans ce monde. Mais en général le monde ne marche pas ainsi, et les gens comme Jenna sont des bombes à retardement ; ils peuvent peut-être en faire tomber certains, mais ils sautent eux aussi dans le brasier.

Je ne voulais pas qu'il arrive de mal à Jenna, mais ce dont j'étais sûr, c'était que je ne recevrais aucun éclat d'obus si elle s'autodétruisait.

– Jenna, ai-je dit, mon problème est le suivant : nous appelons ce genre d'affaires un « retrouver-appeler » parce que c'est en gros ce que je suis payé pour faire : vous retrouver et appeler le client, puis reprendre mon bonhomme de chemin. Une fois que j'ai passé le coup de fil, ce n'est plus mon affaire. En général, le client fait venir les flics, ou il règle le problème personnellement, peu importe. Mais je n'attends pas de voir ce qui se passe. Je suis...

– Un chien. Vous courez le nez au sol en reniflant les buissons et les merdes chaudes jusqu'au moment où vous trouvez le renard. Alors, vous vous écartez et vous laissez les chasseurs l'abattre.

Elle a écrasé sa cigarette.

Ce n'était pas la métaphore que j'aurais choisie mais ce n'était pas entièrement faux, quoi que je veuille penser. Jenna s'est rassise, et m'a regardé, et j'ai soutenu le regard de ses yeux foncés. Ils avaient l'étrange mélange de terreur et de vaillance obstinée d'un chat acculé dans un coin ; le regard de quelqu'un qui n'est pas sûr d'être à la hauteur de la tâche, mais qui a décidé qu'il n'y a pas d'autre issue que d'aller tout droit. C'est le regard de l'âme qui s'effondre, mais tente de mobiliser toutes ses forces pour un dernier geste qui en vaille la peine. Ce n'est pas un regard que j'aie jamais vu dans les yeux de gens comme Sterling Mulkern, ou Jim Vurnan, ou Brian Paulson. Je ne l'ai jamais vu sur le visage du Héros, ni d'un président, ni d'un capitaine d'industrie. Mais je l'ai vu sur le visage de presque tout le monde, à part eux.

– Jenna, vous me dites ce que vous pensez que je dois faire.

– Qui vous a embauché ?

J'ai secoué la tête.

– Ben, c'était soit le sénateur Mulkern soit Socia, et Socia vous aurait juste dit de m'abattre là où vous me trouvez, donc c'est obligé que ce soit le sénateur Mulkern.

Socia ?

– Est-ce que Socia a un rapport avec Roland ? ai-je demandé.

J'aurais pu lui asséner une boule de démolisseuse sur la tête, j'aurais eu moins d'impact. Elle a fermé les yeux un moment en se balançant sur place.

– Qu'est-ce que vous savez sur Roland ?

– Je sais que c'est quelqu'un à éviter.

– Vous ne vous approchez pas de Roland, vous entendez ? Vous ne vous approchez pas de lui.

– C'est ce que les gens n'arrêtent pas de me dire.

– Eh ben, écoutez-les.

– Qui est Roland ? j'ai demandé.

Elle a secoué la tête.

– O.K. Qui est Socia ?

Autre branlement de tête.

– Je ne peux pas vous aider, Jenna, si...

– J'vous ai pas demandé de m'aider.

– Très bien.

Je me suis levé et je suis allé au téléphone. Je l'ai rebranché, commencé de composer un numéro.

– Qu'est-ce que vous faites ? a-t-elle dit.

– J'appelle mon client, vous pourrez lui parler. Mon boulot est fini.

– Attendez.

J'ai secoué la tête :

– Sterling Mulkern, s'il vous plaît.

Une voix électronique était en train de me donner l'heure quand Jenna a de nouveau arraché le fil du téléphone. Je me suis retourné, et je l'ai regardée.

– Vous devez me faire confiance, a-t-elle dit.

– Non. Je peux vous laisser ici et aller à la cabine téléphonique la plus proche passer mon coup de fil.

– Mais si... ?

– Mais si quoi ? ai-je dit. J'ai autre chose à foutre que de jouer au plus con avec vous, ma petite dame. Vous avez une carte à jouer ? Jouez-la.

– Quelle sorte de documents vous êtes censé chercher ? a-t-elle dit.

Aucune raison de mentir.

– Ils ont trait à un projet de loi qui arrive en discussion.

– Ah oui, vraiment ? Eh bien, monsieur Kenzie, quelqu'un vous a menti. Ce que j'ai n'a rien à voir avec des projets de loi et la politique ni avec la Chambre.

Tout a à voir avec la politique dans cette ville, mais j'ai laissé passer.

– À quoi ont-ils... et puis merde. Qu'est-ce que vous avez, mademoiselle Angeline ?

– J'ai certaines choses dans un coffre, à Boston. Maintenant si vous voulez découvrir ce que sont ces choses, vous venez avec moi demain à l'ouverture des banques, et nous verrons de quoi vous êtes fait.

– Pourquoi vous croirais-je ? Pourquoi est-ce que je n'appellerais pas mon client, là, maintenant ?

– Je crois que je connais assez bien les gens, monsieur Kenzie, a-t-elle dit. Pas que ça serve à grand-chose comme talent pour une pauvre femme noire, mais c'est le seul que j'aie. Et vous, eh bien, peut-être que ça ne vous gêne pas d'être le chien de quelqu'un de temps en temps, mais vous n'êtes certainement pas le commis de qui que ce soit.

10

– Tu déconnes ou quoi ? a dit Angie.

Et c'est sorti dans un chuchotement âpre.

Nous étions assis dans l'alcôve et regardions la rue. Jenna et Simone étaient dans la cuisine, sans doute en train de tenir une conversation similaire.

– Ça ne te plaît pas ? j'ai dit.

– Non, a-t-elle dit, ça ne me plaît pas.

– Douze heures de plus ou de moins ne changeront pas grand-chose.

– Foutaises. C'est débile, Patrick. Nous avons été embauchés pour la trouver et appeler Mulkern. O.K. On l'a trouvée. Maintenant, on devrait passer le coup de fil et rentrer à la maison.

– Je ne crois pas.

– *Tu* ne crois pas ? a-t-elle dit entre ses dents. Charmant. Sauf que tu n'es pas la seule composante de cette équation. Nous sommes associés.

– Je sais que nous...

– Tu le sais ? J'ai ma licence moi aussi, tu te souviens ? Tu as peut-être démarré l'agence, mais moi aussi j'y ai investi de mon temps. Moi aussi, je me fais tirer dessus et casser la figure, et je fais des planques de quarante-huit heures. C'est moi qui ai flippé en attendant que le proc décide s'il allait instruire pour Bobby Rice ou non. J'ai mon mot à dire, là. À cinquante pour cent.

– Et tu dis ?

– Que c'est de la connerie. Je dis qu'on fait ce qu'on a été embauchés pour faire, et on rentre à la maison.

– Et moi je dis... (je me suis repris) je te *demande* de me faire confiance sur ce coup et de me donner jusqu'au matin. Bon sang, Ange, on se retrouverait à la surveiller jusque-là de toute manière. Mulkern ne va pas se lever de son lit et venir jusqu'à Wickham à cette heure de la nuit de toute façon.

Elle a réfléchi à ça. Sa peau olive avait une teinte café dans le mauvais éclairage de l'alcôve, et elle pinçait fermement sa bouche aux lèvres pleines.

– Peut-être, peut-être, a-t-elle dit.

– Alors, où est le problème ?

J'ai fait le geste de me lever.

Elle m'a attrapé par le poignet :

– Pas si vite, mon gars.

– Quoi ?

– Ta logique est bonne, Skid ; ce sont tes motifs qui me posent problème.

– Quels motifs ?

– À toi de me dire.

Je me suis rassis, j'ai soupiré. Je l'ai regardée, et j'ai pris mon plus bel air de petit innocent :

– Je ne vois pas quel mal il y a à apprendre tout ce qu'on peut tant qu'on en a l'occasion. C'est mon seul motif.

Elle a secoué lentement la tête, en me regardant fixement et avec une certaine tristesse. Elle a passé la main dans ses cheveux et a laissé sa frange retomber librement sur son front.

– Ce n'est pas un chat que quelqu'un a laissé dehors sous la pluie, Patrick. C'est une femme adulte qui a commis un délit.

100

– Je n'en suis pas si sûr.

– Quoi qu'il en soit, ce n'est pas le propos. Nous ne sommes pas des travailleurs sociaux.

– Où veux-tu en venir, Angie ? ai-je demandé, brusquement fatigué.

– Tu n'es pas honnête avec toi-même. Ni avec moi. (Elle s'est levée.) On va la jouer à ta façon si tu veux. Je ne peux pas dire que ça fasse une telle différence. Mais rappelle-toi une chose.

– Quoi ?

– Quand Jim Vurnan nous a demandé si nous accepterions ce boulot, j'étais prête à refuser. C'est toi qui as dit que travailler pour Mulkern et consorts ne poserait pas de problème.

J'ai écarté les mains :

– Et ma position n'a pas changé.

– J'espère que non, Patrick, parce que nos affaires ne sont pas florissantes au point que nous puissions nous permettre de saloper un boulot comme celui-ci.

Elle est sortie de l'alcôve et est entrée dans la cuisine.

J'ai regardé mon reflet dans la glace. Lui non plus n'avait pas l'air trop content de moi.

– J'ai mis ma voiture devant la maison à un endroit où je pouvais la surveiller de l'alcôve. Rien n'avait été cassé ni volé, et j'ai remercié le grand Dieu des autos dans le ciel.

Angie est ressortie de la cuisine et a appelé Phil pour lui dire qu'elle allait rester ici pour la nuit, et ça s'est tranformé en calvaire, avec sa voix qui résonnait distinctement à travers le combiné pendant qu'il râlait à propos de ses besoins à lui, bordel. Angie avait une expression vide et lointaine, et elle a posé le combiné sur ses genoux et fermé les yeux un instant. Elle a tourné la tête et rouvert les yeux :

– Tu as besoin de moi ?

101

J'ai secoué la tête :

– Je te verrai au bureau demain vers les dix heures, par là.

Elle a reparlé dans le téléphone d'une voix si douce et apaisante que ça m'a donné la nausée, et, peu après avoir raccroché, elle est partie.

J'avais vérifié que c'était l'unique téléphone et verrouillé la porte arrière afin que personne ne puisse l'ouvrir sans faire de bruit. Je me suis assis sur la banquette de la fenêtre, et j'ai écouté la maison. À travers le mur de la chambre à coucher, j'entendais Jenna, qui essayait toujours d'expliquer notre arrangement à Simone.

Avant, Simone avait poussé quelques braillements à propos de rapt et de crimes fédéraux, en me balançant toute une bordée de notions juridiques qu'elle avait apprises à la télé, dans *L.A. Law*. Elle était lancée et parlait à tue-tête de « séquestration » et d'autres absurdités quand je lui avais assuré que l'alternative à ma prise en charge de la situation serait un règlement légal rapide des affaires de sa sœur par Sterling Mulkern et compagnie. Elle l'avait fermée.

Les voix dans la chambre se sont tues, et, quelques minutes plus tard, j'ai entendu la porte s'ouvrir, et le reflet de Jenna est apparu par-dessus mon épaule dans la vitre. Elle portait un tee-shirt extralarge sur un vieux pantalon de jogging gris, et son visage était nettoyé de toute trace de maquillage. Elle tenait deux boîtes de bière et, quand je me suis retourné, elle m'en a mise une dans la main.

– Ma sœur m'a fait promettre de les remplacer, a-t-elle dit.

– Je veux bien vous croire.

Elle a souri et s'est assise sur la banquette de fenêtre qui se trouvait en face de la mienne.

– Elle m'a dit de vous dire de ne pas approcher de son frigo. Elle veut pas que vous touchiez à sa nourriture.

– Compréhensible, ai-je dit (et j'ai ouvert ma cannette). Peut-être que je ferai un tour une fois que vous serez endormies, que je déplacerai les choses rien que pour l'emmerder.

Elle a bu une gorgée de bière.

– C'est une fille bien, Simone. Juste très en colère.

– Contre ?

– À votre avis ? Le monde en général, j'suppose. L'homme blanc en particulier.

– Je suppose que je ne contribue pas beaucoup à changer ses impressions.

– Le fait est que non.

Elle paraissait presque sereine, assise là près de la fenêtre, la tête appuyée au carreau, la bière sur les genoux. Sans maquillage, elle semblait d'une certaine façon plus jeune, moins épuisée. À une certaine époque, elle avait peut-être même été jolie, peut-être été quelqu'un sur qui les hommes faisaient des commentaires quand elle passait dans la rue. J'ai essayé de l'imaginer ainsi, une Jenna Angeline jeune, une lueur d'assurance éclairant son visage, vivant dans l'illusion que sa jeunesse et sa beauté lui donnaient des choix ; mais je n'y suis pas arrivé. Le temps avait pesé trop lourdement sur elle.

– Votre partenaire, a-t-elle dit, elle n'avait pas l'air trop contente, elle non plus.

– Non. Si ça n'avait tenu qu'à elle, on aurait passé le coup de fil et on serait rentrés à l'heure qu'il est.

Elle a acquiescé et bu une autre gorgée de bière. Puis elle a légèrement secoué la tête :

– Simone, quelquefois je ne la comprends pas, cette fille.

– Qu'est-ce qu'il y a à comprendre ?

– Toute cette haine. Vous savez ?

– Il y a beaucoup de choses à haïr dans la vie.

– Je le sais. Croyez-moi, je le sais. On dirait qu'il y en a tellement qu'il faut en quelque sorte faire un choix. Gagner ce qu'on déteste, je suppose. Maintenant Simone, elle, elle déteste tout, tout simplement. Et quelquefois...

– Quoi ?

– Quelquefois je me dis qu'elle a la haine parce qu'elle sait pas quoi faire d'autre d'elle-même. Je veux dire, moi, j'ai de bonnes raisons de haïr ce que je hais, croyez-moi. Mais elle, je suis pas si sûre qu'elle....

– L'ait gagné ?

– Exactement, a-t-elle répondu en hochant la tête.

J'y ai réfléchi. Je ne trouvais pas grand-chose à y redire. J'ai plus appris sur la capacité à haïr que sur n'importe quoi d'autre depuis que j'ai commencé à faire ce métier.

Elle a bu encore un peu de bière.

– Je trouve que le monde va vous donner plein de raisons d'être en colère, de toute façon. Alors en vouloir à tout un chacun avant même d'avoir vu comme ça peut être moche, d'avoir vu ce que le monde peut vous faire quand il s'y met vraiment... Je trouve que c'est bête comme façon de penser.

– Sacrément vrai, ai-je dit, et j'ai levé ma cannette.

Elle a souri, un petit sourire, a choqué sa cannette contre la mienne, et je me suis rendu compte de ce qu'une partie de moi savait depuis l'instant où j'avais vu sa photo : je l'aimais bien.

Elle a fini sa bière une minute plus tard environ et elle est partie se coucher, avec un petit signe de la main par-derrière en entrant dans la chambre.

La nuit s'est écoulée lentement et j'ai beaucoup remué dans mon fauteuil, fait un peu les cent pas, regardé ma voiture. Angie était chez elle, maintenant, à esquisser quelques autres pas de cette grotesque danse de douleur qu'elle appelait un mariage. Un mot dur, une claque ou deux, quelques accusations hurlées, et au lit jusqu'au lendemain. L'amour. Je me suis de nouveau demandé pourquoi elle était avec lui, qu'est-ce qui pouvait pousser une personne de sa qualité et de son discernement à se laisser traiter comme de la merde. Mais alors que j'allais glisser complètement dans une complaisance bien-pensante, ma paume s'est posée sur mon abdomen, sur la plaque de tissu cicatriciel qui me rappelait toujours le prix de l'amour sous sa forme la moins idéalisée.

Merci, père.

Dans le calme du salon obscur, je me suis aussi souvenu de mon propre mariage, qui avait duré environ une minute et demie. Angie et Phil avaient au moins un certain dévouement à l'amour qui existait entre eux, aussi tordu cet amour fût-il, ce que Renee et moi n'avions jamais eu. La seule chose que notre mariage m'avait apprise sur l'amour, c'est qu'il finit. Et à regarder la rue vide depuis la banquette de fenêtre de Simone Angeline, je me suis rendu compte qu'une des raisons pour lesquelles je suis bon dans le travail que je fais, c'est qu'à trois heures du matin, alors que la majeure partie du monde est endormie, je suis toujours debout à faire mon boulot parce que je n'ai pas de meilleur endroit où aller.

J'ai fait quelques patiences et j'ai dit à mon estomac qu'il n'avait pas faim. J'ai envisagé une descente dans le frigo de Simone, mais je me suis dit qu'elle l'avait peut-être piégé ; j'attraperais la moutarde, je déclencherais un fil et je prendrais une flèche dans la tête.

L'aurore est venue en une ligne floue d'or pâle, repoussant le manteau noir de la nuit, puis un réveil a sonné dans la chambre d'à côté, et peu après j'ai entendu la douche couler. Je me suis étiré jusqu'au moment où j'ai entendu le craquement satisfaisant des os et senti l'élasticité de mes muscles, puis j'ai fait ma dose quotidienne de cinquante pompes et cinquante redressements assis. Le temps que je finisse, le second tour de douche avait été pris, et les deux sœurs se tenaient à côté de la porte, prêtes à partir.

– Vous avez pris quelque chose dans mon frigo ? a demandé Simone.

– Non, ai-je dit, mais il se peut que je l'aie confondu avec les toilettes hier soir. J'étais vraiment fatigué. Est-ce que vous rangez des légumes dans la cuvette des toilettes ?

Elle est entrée dans la cuisine en me frôlant au passage. Jenna m'a regardé en secouant la tête, et elle a dit :

– Je parie que vous étiez drôlement populaire en C.P.

– La bonne humeur n'a pas de limite d'âge, ai-je répondu.

Et elle a roulé des yeux.

Simone avait un boulot, et je m'étais demandé toute la nuit si j'allais la laisser y aller ou non. Pour finir, je me suis dit que Simone n'avait pas, à ma connaissance, manifesté de tendances homicides envers sa sœur, et que j'étais donc assez tranquille qu'elle ne dirait rien.

Alors que nous étions sur le perron à la regarder partir en voiture, j'ai demandé :

– Est-ce que ce Socia connaît l'existence de Simone ?

Jenna était en train de se glisser dans un léger cardigan, bien que la température soit déjà bien partie pour atteindre les vingt degrés à huit heures du matin.

– Il l'a rencontrée, a-t-elle dit. Il y a longtemps. En Alabama.

– Ça fait combien de temps qu'elle s'est installée dans le Nord ?

Elle a haussé les épaules :

– Deux mois.

– Et c'est certain que Socia ne sait pas qu'elle est ici ?

Elle m'a regardé comme si j'étais drogué.

– On serait toutes les deux mortes si Socia savait ça.

Nous sommes allés à ma voiture, et Jenna l'a regardée pendant que j'ouvrais la portière.

– Vous avez jamais vraiment fini de grandir, hein, Kenzie ?

Dire que j'avais cru à un moment donné que la voiture impressionnerait les gens.

– Le trajet était aussi ennuyeux au retour qu'à l'aller. J'avais mis Pearl Jam's, et, si ça déplaisait à Jenna, elle n'en disait rien. Elle ne parlait pas beaucoup, point ; elle fixait juste la route des yeux en malaxant le bas de son gilet de ses doigts fins, quand ils n'étaient pas occupés par une cigarette.

Tandis que nous approchions de la ville, avec les tours bleu pâle de Hancock et de Prudential, qui se dressaient pour nous saluer, elle m'a dit :

– Kenzie.

– Ouais.

– Il vous arrive de sentir qu'on a besoin de vous ?

J'y ai réfléchi.

– Quelquefois, ai-je dit.

– Qui ?

– Ma partenaire. Angie.

– Vous avez besoin d'elle ?

J'ai hoché la tête :

– Quelquefois, ouais. Putain, ouais.

Elle a regardé par la fenêtre :

– Ben alors, la lâchez pas.

– L'heure de pointe battait son plein quand nous avons quitté la 93, à côté de Haymarket, et il nous a fallu près d'une demi-heure pour grimper le kilomètre et demi nous séparant de Tremont Street.

Le coffre de Jenna se trouvait à la Bank of Boston, dans Tremont Street, en face du Boston Common et au coin de Park Street. À cette hauteur, le Common se transforme en promenade cimentée, longeant deux bâtiments trapus qui servent d'entrée à la station de Park Street, puis un troupeau de vendeurs, de musiciens de rue, de marchands de journaux et de clochards. Des foules d'hommes et de femmes d'affaires ainsi que de politiciens gravissent d'un pas vif les rampes là où le Common redevient vert et monte vers l'escalier raide qui grimpe vers Beacon Street, dominé par la Chambre, dont le dôme doré regarde de haut la plèbe.

Il est impossible de se garer sur Tremont ni même d'y traîner plus de trente secondes. Une armée de contractuelles, importées de la section féminine des Jeunesses hitlériennes peu après la chute de Berlin, parcourt la rue, à raison d'au moins deux par pâté de maisons, têtes de pitbull sur des corps de borne d'incendie, en attendant seulement qu'il y ait quelqu'un d'assez stupide pour ralentir la circulation dans leur rue. Dites « Bonne journée » à l'une d'elles, et elle vous fera enlever votre voiture pour avoir fait le malin. J'ai tourné dans Hamilton Place, derrière le théâtre Orpheum, et je me suis garé dans une zone de livraison. Nous avons parcouru à pied les deux pâtés de maisons jusqu'à la banque. J'allais entrer avec elle, mais elle m'a arrêté.

– Une vieille dame noire qui entre dans une banque avec un grand jeune homme blanc. Qu'est-ce qu'ils vont croire ?

– Que j'suis votre gigolo ?

Elle a secoué la tête.

– Ils vont croire que vous êtes un flic escortant une négresse qui s'est fait prendre la main dans le sac. Une fois de plus.

J'ai hoché la tête :

– D'accord.

– Je n'ai pas fait tout ça rien que pour pouvoir vous fausser compagnie maintenant, Kenzie. J'aurais pu sortir par une fenêtre la nuit dernière, si c'était ça. Alors, si vous m'attendiez de l'autre côté de la rue ?

Parfois vous devez faire confiance aux gens.

Elle est entrée seule, et j'ai traversé Tremont et me suis placé à côté de la station de Park Street, au milieu de la promenade, avec l'ombre du clocher blanc de l'église de Park Street qui me tombait sur le visage.

Elle n'est pas restée longtemps à l'intérieur.

Elle est ressortie, m'a vu, a fait un signe de la main. Elle a attendu une percée dans la circulation, puis elle a traversé la rue. Sa démarche était ample, sa main tenait son sac bien serré tandis qu'elle traversait la promenade. Ses yeux s'étaient éclairés, billes brunes avec des flammes qui luisaient en leur milieu, et elle paraissait beaucoup plus jeune que sur la photo qu'on m'avait donnée.

Elle s'est approchée de moi et m'a dit :

– Ce que j'ai là en est une petite partie.

– Jenna..., ai-je dit.

– Non, non, c'est quelque chose, croyez-moi. Vous verrez.

Elle a jeté un coup d'œil vers la Chambre, puis m'a regardé de nouveau.

– Vous prouvez que vous êtes prêt à m'aider là-dessus, vous montrez de quel côté vous êtes, et je vous donne le reste. Je vous donne... (Ses yeux ont

109

perdu leur flamme et se sont embués ; sa voix accrochait comme un embrayage usé.) Je vous donne... le
reste, est-elle parvenue à dire.

Je ne la connaissais pas depuis plus de douze
heures, mais j'avais l'impression que quel que fût
« le reste », c'était quelque chose de moche. Qui la
déchirait de l'intérieur.

Elle m'a alors souri, un sourire joli et doux, et m'a
effleuré le visage de la main.

– Je crois que nous allons bien nous en tirer,
Kenzie. Peut-être qu'à nous deux nous obtiendrons
un peu de justice, tant que nous y sommes.

Le mot « justice » sortait de sa bouche comme si
elle essayait d'en sentir le goût.

J'ai dit :

– On verra, Jenna.

Elle a plongé la main dans son sac, et m'a tendu
une enveloppe kraft. Je l'ai ouverte, et j'en ai extrait
une photographie noir et blanc de 20,30 par 28. Elle
avait un peu de grain, comme si elle avait été repi-
quée d'un autre type de film, mais elle était claire. Il
y avait deux hommes sur la photo, debout près
d'une coiffeuse bon marché, un verre à la main.
L'un d'eux était noir, l'autre blanc. Le type noir, je
ne le connaissais pas. Le type blanc portait un caleçon et des chaussettes noires. Il avait les cheveux
bruns ; le gris qui les réduirait à une gangue d'étain
était encore à quelques années de distance. Il souriait, l'air fatigué, et la photo semblait assez
ancienne pour qu'il ait été alors seulement le député
Paulson.

– Qui est le type noir ? ai-je dit.

Elle m'a regardé, et je voyais bien qu'elle me jau-
geait. L'heure de se mouiller, pour ainsi dire,
l'heure où elle décidait si elle pouvait me faire
confiance. J'avais l'impression que nous nous trou-
vions dans une poche – le monde qui nous dépassait

en se pressant n'étant pas réellement là, mais existant sur une toile de fond derrière nous, comme dans un vieux film.

– Qu'est-ce que vous voulez dans cette affaire ? a demandé Jenna.

Je réfléchissais à ma réponse quand quelque chose de familier est sorti de l'écran sur notre droite, se dirigeant vers notre poche, et je l'ai reconnu comme si j'avais été sous l'eau : une casquette de base-ball bleue avec des coutures jaunes.

– Baissez-vous ! ai-je dit.

J'avais la main sur l'épaule de Jenna quand Casquette bleue s'est campé dans sa position de tir et qu'un cliquetis métallique a perforé l'air du matin de son martèlement. La première rafale a traversé la poitrine de Jenna comme si elle n'était pas là, et j'ai plongé au moment où les balles passaient au ras de ma tête, en essayant toujours de faire baisser Jenna, dont la poitrine tressautait dans toutes les directions. Casquette bleue avait le doigt replié sur la détente de l'arme en position automatique, et la pluie de métal traversait le corps de Jenna en un arc qui balayait le ciment et venait vers moi. La foule sur la promenade était maintenant en pleine débandade, et, quand j'ai sorti mon revolver de son holster, quelqu'un a comprimé ma cheville. Jenna s'est écroulée sur moi, et des éclats de ciment du sol m'ont sauté au visage. Il tirait plus méthodiquement maintenant, essayant de contourner le corps de Jenna pour toucher le mien. D'un moment à l'autre, il se remettrait juste à tirer sur elle, et les balles traverseraient son cadavre comme du papier, et s'enfonceraient dans le mien.

À travers le sang qui me brouillait la vue, je l'ai vu qui levait l'Uzi au-dessus de sa tête, puis l'inclinait, le canon n'était plus qu'une flamme blanche. La traînée de balles s'est abattue en marteau-piqueur vers mon front, et s'est arrêtée brusquement dans un nuage blanc de poussière de ciment. Le mince chargeur est tombé de l'arme, et, avant qu'il ne touche le sol, Casquette bleue en avait déjà enclenché un autre. Il a armé la culasse, et je suis sorti de sous le corps de Jenna et j'ai fait feu.

Le magnum est parti avec un *woump* discordant, et Casquette bleue a volé sur le côté comme s'il avait été heurté par un camion. Il est retombé sur le trottoir et il a rebondi, et l'arme a sauté de sa main. J'ai écarté le corps de Jenna, j'ai essuyé son sang de mes yeux, et je l'ai regardé qui essayait de ramper vers son Uzi. Ce dernier était à deux mètres cinquante de lui, et il avait du mal à couvrir la distance parce que sa cheville gauche était presque entièrement détruite.

J'ai traversé, et je lui ai donné un coup de pied dans la figure. Fort. Il a gémi. Je lui ai donné un autre coup de pied, et il est tombé dans les pommes.

Je suis retourné auprès de Jenna, et je me suis assis sur le ciment dans une mare de sang qui s'agrandissait. Je l'ai soulevée du trottoir et je l'ai tenue dans mes bras. Sa poitrine n'était plus là et elle non plus. Pas de dernières paroles, juste la mort. Étalée comme une poupée disloquée au bord du Boston Common au début d'une nouvelle journée. Elle avait les jambes de travers, et les vautours curieux revenaient pour un deuxième coup d'œil maintenant que la fusillade était terminée.

J'ai rassemblé ses jambes et je les ai repliées sous elle. J'ai regardé son visage. Il ne me disait rien. Une autre mort. Plus j'en vois, moins j'en sais.

Plus personne n'avait besoin de Jenna Angeline.

11

Comme le Héros, j'ai fait la couverture des deux journaux. Il y avait dans la foule un quelconque photographe débutant, quand la fusillade a commencé, et, après avoir fait le ménage dans son froc, il était revenu.

J'étais retourné auprès de Casquette bleue à ce moment-là, et j'avais ramassé son Uzi par la bandoulière. Je l'avais passé à mon épaule, et je m'étais accroupi à côté de lui, la tête penchée, le magnum à la main. C'est là que le photographe a pris ses photos. Je ne l'ai pas remarqué du tout. Sur une photo, on me voyait accroupi à côté de Casquette bleue, une bande de vert et la Chambre derrière nous. Au premier plan, complètement à droite et presque flou, le cadavre de Jenna. On le remarquait à peine.

Le *Trib* l'avait reproduite dans le coin gauche au bas de la première page, mais le *News* l'étalait sur toute sa une avec une manchette hystérique en caractères noirs en travers de la Chambre : DÉTECTIVE HÉROÏQUE PRIS DANS UNE FUSILLADE CE MATIN !!! Comment ils pouvaient imprimer « héroïque » avec Jenna gisant de façon bien visible, ça me dépassait. J'imagine que DÉTECTIVE NUL PRIS DANS UNE FUSILLADE CE MATIN ne sonnait pas pareil.

– Peu après, les policiers sont arrivés, et ils ont repoussé le photographe derrière une barrière de police placée à la hâte. Ils ont pris mon revolver et l'Uzi, ils m'ont donné une tasse de café et nous avons récapitulé les faits. Et rerécapitulé.

Une heure plus tard, j'étais au quartier général de Berkeley Street, et ils étaient en train de se demander s'ils allaient me mettre en garde à vue ou non. Ils m'ont lu mes droits en anglais et en espagnol pendant qu'ils cherchaient quoi faire.

Je connais un certain nombre de flics, mais aucun de ceux que je reconnaissais n'avait l'air de participer à cette enquête. Les deux gars qui m'avaient été assignés ressemblaient à Simon et Garfunkel dans un mauvais jour. Simon s'appelait inspecteur Geilston, et il était petit, impeccable dans son pantalon bordeaux foncé à pinces et sa chemise à col boutonné, bleu clair quadrillée crème. Il portait une cravate bordeaux avec un subtil motif de losanges bleus. Il avait l'air d'avoir une femme, des gosses et des sicav. C'était Gentil Flic.

Méchant Flic, c'était Garfunkel ou inspecteur Ferry, comme ils l'appelaient au poste. Il était grand et dégingandé, et portait un costume deux-pièces marron et miteux, qui était trop court aux bras et aux jambes. En dessous, il portait une chemise blanche froissée et une cravate marron foncé en tricot. Mister Mode. Il avait les cheveux blond vénitien, mais une grande plaque chauve s'étalait maintenant en leur milieu, et les vestiges jaillissaient en touffes sur les côtés de sa tête comme une coiffure afro en deux moitiés.

Ils avaient été tous deux assez aimables sur le lieu du crime – m'offrant des tasses de café, me disant de prendre mon temps, de ne pas me bousculer, de me détendre –, mais Ferry commençait à s'énerver méchamment à mesure que je répondais à ses ques-

114

tions par « je ne sais pas ». Il est devenu carrément désagréable quand j'ai refusé de lui dire qui m'avait embauché ou ce que je faisais exactement avec la défunte. Étant donné que pour le moment, je n'avais pas été placé en garde à vue, la photographie était encore pliée et glissée contre ma cheville dans une de mes baskets. J'avais une idée de ce qui se passerait si je la leur remettais : une enquête officielle, peut-être quelques vilains détails sur le style de vie du sénateur Paulson, peut-être rien du tout. Mais certainement pas d'arrestations, pas de justice, pas de reconnaissance publique d'une femme de ménage morte qui avait seulement voulu que quelqu'un ait besoin d'elle.

Quand on est détective privé, ça aide d'être sympa avec les flics. Ils vous rendent service de temps en temps et *vice versa*, et c'est comme ça qu'on se fait des relations et qu'on maintient ses affaires à flot. Mais je ne supporte pas très bien l'animosité, surtout quand j'ai les vêtements imbibés du sang de quelqu'un d'autre et que je n'ai pas mangé ni dormi depuis vingt-quatre heures. Perry était debout un pied sur la chaise à côté de moi dans la salle d'interrogatoire, et il me disait ce qui allait arriver à ma licence de détective si je ne me mettais pas à « coopérer ».

– « Coopérer » ? ai-je dit. Ben les gars, vous avez un manuel des clichés de la police ou quoi ? C'est lequel de vous deux qui dit « Boucle-le, Danno' » ?

Pour la trentième fois de la matinée, Ferry a soupiré bruyamment par les narines, et il a dit :

– Que faisiez-vous avec Jenna Angeline ?

Pour la cinquantième fois de la matinée, j'ai répondu :

– Pas de commentaire.

Et j'ai tourné la tête au moment où Cheswick Hartman franchissait le seuil de la porte.

Cheswick est tout ce qu'on peut souhaiter chez un avocat. Il est incroyablement beau, avec des cheveux d'un châtain superbe, qu'il coiffe complètement en arrière. Il porte des costumes sur mesure à mille huit cents dollars de chez Louis, et rarement deux fois le même. Sa voix est profonde et onctueuse, comme un pur malt de douze ans d'âge, et il a cet air agacé qu'il prend juste avant d'ensevelir son adversaire sous un déluge de citations latines et de phrases à l'élocution parfaite. En plus, il a un nom vraiment classe.

En temps normal, il aurait fallu que j'aie gagné à la loterie pour pouvoir payer la provision de Cheswick, mais, il y avait de cela quelques années, alors que son cabinet envisageait de lui proposer une position d'associé, sa sœur, étudiante en deuxième année à Yale, avait pris le goût à la drogue. C'était Cheswick qui avait le contrôle de son fonds en fidéicommis, et, quand la dépendance d'Elise avait atteint les proportions d'une accoutumance à huit doses par jour, elle avait déjà sérieusement grevé sa rente annuelle et devait encore plusieurs milliers de dollars à des hommes dans le Connecticut. Plutôt que de le dire à Cheswick et de risquer de le décevoir, elle avait conclu un arrangement avec les hommes du Connecticut, et des photos avaient été prises.

Un jour, Cheswick reçut un coup de téléphone. Son interlocuteur décrivit les photos, et promit qu'elles seraient sur le bureau de l'associé senior du cabinet le lundi suivant si Cheswick ne fournissait pas une forte somme à cinq chiffres d'ici la fin de la semaine. Cheswick était livide. Ce n'était pas l'argent qui l'embêtait – sa fortune de famille était énorme –, c'était qu'ils aient profité à la fois du problème de sa sœur et de son amour pour elle. Il était tellement inquiet pour sa sœur que, pas une seule fois au cours de notre première rencontre, je n'avais eu l'impression que c'était la menace pesant sur son travail qui le mettait en colère, et j'avais admiré cela.

Cheswick avait eu mon nom par un gars de l'assistance judiciaire qu'il connaissait, et il m'avait donné l'argent à remettre avec la demande expresse que je rapporte toutes les photos et les négatifs, ainsi que l'assurance absolue que l'affaire s'arrêterait là et immédiatement. La dette d'Elise, devais-je dire à ces types, était remboursée dans son intégralité.

Pour des raisons dont je ne me souviens même plus, j'avais emmené Bubba pour la balade quand j'étais allé dans le Connecticut. Après avoir découvert que les maîtres chanteurs étaient une bande d'escrocs sans relations, sans véritable envergure et sans la moindre accointance dans le milieu politique, nous en avions rencontré deux dans une tour d'Hartford. Bubba avait tenu un des gars par les chevilles par la fenêtre du onzième étage, pendant que je négociais avec son associé. Le temps que la victime de Bubba se soit vidée, son associé avait jugé que, oui, un dollar était un montant de règlement honnête. Je le lui avais payé en pièces de un *cent*.

Depuis lors, en remerciement, Cheswick me représentait gratuitement.

Il a levé les sourcils en voyant le sang sur mes vêtements.

– Je voudrais être un moment seul avec mon client, s'il vous plaît, a-t-il dit très calmement.

Ferry a croisé les bras, et s'est penché vers moi :
– Et qu'est-ce que j'en ai à taper ?

Cheswick a tiré la chaise de sous le pied de Ferry :
– Vous en avez à taper, *inspecteur*, que, si vous ne sortez pas de la pièce maintenant, je collerai assez de citations pour arrestation arbitraire, harcèlement

117

et garde à vue illégale à ce département pour vous garder devant les tribunaux bien longtemps après que vous aurez atteint la retraite.

Il m'a regardé :

– T'a-t-on lu tes droits ?

– Bien sûr qu'on lui a lu ses droits à la con, a dit Ferry.

– Vous êtes encore là ? a rétorqué Cheswick, en plongeant la main dans sa mallette.

– Allez viens, collègue, a dit Geilston.

– Putain, non ! a répondu Ferry. Juste parce que...

Cheswick les regardait tous les deux froidement, et Geilston, la main sur le bras de Ferry, a dit :

– On ne veut pas d'embrouilles, Ferry.

– Écoutez votre collègue, inspecteur, a dit Cheswick.

– On se reverra, a dit Ferry, tel le professeur Moriarty à Sherlock Holmes.

– Pour l'enquête à votre encontre, sans aucun doute. Commencez à économiser dès maintenant, inspecteur. Je suis cher.

Geilston a tiré une dernière fois sur la manche de Ferry, et ils ont quitté la pièce.

J'ai dit :

– Qu'est-ce qui se passe ? m'attendant à ce qu'il ait quelque chose de personnel à me dire.

– Oh rien, je fais ça juste pour leur montrer qui est le chef. Ça me donne la trique.

– Super.

Il a regardé mon visage, et le sang.

– Ce n'est pas un bon jour pour toi, hein ?

J'ai secoué lentement la tête.

Sa voix a perdu sa légéreté :

– Est-ce que ça va ? Est-ce que ça va vraiment ? J'ai entendu des bribes de ce qui s'est passé, mais pas grand-chose.

– Je veux juste rentrer chez moi, Cheswick. Je suis fatigué, et je suis couvert de sang, et j'ai faim, et je ne suis pas d'excellente humeur.

Il m'a tapoté le bras :

– Eh bien, dans ce cas, j'ai de bonnes nouvelles du procureur. De tout ce qu'il a entendu, ils n'ont aucun chef d'inculpation contre toi. Tu dois te considérer comme libre jusqu'à la prochaine enquête ; ne fais pas de voyages soudains, et bla-bla-bla.

– Mon flingue ?

– Ils le gardent, j'en ai bien peur. Contrôles balistiques, etc.

J'ai hoché la tête :

– Paraît logique. Est-ce qu'on peut partir maintenant ?

– On est partis.

– Il m'a emmené par la sortie de derrière pour éviter les journalistes, et c'est là qu'il m'a parlé du photographe.

– J'en ai eu confirmation par le commissaire. Le gars t'a bel et bien pris en photo. Il fait la pige pour les deux journaux de la ville.

– Je les ai vus l'emmener de là-bas, mais ça n'a pas fait tilt.

Nous avons traversé le parking en nous dirigeant vers sa voiture. Il avait la main sur mon dos, comme s'il voulait me retenir ou simplement me soutenir. Je ne savais pas trop lequel des deux.

– Est-ce que ça va, Patrick ? a-t-il dit. Tu voudras peut-être t'arrêter au Mass General, te faire examiner ?

– Je vais bien. Et le photographe ?

– Tu vas faire la une de la dernière édition du *News*, qui devrait sortir d'une minute à l'autre. J'ai entendu dire que le *Trib* allait la passer aussi. Les journaux adorent ce genre de trucs. Un détective héroïque, un matin...

– Je ne suis pas un héros, ai-je dit. Ça, c'est mon père.

– Nous avons traversé la ville dans la Lexus de Cheswick. Ça semblait étrange, tout ce monde qui vaquait à ses affaires. Je m'étais à moitié attendu à ce que le temps se soit arrêté, que tout e monde se soit figé sur place en retenant son souffle, dans l'attente d'autres nouvelles. Mais les gens déjeunaient, passaient des coups de fil, annulaient des rendez-vous chez le dentiste, allaient chez le coiffeur, faisaient des projets de dîner, travaillaient.

Cheswick et moi avons argumenté sur ma capacité à conduire dans l'état où j'étais, mais, pour finir, il m'a déposé à Hamilton Place et m'a dit de l'appeler de jour comme de nuit sur sa ligne privée si j'avais besoin de ses services. Il a remonté Tremont, et je suis resté debout à côté de ma voiture, ignorant la contredanse sur mon pare-brise, et j'ai regardé le Common.

Pendant les quatre heures qui s'étaient écoulées depuis que c'était arrivé, tout était revenu à la normale. Les barrières avaient été enlevées, les questions toutes posées, les noms des témoins tous notés. Casquette bleue avait été hissé dans une ambulance, et emmené. Ils avaient roulé Jenna dans un sac mortuaire, avaient remonté la fermeture Éclair et l'avaient embarquée pour la morgue.

Puis quelqu'un était venu, et avait enlevé le sang du ciment au jet, jusqu'à ce que tout fût de nouveau propre.

J'ai regardé une dernière fois, et je suis rentré chez moi.

12

Quand je suis arrivé chez moi, j'ai appelé Angie en face.

– Tu es au courant ?

– Oui. (Petite voix douce.) J'ai téléphoné à Cheswick Hartman. Est-ce qu'il... ?

– Ouais. Merci. Écoute, je vais prendre une douche, enfiler des vêtements propres, manger un sandwich. Et puis j'arrive. Y a eu des appels ?

– Une tonne. Mais ils attendront. Patrick, est-ce que ça va ?

– Non, mais j'y travaille. On se voit dans une heure.

La douche était brûlante et je n'arrêtais pas d'augmenter la chaleur, le jet me pilonnait le dessus de la tête, l'eau tambourinait en rafales sur mon crâne. Peu importe si je ne suis plus pratiquant, quelque part je suis toujours catholique, et mes réactions à la douleur et à la culpabilité sont intimement liées à des mots comme « bouillant », « purge » et « chauffé à blanc ». Selon une équation théologique de ma propre fabrication, chaleur = salut.

Je suis sorti au bout d'une vingtaine de minutes, et je me suis essuyé lentement, les narines encore pleines de l'odeur épaisse du sang et de l'arôme amer de la cordite. Quelque part dans la vapeur de la douche, me suis-je dit, se trouvait la réponse, le soulagement, le point d'appui nécessaire pour franchir le prochain cap et dépasser tout ça. Mais la vapeur s'est dissipée, et il n'est plus rien resté que moi, ma salle de bains et une odeur de brûlé.

J'ai drapé une serviette autour de ma taille, je suis entré dans la cuisine et j'ai vu Angie en train de carboniser un bifteck sur ma gazinière. Angie cuisine environ une fois toutes les années bissextiles, sans jamais le moindre succès. S'il ne tenait qu'à elle, elle échangerait sa cuisine contre un comptoir de vente à emporter.

J'ai remonté instinctivement la serviette par-dessus ma cicatrice, et j'ai passé le bras autour de sa taille pour fermer le robinet de gaz. Elle s'est retournée dans mes bras, sa poitrine contre la mienne, et – reflet parfait, je crois, de mon état d'esprit – je me suis écarté d'elle pour voir s'il n'y avait pas d'autres dégâts sur la cuisinière.

– Qu'est-ce que j'ai fait de mal ? a-t-elle demandé.

– Je crois que ta première erreur a été d'allumer la cuisinière.

Elle m'a donné une tape sur la nuque :

– C'est pas demain la veille qu'on me reprendra à te faire la cuisine.

– Et on dit que Noël n'arrive qu'une fois l'an.

Je me suis détourné de la cuisinière, et je l'ai vue qui me regardait comme on regarde un bébé qui marche au bord d'une piscine.

– Merci pour le geste, ai-je dit. Vraiment.

Elle a haussé les épaules et a continué de me regarder ; ses yeux caramel étaient chauds et légèrement humides.

– Tu as besoin d'un câlin, Patrick ?

– Oh oui, ai-je dit.

Elle était comme tout ce qu'il y a de bon. Elle était comme le premier vent doux du printemps, et les samedis après-midi quand on a dix ans, et les débuts de soirée sur la plage quand le sable est frais et que les vagues ont la couleur whisky écossais. Son étreinte était ferme, son corps plein et doux, et son cœur battait rapidement contre mon torse nu. Je sentais l'odeur de son shampoing et le contact de sa nuque duvetée contre mon menton.

J'ai été le premier à m'écarter. J'ai dit :

– Bon...

Elle a ri.

– Bon... Tu es tout mouillé, Skid. Mon chemisier est trempé maintenant.

– C'est des choses qui arrivent quand on prend une douche.

Elle s'est écartée d'un autre pas, a regardé par terre.

– Ouais. Bon..., a-t-elle répété, tu as une pile de messages là-bas. Et... (Elle est passée devant moi, a attrapé le bifteck et l'a emporté vers la poubelle.) Et... de toute évidence, je ne sais toujours pas cuisiner.

J'ai dit :

– Angie.

Elle me tournait toujours le dos :

– Tu as failli mourir ce matin.

– Ange.

– Et je suis vraiment désolée pour Jenna, mais tu as failli mourir.

– Oui.

– Je n'aurais pas... (Sa voix s'est brisée et je l'ai entendue ravaler son souffle le temps d'en reprendre contrôle.) Je n'aurais pas supporté ça trop bien, putain, Patrick. Je n'aime pas y penser, et ça me rend un peu... un peu pas bien, là maintenant.

Dans ma tête, j'ai entendu la voix de Jenna quand je lui avais dit qu'Angie avait besoin de moi. « Ben alors, la lâchez pas. » J'ai avancé de quelques pas, et j'ai posé les mains sur ses bras.

Elle a renversé la tête en arrière pour la blottir sous mon menton.

L'air semblait incroyablement immobile dans la cuisine et je crois qu'aucun de nous deux n'a respiré. Nous étions debout là, les yeux fermés, à attendre que la peur s'en aille.

Ça ne s'est pas produit.

La tête d'Angie a quitté mon menton, et elle a dit :

– Sortons-nous de ce truc. Travaillons un peu. On est toujours engagés, non ?

J'ai lâché ses bras et j'ai dit :

– Ouais, on est toujours engagés. Je me change et on se met au boulot.

Je suis revenu quelques minutes plus tard habillé d'un sweat-shirt rouge extralarge et d'un jean.

Angie s'est écartée du plan de travail de la cuisine une assiette à la main, avec un sandwich dessus.

– Je crois que je ne cours pas de risque avec la charcuterie. Tu n'as pas essayé de la faire cuire ou quoi que ce soit ?

Elle m'a lancé ce regard.

J'ai compris le message et j'ai pris le sandwich. Elle s'est assise à table en face de moi pendant que je mangeais. Jambon-fromage. Un peu fort sur la moutarde, mais bon à part ça. J'ai demandé :

– Qui a appelé ?

– Le bureau de Sterling Mulkern. Trois fois. Le bureau de Jim Vurnan. Richie Colgan. Deux fois. Douze ou treize journalistes. Et aussi, Bubba a appelé.

– Qu'est-ce qu'il avait à dire ?

– Tu veux vraiment savoir ?

En général, on ne préfère pas avec Bubba, mais je n'étais plus à ça près. J'ai hoché la tête.

124

– Il dit que tu l'appelles la prochaine fois que tu vas « à la chasse aux Blanche-Neige ».

Ce Bubba. Hitler aurait pu gagner la guerre avec Bubba à son côté.

– Personne d'autre? ai-je demandé.

– Non. Mais au bureau de Mulkern, ils avaient l'air d'avoir passablement les boules au troisième appel.

J'ai hoché la tête en mastiquant.

– Tu vas me dire dans quoi on met les pieds, a dit Angie, ou tu comptes juste rester à faire ton numéro d'idiot du village?

J'ai haussé les épaules, mastiqué encore un coup, et elle m'a retiré le sandwich.

– Je crois que j'ai été châtié, ai-je dit.

– Il t'arrivera bien pire que ça si tu ne te mets pas à parler.

– Oh. Pas commode la gamine. Gronde-moi encore.

Elle m'a regardé.

– D'accord, j'ai dit. Mais on va avoir besoin d'alcool pour ça.

Je nous ai servi deux scotches secs. Angie a bu une gorgée du sien, et l'a versé dans l'évier sans un mot. Elle a attrapé une bière dans le frigo, s'est rassise et a dressé le sourcil.

– On est peut-être sur un coup qui nous dépasse, là. Qui nous dépasse complètement.

– J'ai cru comprendre. Pourquoi?

– Jenna n'avait pas de documents, à ce que j'ai vu. C'était du pipeau.

– Ce que tu avais à moitié deviné.

– Exact, mais je ne pensais pas que ce serait d'un ordre tellement différent. Je ne sais pas ce que je pensais qu'elle avait, mais je ne pensais pas que ce serait ça.

Je lui ai tendu la photo de Paulson en calbar.

Elle a levé les sourcils :

– O.K., a-t-elle dit lentement, mais cela étant, et alors ? Cette photo a quoi, six ou huit ans, et tout ce qu'elle montre, c'est Paulson à moitié habillé. Aussi peu appétissant que ce soit, ça ne fait pas l'événement. Il n'y a pas de quoi tuer pour ça.

– Peut-être, dis-je. N'empêche, regarde le type qui est avec Paulson. Il n'a pas franchement l'air d'évoluer dans le même monde.

Elle a regardé le type. Il était mince, vêtu d'un ras-du-cou bleu sur un pantalon blanc. Il portait beaucoup d'or – aux poignets, au cou –, et ses cheveux paraissaient à la fois collants et fins. Ses yeux n'étaient qu'un sombre reproche, des yeux de personne en colère à vie. Il semblait avoir dans les trente-cinq ans.

– Non, effectivement, a-t-elle dit. On le connaît ?

J'ai secoué la tête :

– Ça pourrait être Socia. Ça pourrait être Roland. Ça pourrait être ni l'un ni l'autre. Une chose est sûre, il n'a pas l'air d'un représentant de la Chambre.

– Il a l'air d'un maquereau.

– Il y a ça aussi.

J'ai montré du doigt la coiffeuse bon marché sur la photo. En reflet dans le miroir, il y avait un lit, défait. Derrière, le coin d'une porte. Sur la porte, il y avait deux papiers carrés. Je ne pouvais pas distinguer ce qu'il y avait d'écrit, mais l'un d'eux ressemblait au règlement d'un motel, et le plus petit, en dessous, à un rappel des heures d'arrivée et de départ. Un carton « Ne pas déranger » pendait à la poignée.

– Et ceci a l'air...

– D'un motel, a-t-elle dit.

– *Ex*-cellent, tu devrais être détective.

– Tu devrais arrêter de faire semblant d'en être un, a-t-elle rétorqué en balançant la photo sur la table. Alors, que signifie tout ça, Sherlock ?

– À toi de me dire, Sévéra.

Elle a allumé une cigarette, siroté un peu de bière et réfléchi à la question.

– Ces photos pourraient être la pointe de l'iceberg. Peut-être qu'il y en a d'autres et qu'elles sont bien pires. Quelqu'un, soit Socia, soit Roland, soit – oserai-je le dire ? – quelqu'un dans la machine politique, a fait éliminer Jenna parce qu'il savait qu'elle allait vendre la mèche. C'est ça que tu penses ?

– C'est ça que je pense.

– Eh bien, soit il est très con, soit c'est toi.

– Pourquoi ça ?

– Jenna avait les photos dans son coffre à la banque, correct ?

J'ai hoché la tête.

– Et quand quelqu'un est assassiné, la procédure policière habituelle consiste à obtenir un mandat de perquisition et à ouvrir tous les paniers de crabes que la victime avait dans son garde-manger. Dont le coffre fait assurément partie. Je suppose qu'ils ont déjà compris que la banque est le dernier endroit où elle est allée avant...

– De mourir.

– Oui. Donc ils sont probablement en route pour l'ouvrir au moment où nous parlons. Et n'importe qui doté d'une moitié de cervelle aurait pu le prévoir.

– Ils ont peut-être cru qu'elle avait tout retiré et me l'avait donné.

– Peut-être, mais c'est laisser énormément au hasard, tu ne crois pas ? À moins qu'il n'aient eu un moyen de savoir qu'elle n'allait rien laisser là-bas.

– Comment le sauraient-ils ?

Elle a haussé les épaules :

– Tu es détective. Détecte.

– J'essaie.

– Autre chose, a-t-elle dit en posant sa bière et en se redressant.

– Je suis tout ouïe.

– Comment ont-ils su que tu serais là-bas ce matin ?

Je n'y avais pas beaucoup réfléchi.

– Casquette bleue ? ai-je dit.

Elle a secoué la tête :

– Nous avons semé Casquette bleue hier. Je ne sais pas toi, mais moi je ne pense pas qu'il rôdait sur l'autoroute ce matin en attendant de te repérer au volant d'une voiture qu'il ne sait même pas que tu as. *Et ensuite*, il t'a filé jusqu'au Common ? Tintin. J'y crois pas.

– Il n'y a que deux personnes qui savaient où Jenna et moi allions ce matin.

– Sacrément vrai. Et je suis l'une d'elles.

13

De l'autre côté de la chaîne, Simone Angeline. Ses yeux étaient cerclés de rouge, et de nouvelles larmes affluaient à ses orbites. Elle avait les cheveux collés sur un côté du visage et l'air d'avoir sauté quelques décennies et d'être passée à soixante-dix ans pendant que personne ne regardait. Elle a serré les dents en nous voyant.

– Cassez-vous de mon perron.

J'ai dit « d'accord » et j'ai défoncé la porte d'un coup de pied.

Angie est entrée derrière moi pendant que Simone crapahutait vers le petit meuble du téléphone.

Elle ne visait pas le téléphone. Elle visait le tiroir d'en dessous, et, quand elle l'a ouvert, j'ai mis la main derrière le meuble et j'ai fait basculer tout le truc sur elle. Le contenu du tiroir – un calepin de téléphone rouge, quelques stylos et un pistolet target .22 – lui a rebondi sur la tête avant d'atteindre le sol. D'un coup de pied j'ai envoyé le pistolet sous la bibliothèque, et j'ai attrapé Simone par le devant de son corsage et je l'ai traînée jusqu'au canapé.

Angie a refermé la porte derrière elle.

Simone m'a craché à la figure.

– Vous avez tué ma sœur.

Je l'ai repoussée brutalement dans le canapé, et j'ai essuyé le crachat de mon menton. Très lentement, j'ai dit :

– Je n'ai pas su protéger votre sœur. Il y a une différence. Quelqu'un d'autre a appuyé sur la détente et vous lui avez mis le fusil dans la main. C'est bien ça ?

Elle s'est cabrée sous ma main et a essayé de me griffer le visage.

– Non ! C'est vous qui l'avez tuée.

Je l'ai à nouveau repoussée en arrière, et je me suis agenouillé sur ses mains. Je lui ai chuchoté dans l'oreille :

– Les balles ont traversé la poitrine de Jenna comme si elle n'existait pas, Simone. Comme si elle n'existait pas, nom de Dieu ! Elle pissait tellement le sang que le peu que j'ai reçu a suffi pour que les flics croient qu'on m'avait tiré dessus. Elle est morte en hurlant au milieu de la matinée, les jambes ouvertes devant elle avec une foule de gens qui regardaient, et l'enculé qui a appuyé sur la détente a utilisé un chargeur entier et il n'a même pas cillé.

Elle essayait maintenant de me donner un coup de boule en basculant vers l'avant du canapé autant qu'elle le pouvait, avec mes quatre-vingt-dix kilos sur elle.

– Espèce de salaud.

– Vous avez raison, ai-je dit, la bouche encore à un centimètre et demi de son oreille. Vous avez raison. Je suis un salaud, Simone. J'ai tenu votre sœur dans mes bras pendant qu'elle mourait, et il n'y avait pas la moindre chose que je pouvais faire, et j'ai gagné le droit d'être un salaud. Mais vous, vous n'avez aucune excuse. Vous avez choisi le lieu de son exécution et vous êtes restée ici, à cent kilomètres de distance, pendant qu'elle hurlait son dernier souffle. Vous leur avez dit où elle allait et vous les avez laissés la tuer. C'est bien ça, Simone ?

Elle a cligné des yeux.

J'ai hurlé :

– C'est bien ça ?

Ses yeux se sont révulsés un moment, puis sa tête s'est affaissée ; des sanglots sortaient d'elle comme si quelqu'un plongeait la main pour les lui arracher. Je me suis écarté, car il ne restait plus rien d'elle, maintenant. Les sanglots sont devenus plus forts, de violents hoquets qui lui soulevaient la poitrine. Elle s'est roulée en position fœtale, et s'est mise à donner des coups de poing dans le bras du canapé, et, chaque fois que les sanglots semblaient avoir cessé, ils repartaient de nouveau, simplement plus forts, et on aurait dit que chaque souffle la transperçait comme quelque chose de lourd et d'aigu.

Angie a mis la main sur mon coude, mais je l'ai secouée. Patrick Kenzie, le grand détective capable de terroriser une femme proche de la catatonie au point de la rendre hystérique. Quel type. Pour les rappels, j'allais peut-être rentrer à la maison et braquer une bonne sœur.

Simone s'est tournée sur le côté, les yeux fermés, en parlant avec la moitié de la bouche encore enfouie dans le canapé.

– Vous travailliez pour *eux*.. J'ai dit à Jenna qu'elle était une imbécile de vous faire confiance, à vous et à ces gros politiciens blancs. Y en a pas un qui ait jamais rien eu à foutre d'un nègre, et y en aura jamais. Je me suis dit que... dès que vous auriez eu ce que vous vouliez d'elle, vous...

– La tueriez, ai-je dit.

Elle a étendu la tête sur le bras du canapé et des bruits étranglés se sont échappés de sa gorge. Au bout de quelques minutes, elle a dit :

– Je l'ai appelé parce que j'ai pensé qu'aucun homme ne pourrait...

– Qui avez-vous appelé ? a demandé Angie. Socia ? C'était Socia ?

131

Elle a secoué la tête plusieurs fois, puis elle a opiné.

– Il... il a dit qu'il allait s'en occuper, qu'il allait lui faire rentrer un peu de bon sens dans sa tête d'imbécile. C'est tout. J'ai pensé qu'aucun homme ne pourrait faire... ça à sa femme.

Sa femme ?

Elle m'a regardé.

– Elle aurait jamais pu gagner. Pas contre eux tous. Pas elle. Elle... aurait pas pu.

Je me suis assis par terre à côté du canapé, et j'ai levé la photographie.

– Est-ce que c'est Socia ?

Elle l'a regardée assez longtemps pour acquiescer, puis de nouveau elle a enfoui la tête dans le canapé.

– Où est le reste, Simone ? a dit Angie. Est-ce au coffre ?

Simone a secoué la tête.

– Alors, où est-ce ? ai-je demandé.

– Elle ne voulait pas me le dire. Elle disait juste « en lieu sûr ». Elle disait qu'elle avait mis juste cette photo dans le coffre pour les envoyer sur une fausse piste au cas où ils la suivraient là-bas.

– Qu'est-ce qu'il y a d'autre, Simone, ai-je dit. Est-ce que vous le savez ?

– Jenna disait que c'était des « choses moches ». C'est tout ce qu'elle disait. Elle devenait toute silencieuse et tendue si je lui posais des questions là-dessus. Je ne sais pas ce que c'était, mais ça la secouait chaque fois qu'elle en parlait.

Elle a levé la tête, et a regardé par-dessus mon épaule comme s'il y avait quelqu'un debout derrière moi.

– Jenna ? a-t-elle dit.

Et elle s'est remise à sangloter.

Elle tremblait violemment et je crois qu'elle était à bout de forces. J'avais fait ma part de dégâts, et elle s'infligerait le reste dans les jours et les années à venir. Alors j'ai laissé partir ma colère, je l'ai laissée se vider de mon cœur et de mon corps jusqu'au moment où je n'ai plus vu, devant moi, qu'une carcasse humaine tremblant sur un canapé. J'ai tendu la main et j'ai touché son épaule.

Elle a hurlé.

– Me touchez pas, putain !

J'ai retiré la main.

– Casse-toi de mon plancher et casse-toi de ma maison, homme blanc, et emmène ta pute avec toi !

Angie a fait un pas vers elle au mot « pute », puis elle s'est arrêtée et a fermé les yeux une seconde, les a rouverts. Elle m'a regardé, et a hoché la tête.

Il n'y avait rien d'autre à dire, alors nous sommes partis.

14

Nous avions fait la moitié du trajet de retour sur Boston en évitant toute conversation sur Simone Angeline, ou sur la scène qui avait eu lieu dans son appartement, quand Angie s'est soudainement redressée dans son siège et a dit : « Argh », ou quelque chose d'assez approchant. Elle a enfoncé l'index sur la touche Eject de ma radiocassette suffisamment fort pour envoyer voler *Exile on Main Street* comme un missile à mes oreilles. La cassette a rebondi contre le dossier et elle est tombée par terre. Au beau milieu de « Shine a Light », en plus. Sacrilège.

– Ramasse-la, j'ai dit.

Elle l'a fait et l'a balancée sur le siège à côté de moi.

– T'as pas de la New Music ?

La New Music, c'est, je suppose, tous ces groupes qu'Angie écoute. Ils ont des noms comme Depeche Mode ou The Smiths, et à mes oreilles ils ont tous le même son – une bande de crétins britanniques blancs et maigres défoncés à la Thorazine. Les Stones, quand ils ont commencé, étaient eux aussi une bande de crétins britanniques blancs et maigres, mais à les entendre on n'avait pas l'impression qu'ils étaient sous Thorazine. Même s'ils l'étaient.

134

Angie cherchait dans ma boîte à cassettes.

– Essaie le Lou Reed, lui ai-je dit. C'est plus ton style.

Après avoir mis *New York* et l'avoir écouté pendant cinq minutes, elle a dit :

– C'est pas mal, ça. Tu l'as acheté par erreur ou quoi ?

Juste avant d'arriver en ville, je suis entré dans un Store 24 et Angie est allée chercher des cigarettes. Elle est ressortie avec deux exemplaires de la dernière édition du *News,* et m'en a donné un.

C'est ainsi que j'ai eu confirmation du fait que j'étais devenu la deuxième génération de Kenzie à atteindre une certaine forme d'immortalité sur papier journal. Je serai toujours là, figé dans le temps et en noir et blanc le 30 juin, pour quiconque souhaiterait accéder au dossier sur microfiche. Et ce moment-là, le plus personnel des moments – accroupi près de Casquette bleue avec le cadavre de Jenna derrière moi, mes oreilles qui bourdonnent et mon cerveau qui essaie de se réancrer dans mon crâne –, ne m'appartenait plus entièrement. Il avait été jeté en pâture au petit déjeuner à des centaines de milliers de gens qui ne me connaissaient ni d'Ève ni d'Adam. Peut-être le moment le plus intensément personnel de ma vie ; et il allait être ressassé et analysé par tout le monde, du pilier de bar de Southie aux deux agents de change prenant l'ascenseur dans un gratte-ciel du centre-ville. Le principe du Global Village à l'œuvre, et je n'aimais pas ça du tout.

Mais j'ai finalement appris le nom de Casquette bleue. Curtis Moore. Il avait été admis au Boston City dans un état critique, et les médecins se démenaient, paraît-il, pour sauver son pied. Il avait dix-huit ans, et c'était un membre connu des Raven Saints, une bande des cités de Raven Boulevard, à

Roxbury, qui arborait des casquettes de base-ball des New Orleans Saints, et autres emblèmes de l'équipe. Sa mère figurait en page 3, tenant une photo encadrée de lui à dix ans. On la citait : « Curtis a jamais fait partie d'aucune bande. Jamais rien fait de mal. » Elle exigeait une enquête, disait que toute l'histoire avait « des motivations raciales ». Elle parvenait à la comparer à l'affaire Charles Stuart, bien sûr, dans laquelle le procureur, et pratiquement tout le monde, avait cru à l'histoire de Charles Stuart, selon laquelle un homme noir avait tué sa femme. Ils avaient arrêté un homme noir et l'auraient peut-être envoyé en cabane si la police d'assurance que Stuart avait souscrite au nom de sa femme n'avait pas fini par faire se dresser quelques sourcils. Et quand Chuck Stuart a fait un plongeon olympique depuis le pont de la Mystic River, ça a assez bien confirmé ce que beaucoup de gens considéraient déjà comme évident dès le départ. Tirer sur Curtis Moore avait à peu près autant en commun avec l'affaire Stuart que Howard Beach [1] avec Miami Beach, mais je ne pouvais pas y faire grand-chose, debout devant un Store 24.

Angie a reniflé bruyamment, et j'ai compris qu'elle lisait le même article.

– Laisse-moi deviner, ai-je dit. Le passage sur les « motivations raciales ».

Elle a hoché la tête :

– Ce culot que tu as eu de fourrer l'Uzi dans la main de ce pauvre garçon et de l'obliger à presser sur la détente.

– Je ne sais pas ce qui me prend quelquefois.

---

1. Quartier blanc de New York où, dans les années 80, un jeune Noir a trouvé la mort en essayant d'échapper à une bande de voyous blancs : traversant la route, il s'est fait écraser par une voiture. Le cas est demeuré célèbre. (N.d.T.)

– Tu aurais dû essayer de lui parler, Patrick. Lui dire que tu comprenais la vie de privations qui lui avait mis ce fusil dans la main.

– Ouais, mais tu sais comme je suis salaud, des fois.

J'ai jeté le journal sur la banquette arrière, je me suis mis au volant et je suis entré en ville. Angie a continué de lire son exemplaire dans la faible lumière en respirant bruyamment par les narines. Pour finir, elle l'a replié dans sa main et l'a jeté par terre.

– Comment peuvent-ils se regarder dans la glace ? a-t-elle dit.

– Qui ?

– Les gens qui disent des... conneries pareilles. « Motivations raciales ». Je t'en prie. « Curtis a jamais fait partie d'aucune bande. »

Elle a baissé les yeux vers le journal, et s'est adressée à la photo de la mère de Curtis.

– Ben, c'est pas avec les putains de scouts qu'il traînait tous les soirs jusqu'à trois heures du mat', ma petite dame.

Je lui ai tapoté l'épaule :

– Calme-toi.

– C'est des conneries.

– C'est une mère. Elle dirait n'importe quoi au monde pour protéger son enfant. On ne peut pas le lui reprocher.

– Non ? Alors, pourquoi mêler la race à cette histoire, si tout ce qu'elle veut, c'est protéger son enfant ? Puis quoi encore, Al Sharpton [1] va venir en ville organiser une veillée pour le pied de Curtis ? Mettre la mort de Jenna sur le dos de l'homme blanc, aussi ?

---

1. Le révérend Al Sharpton : prédicateur et activiste noir de New York. (*N.d.T.*)

Elle déblatérait. Rage blanche réactionnaire. J'entends ça de plus en plus souvent ces derniers temps. Bien plus souvent qu'avant. J'ai dit moi-même des choses pareilles à l'occasion. On l'entend surtout parmi les pauvres et les travailleurs. On l'entend quand des sociologues qui n'ont rien dans le crâne qualifient des incidents tels que l'agression en bande de Central Park [1] de fruits d'impulsions « incontrôlables », et défendent les actes d'un groupe d'animaux en arguant qu'ils ne faisaient que réagir à des années d'oppression blanche. Et si vous faites remarquer que ces gentils animaux bien élevés – qui se trouvent être noirs – auraient sans doute parfaitement contrôlé leurs actes s'ils avaient pensé que la joggeuse avait sa propre armée pour la protéger, vous recevez l'étiquette de raciste. On l'entend quand les médias font de la race une question en soi. On l'entend quand une bande de Blancs, peut-être bien intentionnés, se réunissent pour tirer tout ça au clair, et finissent par dire : « Je ne suis pas raciste, *mais....* » On l'entend quand des juges qui imposent de force la déségrégation des écoles publiques par le *bussing* envoient leurs propres enfants dans des écoles privées, ou quand, récemment, un juge itinérant dit qu'il n'a jamais eu de preuves donnant à penser que les bandes de rue soient le moins du monde plus dangereuses que les syndicats.

On l'entend surtout quand des politiciens qui habitent des quartiers comme Hyannis Port, Beacon Hill ou Wellesley prennent des décisions qui affectent les gens vivant à Dorchester, Roxbury ou

---

1. Il y a quelques années, une jeune femme blanche qui faisait du jogging à Central Park a été battue et violée par une bande de jeunes Noirs ; elle est restée longtemps dans le coma suite à l'agression. (*N.d.T.*)

Jamaica Plain, puis retirent leur épingle du jeu en affirmant qu'il n'y a pas de guerre en cours.

Il y a une guerre en cours. Elle se déroule dans les terrains de jeu, pas dans les salles de gym. On s'y bat sur du ciment, pas sur des pelouses. On s'y bat avec des tuyaux et des bouteilles ainsi qu'avec des armes automatiques ces derniers temps. Et tant qu'elle ne franchira pas les lourdes portes de chêne derrière lesquelles on se bat à coups d'écoles privées, d'obstructions et de déjeuners d'affaires bien arrosés, elle n'existera jamais véritablement.

À Los Angeles, South Central pourrait brûler pendant toute une décennie, et la plupart des gens ne sentiraient pas la fumée à moins que les flammes n'atteignent Beverly Hills.

Je voulais tirer ce truc au clair. Maintenant. L'examiner à fond, dans la voiture avec Angie, jusqu'à ce que nos places dans cette guerre soient nettement définies, que nous connaissions exactement notre position sur chaque point, que nous puissions regarder à l'intérieur de nos cœurs en étant satisfaits de ce que nous y verrions. Mais j'ai souvent ce genre d'envies, et tout finit toujours en boucle, et me revient sans que rien ne soit résolu.

– Qu'est-ce que tu veux y faire, hein ? ai-je dit.

Et je me suis rangé le long du trottoir devant chez elle.

Elle a regardé la première page du journal, avec le corps de Jenna.

– Je peux dire à Phil qu'on va travailler tard, a-t-elle dit.

– Je vais bien.

– Non, tu ne vas pas bien.

J'ai ri à moitié :

– Non, je ne vais pas bien. Mais tu ne peux pas venir avec moi dans mes rêves pour me protéger. Et pour le reste, je gère.

Elle était sortie de la voiture, et elle s'est penchée à l'intérieur et m'a embrassé sur la joue.

– Porte-toi bien, Skid.

Je l'ai regardée gravir les marches de son perron, farfouiller avec ses clés, puis ouvrir la porte. Avant qu'elle n'entre, une lumière s'est allumée dans le salon et le rideau s'est légèrement écarté. J'ai fait un signe de la main à Phil, et le rideau s'est refermé.

Angie est entrée chez elle et a éteint la lumière du couloir, et je suis parti.

– La lumière était allumée dans le clocher. Je me suis garé devant l'église, et j'ai fait le tour jusqu'à la porte latérale, vivement conscient du fait que mon revolver se trouvait sous scellés au poste de police. Quand je suis entré, il y avait un mot par terre : « Ne tire pas. Deux Noirs dans la même journée, ça la foutrait mal. »

Richie.

Il était assis à mon bureau quand je suis entré. Il avait les pieds dessus, une cassette de Peter Gabriel qui tournait dans mon *ghetto-blaster*, une bouteille de Glenlivet sur la table et un verre à la main. J'ai dit :

– C'est ma bouteille ?

Il l'a regardée :

– Je crois que oui, fiston.

– Eh bien, sers-toi.

– Merci. (Il s'est versé une autre rasade.) Tu manques de glaçons.

J'ai trouvé un verre dans mon tiroir et je me suis servi un double. J'ai pris le journal :

– Tu as vu ?

– Je ne lis pas ce torchon, a-t-il répondu.

Et d'ajouter :

– Ouais, j'ai vu.

Richie n'est pas un de ces Noirs d'Hollywood à la peau café au lait avec des yeux à la Billy Dee Williams. Il est noir, noir comme une nappe de pétrole, et il n'est pas ce qu'on appellerait beau. Il est gros, il a toujours une ombre de barbe, et sa femme lui achète ses vêtements. Très souvent, sa tenue donne à penser qu'elle se livre à de nouvelles expériences. Ce soir-là, il portait un pantalon de coton beige, une chemise bleu clair, et une cravate pastel qui donnait l'impression qu'un champ de coquelicots lui avait explosé dessus et que quelqu'un avait éteint les flammes avec du punch.

– Sherilynn a encore fait du shopping ? ai-je demandé.

Il a regardé la cravate et poussé un soupir.

– Sherilynn a encore fait du shopping.

– Où ça ? À Miami ?

Il a soulevé la cravate pour l'examiner de plus près.

– On croirait, hein ? (Il a bu une gorgée de whisky.) Où est ton associée ?

– Avec son mari.

Il a hoché la tête, et nous l'avons dit en même temps :

– Le Connard.

– Quand est-ce qu'elle va lui envoyer une balle, à ce garçon ? a-t-il demandé.

– Je croise les doigts.

– Eh bien, tu peux m'appeler le jour où elle le fera. J'ai une bouteille de Moët qui attend à la maison pour l'occasion.

– À ce jour, ai-je dit en levant mon verre.

Et il l'a choqué :

– Tchin !

– Parle-moi de Curtis Moore, ai-je ajouté.

– Le Boiteux ? C'est comme ça qu'on appelle ce brave Curtis ces jours-ci. Ça te met la larme à l'œil, non ?

Il s'est étiré dans sa chaise.

– Tragique, ai-je dit.

– Bien dommage. Mais ne le prends pas trop à la légère, cela étant. Les amis de Curtis pourraient venir à ta recherche, et ces enculés-là sont particulièrement odieux.

– C'est une grande bande, les Raven Saints ?

– Pas selon les critères de L.A., mais on n'est pas à L.A. ici. Je dirais qu'ils ont un noyau dur de soixante-quinze gars, plus encore une soixantaine environ en périphérie.

– Donc ce que tu me dis, c'est qu'il y a cent trente-cinq Blacks dont je dois me méfier.

Il a posé son verre sur le bureau :

– Ne transforme pas ça en un « truc de Blacks », Kenzie.

– Mes amis m'appellent Patrick.

– Je ne suis pas ton ami quand j'entends des conneries pareilles sortir de ta bouche.

J'étais en colère, j'étais sacrément fatigué, et je voulais quelqu'un à qui m'en prendre. Mes émotions tourmentaient des terminaisons nerveuses à vif qui menaçaient d'endommager ma peau, et je me sentais d'humeur têtue. J'ai dit :

– Montre-moi une bande blanche qui se trimbale avec des Uzi, et j'aurais peur des Blancs aussi, Richie. Mais d'ici là...

Richie a donné un coup de poing sur la table.

– Et la mafia, bordel, t'appelles ça quoi ? Hein ?

Il s'est levé, et les veines de son cou étaient gonflées, et sans doute aussi saillantes que me semblaient les miennes.

– Les Westies, à New York, a-t-il dit, ces gentils garçons, irlandais comme toi, qui se spécialisaient dans le meurtre, et la torture, et les conneries de cow-boys. De quelle couleur étaient-ils ? Tu vas me dire que ce sont les frères qui ont inventé le meurtre, aussi ? Tu vas essayer de me servir ces conneries, Kenzie ?

Dans la pièce minuscule, nos voix étaient fortes, rauques, elles glissaient sous les parois de mauvaise qualité en résonnant. J'ai essayé de parler calmement, mais ce n'est pas comme ça que ma voix est sortie : elle est sortie dure et légèrement étrangère.

– Richie, ai-je dit, un môme se fait écraser par une voiture parce qu'une bande de débiles mentaux des Jeunesses hitlériennes le poursuit jusque sur la route à Howard Beach...

– Surtout ne viens pas me parler de Howard Beach.

– ... et on en fait une tragédie nationale. À juste titre. Mais quand un môme blanc de Fenway se fait tuer de *dix-huit* coups de couteau par des mômes noirs, personne ne bronche. Le mot « racial » n'est jamais employé. Ça disparaît de la une dès le lendemain et c'est classé comme homicide. *Pas* comme incident racial. Alors, tu vas me dire ce que c'est, Richie, bordel ?

Il m'a fixé du regard, tenant sa main à une trentaine de centimètres devant lui, puis la portant à son cœur pour masser sa nuque, puis la posant sur le bureau où il l'a regardée, ne sachant pas trop quoi en faire. Il a commencé de parler deux ou trois fois. S'est arrêté. Pour finir, il a dit, calmement mais presque entre les dents :

– Ces trois mômes noirs qui ont tué le garçon blanc, tu crois qu'ils auront une peine de prison ferme ?

Là, il me tenait.

– Hein ? Allez, dis la vérité.

– Bien sûr, ai-je dit. À moins qu'ils prennent un bon avocat, qu'ils...

– Non, pas d'avocats. Pas de vice de forme et compagnie. S'ils vont en justice et que ça passe devant un jury, seront-ils déclarés coupables ? Se retrouveront-ils à purger une peine allant de vingt ans à perpète, voire pire ?

– Ouais, ai-je dit, ouais.

– Et si des mecs blancs tuaient un mec noir et que ce ne soit pas, imaginons, traité d'incident racial, si ce n'était pas considéré comme une tragédie, qu'est-ce qui se passerait ?

J'ai hoché la tête.

– Qu'est-ce qui se passerait ?

– Ils auraient plus de chances de s'en tirer.

– Sacrément vrai, a-t-il dit en se laissant retomber dans sa chaise.

– Mais, Richie, ce genre de logique dépasse le pékin moyen, et tu le sais. Joe de Southie voit qu'on fait de la mort d'un Noir un incident racial, puis il voit qu'on nomme homicide une mort identique d'un Blanc, et il dit : « Hé, c'est pas juste. C'est hypocrite. C'est deux poids, deux mesures. » Il entend parler de Tawana Brawley [1], et il perd son boulot à cause des mesures d'embauches antidiscriminatoires, et ça lui fout les boules. (Je l'ai regardé.) Est-ce que tu peux lui jeter la pierre ?

Il a passé la main dans ses cheveux et il a soupiré.

– Oh, merde, Patrick, je ne sais pas. (Il s'est redressé.) Non, d'accord ? Je ne peux pas lui jeter la pierre. Mais quelle est l'autre éventualité ?

Je me suis resservi du whisky.

– Ce n'est pas Louis Farrakhan.

– Et ce n'est pas David Duke [2], a-t-il rétorqué. Je veux dire... est-on censé supprimer les quotas d'embauches antidiscriminatoires, les subventions aux minorités, les affaires d'incidents raciaux ?

Je lui ai montré la bouteille, et il s'est penché en avant avec son verre.

---

1. Jeune fille noire de New York qui a affirmé avoir été violée par des Blancs, ce qui s'est révélé faux. (*N.d.T.*)
2. Candidat d'extrême droite au poste de gouverneur de Louisiane. (*N.d.T.*)

– Non, ai-je dit en le servant, mais (je me suis radossé à mon siège)... putain, je ne sais pas.

Il a souri à moitié et s'est incliné en arrière en regardant par la fenêtre. La cassette de Peter Gabriel était finie, et de la rue parvenait de temps à autre le bruit d'une voiture qui déplaçait de l'air en grondant sur l'asphalte. La brise qui traversait la moustiquaire de la fenêtre s'était rafraîchie et, à mesure qu'elle pénétrait dans la pièce, je sentais la lourdeur de l'atmosphère se dissiper. Un peu en tous cas.

– Tu sais comment ça marche en Amérique? a demandé Richie, qui regardait toujours par la fenêtre, le coude levé, le verre suspendu à mi-chemin de sa bouche.

Je sentais la colère en suspension dans la pièce qui commençait à se mêler à la lente montée du whisky dans mon sang, à se dissoudre dans le sillage de l'alcool. J'ai dit :

– Non, Rich. Comment ça marche en Amérique?

– On trouve quelqu'un sur qui rejeter la faute. (Il a bu une gorgée de whisky.) C'est vrai. Tu travailles sur un chantier et tu fais tomber un marteau sur ton pied? Fais un procès à la compagnie, bordel. C'est un pied à dix mille dollars! Tu es blanc et tu ne trouves pas de boulot? La faute aux mesures d'embauche antidiscriminatoires. T'en trouves pas et tu es noir? La faute à l'homme blanc. Ou aux Coréens. Ou mets-le sur le dos des Japonais, bordel, comme tout le monde! Tout ce putain de pays est plein de gens méchants, malheureux, paumés, qui ont les boules, et il n'y en a pas un seul qui ait l'intelligence de *prendre en main* sa situation avec honnêteté. Ils parlent d'époques plus simples – avant le sida, le crack, les bandes, les communications de masse, les satellites, les avions, l'effet de serre – comme si c'était quelque chose à quoi ils auraient la possibilité de retourner. Et comme ils n'arrivent pas à comprendre pourquoi ils sont tellement à côté de la plaque, ils trouvent quelqu'un sur qui rejeter la faute. Les nègres, les juifs, les Blancs, les Chinetoques, les Arabes, les Russes, les proavortement, les antiavortement... et quoi d'autre encore ?

Je n'ai rien dit. Difficile de discuter avec la vérité.

Il a posé brusquement les pieds par terre et s'est levé ; il s'est mis à faire les cent pas. Sa démarche était un peu incertaine, comme s'il s'attendait à rencontrer de la résistance à chaque pas.

– Les Blancs jettent la pierre à des gens comme moi parce qu'ils disent que ce sont les quotas qui m'ont mis là où je suis. La moitié d'entre eux sont même pas fichus de savoir lire, mais ils pensent qu'ils méritent mon boulot. Les enfoirés de politiciens dans leurs fauteuils de cuir avec vue sur la Charles font tout pour que leurs électeurs blancs, qui sont cons comme des bites, croient que, s'ils sont en colère, c'est parce que je retire le pain de la bouche de leurs enfants. Les hommes noirs – les frères – disent que je ne suis plus noir parce que j'habite dans une rue exclusivement blanche, dans un quartier presque exclusivement blanc. Ils disent que je m'insinue dans la bourgeoisie. Que je m'insinue. Sous prétexte que je suis noir, je devrais aller vivre dans un quelconque trou merdeux sur Humbold Avenue, avec des gens qui encaissent leur chèque d'allocations pour acheter du crack. Que je m'insinue, a-t-il répété. Merde. Les hétéros détestent les homos, maintenant les homos sont prêts à « la contre-offensive », et va savoir ce que ça veut dire. Les lesbiennes détestent les hommes, les hommes détestent les femmes, les Noirs détestent les Blancs, les Blancs détestent les Noirs, et... tout le monde cherche quelqu'un sur qui rejeter la faute. Je veux dire, pourquoi te faire chier à te regarder dans le miroir, quand tu *sais* qu'il y a tellement de gens dans le monde qui sont moins bien que toi? (Il m'a regardé.) Tu vois ce que je veux dire, ou c'est l'alcool qui parle?

J'ai haussé les épaules :

– Tout le monde a besoin de quelqu'un à haïr, va savoir pourquoi.

– Tout le monde est foutrement trop stupide.

J'ai hoché la tête :

– Et foutrement trop en colère.

Il s'est rassis :

– Putain.

– Et ça nous amène à quoi, Rich?

Il a levé son verre :

– À larmoyer dans notre scotch à la fin d'une autre journée.

Une atmosphère de tranquillité a baigné la pièce un moment. Nous nous sommes chacun versé un autre whisky en silence, l'avons siroté un peu plus lentement. Au bout de cinq minutes, Richie a dit :

– Comment tu te sens par rapport à ce qui s'est produit aujourd'hui? Est-ce que tu vas bien?

Tout le monde passait son temps à me poser cette question.

– Ça va, ai-je dit.

– Ouais?

– Ouais, je crois.

Je l'ai regardé, et, pour une raison quelconque, j'ai regretté qu'il ne l'ait pas rencontrée.

– Jenna était correcte. C'était quelqu'un de bien. Tout ce qu'elle voulait, c'était, pour une fois dans sa vie, ne pas passer à la trappe.

Il m'a regardé, et s'est penché en tendant son verre.

– Et tu vas les faire payer pour elle, hein, Patrick?

Je me suis incliné en avant et j'ai choqué son verre. J'ai hoché la tête.

– En petites coupures et de toutes les couleurs.

J'ai levé la main et j'ai ajouté :

– Sans vouloir t'offenser.

15

Richie est parti un peu après minuit, et j'ai emporté la bouteille de l'autre côté de la rue. J'ai ignoré la lumière rouge clignotante de mon répondeur et j'ai allumé la télé. Je me suis affalé dans le fauteuil télé en cuir, j'ai bu à la bouteille, regardé *Letterman*, et tenté de ne pas voir la danse de mort de Jenna chaque fois que mes paupières se mettaient en berne. Je n'ai pas l'habitude de donner dans les excès d'alcool fort, mais j'étais en train de mettre une sacrée claque au Glenlivet. Je voulais m'écrouler, sans rêves.

Richie avait dit que le nom de Socia lui semblait familier, mais il n'était pas arrivé à le situer. J'ai récapitulé ce que je savais. Curtis Moore était membre des Raven Saints. Il avait tué Jenna, très probablement sur ordre de quelqu'un, et ce quelqu'un était sans doute Socia. Socia était le mari de Jenna, ou l'avait été. Socia était suffisamment en bons termes avec le sénateur pour s'être fait prendre en photo avec lui. À notre première rencontre, Paulson avait tapé du poing sur la table devant moi. « Ce n'est pas une plaisanterie », avait-il dit. Pas une plaisanterie. Jenna était morte. Largement plus d'une centaine de guerriers urbains prêts à mourir avaient un compte à régler avec moi.

Pas une plaisanterie. Je devais rencontrer Mulkern et sa bande demain à déjeuner. J'étais ivre. C'était peut-être moi, mais Letterman semblait perdre de son mordant. Jenna était morte. Curtis Moore avait un pied en moins. J'étais ivre. Un fantôme en uniforme de pompier surgissait des ombres derrière la télé. Il devenait difficile de se concentrer sur l'écran. Sans doute le réglage vertical. La bouteille était vide.

– Le Héros m'a asséné un coup de hache à la tête et je me suis redressé droit comme un *i* dans mon fauteuil. Il y avait de la neige sur l'écran de la télé. J'ai braqué un œil glauque sur ma montre : 4 h 15. Un feu liquide a afflué sous mon sternum. Tous les nerfs de mon cerveau venaient d'être mis à vif par la hache de pompier, et je me suis levé, et suis parvenu à la salle de bains de justesse avant de dégobiller le Glenlivet. J'ai tiré la chasse d'eau et je me suis allongé sur le carrelage frais ; la pièce sentait le scotch, la peur et la mort. C'était la deuxième fois en trois nuits que je vomissais. J'étais peut-être en train de devenir boulimique.

Je suis arrivé à me remettre debout et je me suis brossé les dents pendant environ une demi-heure. Je suis entré dans la douche et j'ai ouvert le robinet. Je suis ressorti, j'ai ôté mes vêtements, et j'y suis entré de nouveau. Le temps que je finisse, le jour se levait presque. Trois aspirines, et je me suis laissé tomber sur mon lit en espérant que ce que j'avais dégueulé contenait tous les trucs qui me donnaient peur de dormir.

J'ai sommeillé pendant les trois heures qui ont suivi et, heureusement, personne ne m'a rendu visite. Pas de Jenna, pas de Héros, pas de pied de Curtis Moore.

Parfois, on bénéficie d'un répit.

– J'ai horreur de ça, a dit Angie. Horreur de ça.

– Et tu es vraiment immonde, en plus, ai-je avancé.

Elle m'a lancé un regard assassin et s'est remise à tripoter violemment l'ourlet de sa jupe à l'arrière du taxi.

Angie se met en jupe à peu près aussi souvent qu'à la cuisine, et je ne suis jamais déçu. Et elle a beau râler, je ne crois pas que cela lui soit aussi pénible qu'elle le prétend. Trop de réflexion avait présidé à la composition de sa tenue pour que le résultat soit autre que « Waouh ! » Elle portait un chemisier plissé amarante en crêpe de soie et une jupe en daim noir. Ses longs cheveux étaient coiffés en arrière et retenus au-dessus de son oreille gauche, mais tombaient en cascade sur le côté droit de son visage, en formant un petit cran à la hauteur de son œil. Quand elle levait les yeux de dessous ses longs cils et me regardait, ça me faisait mal. Elle avait dû enfiler sa jupe avec un chausse-pied, et elle n'arrêtait pas de tirer sur l'ourlet pour être plus à l'aise, en se tortillant sur la banquette arrière du taxi. Le spectacle n'était pas, somme toute, pénible à supporter.

Je portais un costume croisé gris avec un subtil motif de chevrons noirs. La veste était serrée aux hanches pour le look cosmopolite, mais les stylistes sont en général plus tendres envers les hommes, et il me suffisait de la déboutonner.

– Tu es très bien, ai-je dit.

– Je sais que je suis très bien, a-t-elle répondu l'air mauvais. J'aimerais trouver celui qui a dessiné cette jupe, parce que je *sais* que c'était un homme, et le fourrer dedans. Deviendrait soprano vite fait, ce connard.

Le taxi nous a laissé au coin, en face de l'église de Trinity.

Le portier nous a ouvert la porte avec un « Bienvenue au Copley Plaza », et nous sommes entrés. Le

Copley est quelque peu similaire au Ritz; ils existaient tous deux longtemps avant ma naissance, ils seront encore là longtemps après moi. Et si les employés du Copley ne paraissent pas aussi hautains que ceux du Ritz, c'est probablement parce qu'ils ont moins de motifs de l'être. Le Copley essaie toujours de se remettre de son statut d'hôtel le plus oublié de la ville. Sa dernière remise à neuf de plusieurs millions de dollars aura beaucoup de mal à faire oublier ses couloirs sombres et son atmosphère surannée à en mourir. Cependant, ils ont commencé avec le bar et ils ont fait du bon boulot. Au lieu de George Reeves et Bogey, je m'attends toujours à voir Burt Lancaster en J.J. Hunsecker à une table avec sa cour, et Tony Curtis qui se pavane à ses pieds. C'est ce que j'ai dit à Angie en entrant.

– Burt Lancaster en qui? a-t-elle demandé.
– *Le Grand Chantage.*
– Quoi?
– Barbare.

Jim Vurnan ne s'est pas levé pour venir à ma rencontre cette fois-ci. Lui et Sterling Mulkern étaient assis ensemble dans l'ombre du bois de chêne, le regard protégé des trivialités du monde extérieur par les lamelles des stores marron foncé. Des parties du Westin Hotel se devinaient au travers des fentes mais, à moins de les chercher, on ne les remarquait pas. Ce qui est tout aussi bien, j'imagine : le seul hôtel plus laid que le Westin, dans cette ville, est le Lafayette, et le seul hôtel plus laid que le Lafayette n'a pas encore été construit. Ils nous ont aperçus à peu près au moment où nous atteignions leur box. Jim a fait mine de se lever, mais je l'ai arrêté d'un geste de la main, et il s'est poussé pour me faire de la place. Si seulement on faisait les chiens et les conjoints aussi obligeants et fidèles que les représentants.

– Jim, ai-je dit, vous connaissez Angie. Sénateur Mulkern, je vous présente mon associée, Angela Gennaro.

Angie a tendu la main :

– Enchantée, sénateur.

Mulkern a pris la main, baisé les jointures, et s'est glissé le long de sa banquette en entraînant la main avec lui.

– Tout le plaisir est pour moi, madame Gennaro.

Quel beau parleur. Angie s'est assise à côté de lui, et il a lâché sa main. Il m'a regardé en levant un sourcil :

– Associée ? a-t-il gloussé.

Jim a gloussé lui aussi.

Je me suis dit que ça méritait un petit sourire. Je me suis assis à côté de Jim.

– Où est le sénateur Paulson ? ai-je demandé.

Mulkern souriait à Angie.

– Pas pu l'arracher à son bureau cet après-midi, j'en ai bien peur, a-t-il répondu.

– Un samedi ?

Mulkern a bu une gorgée et s'est adressé à Angie :

– Alors, dites-moi, où Pat vous cachait-il ?

Angie lui a décoché un sourire étincelant, tout en dents.

– Dans un tiroir.

– Vraiment ? a fait Mulkern. (Il a bu encore un peu.) Oh, elle me plaît, Pat. Pour ça, oui.

– En général, elle plaît aux gens, sénateur.

Notre serveur est venu, a pris nos commandes de boissons, est reparti sans bruit sur la moquette épaisse. Mulkern avait dit déjeuner, mais tout ce que je voyais sur la table, c'étaient des verres. Ils avaient peut-être trouvé un moyen de liquéfier le menu.

Jim a mis la main sur mon épaule :

153

– Tu as eu une sacrée journée, hier.

Sterling Mulkern a brandi le *Trib* du matin :

– Un héros maintenant, comme votre père, mon garçon. (Il a tapoté le journal.) Vous avez vu ?

– Je ne lis que la page des B.D., ai-je répondu.

– Oui, bon... très bonne presse, vraiment, a-t-il dit. Superbe pour les affaires.

– Mais pas pour Jenna Angeline.

Mulkern a haussé les épaules :

– Quiconque se sert de l'épée...

– C'était une femme de ménage. Ce qu'elle a connu de plus ressemblant à une épée était un coupe-papier, sénateur.

Il m'a adressé le même haussement d'épaules, et j'ai vu qu'il n'était pas près de changer d'avis. Les gens comme Mulkern ont l'habitude de créer les faits par eux-mêmes, puis de mettre les autres, à savoir nous, au courant.

– Patrick et moi nous demandions, a dit Angie, si la mort de madame Angeline signifie que notre travail pour vous est fini.

– Loin de là, ma chère, loin de là. J'ai embauché Patrick, ainsi que vous, pour trouver certains documents. À moins que vous ne les ayez apportés avec vous à cette table, vous travaillez toujours pour moi.

Angie a souri :

– Patrick et moi travaillons pour nous-mêmes, sénateur.

Jim m'a regardé, puis il a baissé les yeux sur son verre. Le visage de Mulkern a cessé un instant de bouger, puis il a levé les sourcils, l'air amusé.

– Eh bien, a-t-il dit, pourquoi au juste ai-je signé ce chèque à l'ordre de votre agence ?

Angie n'a pas hésité une seconde.

– Frais de recours à nos compétences, sénateur. (Elle a levé les yeux vers le garçon qui approchait.) Ah, les boissons. Merci.

154

Je l'aurais embrassée.

– Est-ce comme ça que vous voyez les choses, Pat ? a demandé Mulkern.

– En gros, oui, ai-je dit, et j'ai bu une gorgée de ma bière.

– Et aussi, Pat (Mulkern s'est renversé contre le dossier, l'air de tramer quelque chose),... est-elle d'ordinaire la seule à parler quand vous êtes ensemble ? Et à assurer toutes les autres fonctions, je présume ?

– Elle n'apprécie pas qu'on parle d'elle à la troisième personne quand *elle* est dans la pièce, sénateur, a dit Angie.

– Combien de verres avez-vous pris, sénateur ? ai-je demandé.

Jim a dit « S'il vous plaît » et il a levé la main.

Si ça avait été un saloon du Far West, l'endroit se serait déjà vidé, dans un bruit de cinquante chaises s'écartant des tables, un raclement de bois contre bois. Mais c'était un bar huppé de Boston par un samedi après-midi, et Mulkern n'avait pas l'air de quelqu'un qui porterait bien le six-coups. Trop de ventre. Mais il faut dire que, à Boston, un revolver n'a jamais fait le poids contre une signature bien placée, une insulte judicieusement choisie lâchée juste au bon moment.

Les yeux noirs de Mulkern me toisaient sous ses épaisses paupières, le regard d'un serpent dont la tanière a été envahie, d'un homme saoul et violent qui brûle d'envie de se battre.

– Patrick Kenzie, a-t-il dit en se penchant vers moi par-dessus la table, et le bourbon dans son haleine aurait pu mettre le feu à une station-service.

– Patrick Kenzie, a-t-il répété, maintenant écoutez-moi bien. Il n'est absolument pas question que le *fils* d'un de mes *larbins* me parle de cette façon. Votre père, mon cher garçon, était un chien qui sautait quand je lui disais de le faire. Et vous n'avez pas d'autre espoir dans cette ville que de suivre sa trace. Parce que (il s'est penché davantage, et m'a brusquement attrapé le poignet sur la table, en serrant fort) si vous me manquez de respect, mon petit gars, votre affaire sera plus désertée qu'une réunion des Alcooliques anonymes un jour de la Saint-Patrick. Un mot de moi, et vous êtes coulé. Quant à votre petite copine, elle aura des soucis autrement plus sérieux que quelques marrons dans l'œil de son vaurien de mari.

Angie avait l'air prête à le décapiter, mais j'ai mis ma main libre sur son genou.

J'ai repris ma main et l'ai plongée dans ma poche de poitrine pour en retirer la photocopie que j'avais faite du cliché. Je l'ai levée, à bonne distance de Mulkern comme de Vurnan, et j'ai légèrement souri, un sourire froid, j'imagine, sans jamais quitter Mulkern des yeux. Je me suis un peu reculé pour éviter son haleine toxique, et j'ai dit :

– Sénateur, mon père était un de vos larbins, sans discussion. Mais vivant ou mort, il fait ce qu'il veut, pour ce que j'en ai à foutre. Je détestais ce salaud, alors ne gaspillez pas votre salive alcoolisée à invoquer ma sensiblerie. Angie, c'est ma famille. Pas lui. Pas vous.

D'une secousse du poignet, j'ai dégagé ma main de la sienne. Avant qu'il n'ait pu l'enlever, j'ai refermé la mienne dessus et j'ai tiré d'un coup sec.

– Et, sénateur, si jamais vous menacez de nouveau mon gagne-pain, je vous fous votre vie en l'air.

S'il avait remarqué la photocopie, il ne l'a pas montré. Ses yeux ne m'ont pas quitté un seul instant, ils sont juste devenus plus petits, des vrilles de haine concentrée.

J'ai regardé Angie et j'ai lâché la main de Mulkern.

– J'ai fini, ai-je dit en me levant.

J'ai tapoté Jim sur l'épaule :

– Toujours un plaisir, Jim.

– Salut, Jim, a dit Angie.

Nous nous sommes éloignés de la table.

Si nous arrivions jusqu'à la porte, je n'aurais plus qu'à pointer au chômage à l'automne prochain. Si nous arrivions jusqu'à la porte, la photo ne signifiait rien de plus qu'une association de malfaiteurs, et ils n'avaient rien à cacher. Il me faudrait partir pour le Montana, le Kansas, l'Iowa ou dans un de ces endroits où j'imagine qu'on s'ennuie tellement que personne ne songe à exercer d'influence politique. Si nous arrivions jusqu'à la porte, nous étions grillés dans cette ville.

– Pat, mon garçon.

Nous étions à deux mètres, deux mètres et demi de la porte; ma confiance en la nature humaine était revenue.

Angie m'a serré la main très fort, et nous nous sommes retournés comme si nous avions mieux à faire.

Jim a dit :

– S'il vous plaît, revenez vous asseoir.

Nous nous sommes approchés de la table.

Mulkern a tendu la main :

– Je suis un tantinet vif en début de journée. Les gens semblent mal comprendre mon sens de l'humour.

J'ai pris la main :

– N'est-ce pas toujours le cas ?

Il l'a tendue à Angie :

– Madame Gennaro, je vous prie d'accepter les excuses d'un vieil homme entêté.

– C'est déjà oublié, sénateur.

– Je vous en prie, appelez-moi Sterling.

Il lui a adressé un sourire chaleureux en lui tapotant la main. Tout en lui hurlait la sincérité.

Si je n'avais pas gerbé la veille, je crois que nous aurions tous été en danger.

Jim a donné une petite tape sur la photocopie, et m'a regardé :

– Où as-tu eu ça ?

– Jenna Angeline.

– C'est une photocopie.

– Exact, Jim.

– L'original ? a demandé Mulkern.

– Je l'ai.

– Pat, a dit Mulkern, avec un sourire qui tempérait sa voix, nous vous avons embauché dans l'optique de récupérer des documents, pas leurs photocopies.

– Je garde l'original de celui-ci jusqu'à ce que j'aie trouvé le reste.

– Pourquoi ? a demandé Jim.

J'ai montré du doigt la première page du journal.

– Les choses sont devenues un peu désordre. Je n'aime pas quand c'est désordre. Angie, tu aimes quand c'est désordre ?

– Je n'aime pas quand c'est désordre, a dit Angie.

J'ai regardé Vurnan et Mulkern.

– Nous n'aimons pas quand c'est désordre. Garder l'original est notre façon de ne pas mettre les pieds dedans tant que nous ne savons pas avec certitude de quoi il s'agit.

– Est-ce que nous pouvons vous aider, Pat, mon garçon ?

– Bien sûr. Parlez-moi de Paulson et de Socia.

– Un écart imprudent de la part de Paulson, a dit Mulkern.

– Imprudent à quel point ?

– Pour l'homme moyen, a dit Mulkern, pas tellement. Mais pour qui occupe le devant de la scène, extrêmement imprudent.

Il a hoché la tête à l'intention de Jim.

Jim a croisé les mains sur la table :

– Le sénateur Paulson a pris part à une nuit de...
plaisir illicite avec une des prostituées de Mr. Socia,
il y a six ans. Je peux difficilement prendre cela à la
légère étant donné les circonstances, mais, dans une
vision globale des choses, ce n'est guère plus qu'une
soirée de vin et de femmes.

– Aucune de ces femmes n'étant madame Paulson,
a dit Angie.

Mulkern a secoué la tête :

– Là n'est pas le propos. C'est une femme de
politicien : elle comprend ce qu'on attend d'elle
dans un moment pareil. Non, le problème se poserait si jamais un témoignage de cette affaire venait à
la connaissance du public. Brian est actuellement
une voix silencieuse très forte en faveur du projet de
loi contre le terrorisme de rue. La moindre association avec des gens du... type de Mr. Socia pourrait
être très préjudiciable.

J'avais envie de demander comment quelqu'un
pouvait être une « voix silencieuse forte », mais je
me suis dit que cela risquerait de trahir mon
manque de finesse politique. J'ai dit :

– Quel est le prénom de Socia ?

– Marion, a répondu Jim.

Et Mulkern lui a jeté un rapide coup d'œil.

– Marion, ai-je répété. Et comment Jenna entre
en jeu là-dedans ? Comment a-t-elle mis la main sur
ces photos ?

Jim a regardé Mulkern avant de répondre. Les
politiciens télépathes.

– La meilleure explication que nous ayons trouvée, a-t-il dit, c'est que Socia a envoyé les photos
dans une quelconque tentative d'extorsion. Bien
sûr, Brian avait beaucoup bu ce soir-là, comme vous
pouvez l'imaginer. Il s'est endormi dans son fauteuil
avec les photos sur son bureau. Ensuite, Jenna est
venue pour faire le ménage, et nous supposons...

– Une seconde, a dit Angie. Vous êtes en train de dire que Jenna a été tellement dégoûtée moralement par des photos de Paulson avec une pute qu'elle les a emportées ? Sachant que sa vie ne vaudrait plus un dollar si elle faisait ça ?

Jim a haussé les épaules.

Mulkern a dit :

– Allez savoir, avec ces gens.

J'ai dit :

– Alors, pourquoi Socia la ferait-il tuer ? Il ne me semble pas qu'il ait tellement à perdre si des photos de Paulson avec une prostituée étaient rendues publiques.

Avant qu'il ne parle, j'ai connu la réponse de Mulkern, et je me suis demandé pourquoi je m'étais même donné la peine de poser la question.

– Allez savoir, avec ces gens, a-t-il répété.

16

Le reste de la journée a été nul.

Nous sommes rentrés au bureau, j'ai dragué Angie, elle m'a dit « offre-toi un cerveau », le téléphone n'a pas sonné, personne n'est passé, comme ça, par hasard, à notre clocher. Nous avons commandé une pizza et bu quelques bières, et je n'arrêtais pas de repenser à elle, à l'arrière de ce taxi, en train de gigoter dans sa jupe. Elle m'a regardé deux ou trois fois, a deviné à quoi je pensais et m'a traité d'obsédé. Une de ces fois, j'étais en fait en train de réfléchir en toute innocence à mon abonnement téléphonique interurbain, mais il y en avait eu tellement d'autres que ça compensait, en quelque sorte.

Angie a toujours eu ce truc avec la fenêtre qui est derrière son bureau. Elle passe la moitié de son temps à regarder par cette fenêtre en mordillant sa lèvre inférieure ou en tapotant un crayon contre ses dents, perdue dans son monde à elle. Mais aujourd'hui, on aurait cru qu'il s'y donnait un film qu'elle seule pouvait voir. Beaucoup de ses réponses à mes commentaires commençaient par « Hein ? », et j'avais l'impression qu'elle n'était même pas dans le même hémisphère. Je me suis dit que c'était en rapport avec le Connard, et je l'ai laissée tranquille.

Mon pistolet était toujours au commissariat central et je n'avais aucune intention de circuler en ville avec juste ma bite dans la main et un moral d'acier, alors que les Raven Saints me cherchaient. Il m'en fallait un qui soit parfaitement vierge, parce que l'État a des lois très précises sur les armes non déclarées. Angie en aurait besoin également au cas où nous entreprendrions quelque chose ensemble, j'ai donc localisé Bubba Rogowski, et je lui ai commandé deux flingues qui n'éveilleraient pas les soupçons. Il a dit pas de problème, il les aurait d'ici cinq heures. Exactement comme commander la pizza.

Ensuite, j'ai appelé Devin Amronklin. Devin est affecté à la nouvelle brigade antigang du maire. Il est petit et costaud, et les gens qui essaient de lui nuire ne font que le mettre en colère. Il a des cicatrices longues comme des poteaux téléphoniques, mais c'est un chouette type quand on n'est pas à un cocktail à Beacon Hill.

– C'est pas que j'm'emmerde, a-t-il dit, mais j'ai des trucs à faire. Retrouve-moi demain à l'enterrement. Tu as marqué quelques points avec Curtis le Boiteux, quoi qu'en dise ce trou du cul de Ferry.

En raccrochant, j'ai ressenti une légère bouffée de chaleur, comme un alcool fort un soir de froid avant que l'amertume ne morde. Avec Bubba et Devin dans les parages, je me sentais plus en sécurité qu'une capote à un congrès d'eunuques. Mais je me suis alors rendu compte, comme chaque fois, que, quand quelqu'un veut vous tuer, vraiment vous tuer, rien ne peut vous sauver, sinon les caprices du sort. Ni Dieu, ni une armée, et certainement pas vous-même. Je devais espérer que mes ennemis étaient stupides, mal coordonnés, ou qu'ils avaient une capacité d'attention extrêmement limitée quand il s'agissait de vengeance. Ce seraient les seules choses qui me garderaient de la tombe.

J'ai jeté un coup d'œil à Angie :

– Quoi de neuf, beauté ?

Elle a fait :

– Hein ?

– J'ai dit « quoi de neuf, beauté ».

Le crayon a fait tap, tap, tap. Elle a croisé les chevilles sur le rebord de la fenêtre, a fait un peu pivoter la chaise dans ma direction. Et elle a dit :

– Hé.

– Quoi ? j'ai dit.

– Ne refais plus ça. O.K. ?

– Ça quoi ?

Elle a tourné la tête, m'a regardé dans les yeux.

– Beauté et tout ce baratin. Ne refais plus ça. Pas maintenant.

– M'enfin, m'man..., j'ai dit.

Elle a fait complètement pivoter sa chaise pour venir face à moi, en retirant les jambes du rebord de la fenêtre.

– Et arrête aussi cette connerie-là. Ton « M'enfin, m'man » comme si tu étais innocent. Tu n'as rien d'innocent. (Elle a regardé un moment par la fenêtre, puis m'a regardé de nouveau.) Tu peux être vraiment chiant, des fois, Patrick. Tu le sais ?

J'ai posé ma bière au coin du bureau.

– D'où ça sort, ça ?

– Ça sort, c'est tout. O.K. ? C'est pas facile... C'est pas... Je viens ici tous les jours de ma... maison à la con, et je veux juste... bon Dieu. Et, et il faut que j'encaisse ta façon de m'appeler beauté, de me draguer comme si c'était un réflexe, de me regarder comme tu le fais, et je... veux... juste que ça cesse.

Elle s'est frotté le visage très fort, et a passé les mains dans ses cheveux en gémissant.

– Ange, ai-je dit.

– M'appelle pas Ange, Patrick. (Elle a donné un coup de pied dans un tiroir du bas de son bureau.)

Tu sais, entre des hommes comme Sterling Mulkern, le gros trouduc, Phil et *toi*, je ne sais vraiment plus.

Ça m'a donné l'impression d'avoir un caniche coincé en travers de la gorge, mais je suis parvenu à dire :

– Tu ne sais plus quoi ?

– Plus rien ! (Elle a enfoui le visage dans les mains, puis a relevé la tête.) Je ne sais plus, c'est tout.

Elle s'est levée assez violemment pour imprimer un tour complet à sa chaise et s'est dirigée vers la porte :

– Et j'en ai ras-le-bol qu'on me pose des questions à la con.

Elle est sortie.

Le bruit de ses talons a résonné contre les marches comme des coups de feu, un crépitement qui grimpait et franchissait le seuil de la porte. J'ai senti une douleur pesante derrière les yeux, comme le mécanisme d'acier retenant les vannes d'un barrage. Le bruit de ses talons a cessé. J'ai regardé par la fenêtre, mais elle n'était pas dehors. La peinture beige et rayée du toit de sa voiture luisait faiblement sous le lampadaire.

J'ai descendu les marches quatre à quatre dans l'obscurité ; et l'espace étroit et raide tournait et s'ouvrait devant moi comme un gouffre noir. Elle était debout à quelques pas de la dernière marche, appuyée contre un confessionnal. Une cigarette allumée était plantée tout droit entre ses lèvres, et elle remettait le briquet dans son sac quand j'ai débouché du tournant.

J'ai pilé net et j'ai attendu.

– Alors ? a-t-elle dit.

– Alors quoi ? j'ai dit.

– Je sens que cette conversation va être un succès.

– S'il te plaît, Angie, mets-toi à ma place. Tu me prends un peu par surprise, là.

J'ai repris mon souffle tandis qu'elle me regardait, les yeux éteints, le genre de regard qui me disait qu'un défi avait été lancé et que j'avais intérêt à comprendre de quoi il s'agissait, et vite.

– Je sais ce qui ne va pas... avec Mulkern, Phil, moi, ai-je dit. Tu as beaucoup d'hommes cons...

– De garçons.

– D'accord. Beaucoup de garçons cons dans ta vie en ce moment. Mais, Ange, qu'est-ce qui ne *va pas* ?

Elle a haussé les épaules et balancé de la cendre sur le sol de marbre.

– J'vais sans doute brûler en enfer pour ça.

J'ai attendu.

– C'est tout qui ne va pas, Patrick. Tout. Quand je me suis dit que tu avais failli mourir hier, ça m'a fait penser à plein d'autres choses aussi. Et je veux dire, bon sang, c'est ça, ma vie ? Phil ? Dorchester ? (Elle a balayé l'église d'un geste de la main.) Ça ? Je viens travailler, je te repousse, tu prends ton pied, je rentre à la maison, je me fais taper dessus une ou deux fois par mois, quelquefois je fais l'amour à ce salaud la même nuit, et... c'est tout ? C'est ça la personne que je suis ?

– Personne ne dit que ça doit l'être.

– T'as raison, Patrick. Je vais devenir neurochirurgien. Je peux...

– Non.

Elle a fait tomber sa cigarette sur le marbre, l'a écrasée.

– C'est un jeu pour toi. C'est : « Je me demande comment elle est au pieu, celle-là ? » Et après, une fois que tu le sais, tu passes à la suivante. (Elle a secoué la tête.) Ça, c'est ma vie. Pas un jeu.

J'ai hoché la tête.

Elle a souri, d'un sourire triste, et, dans le peu de lumière qui filtrait par le vitrail vert à ma droite, j'ai vu qu'elle avait les yeux mouillés.

– Tu te souviens comment c'était ? a-t-elle dit.

J'ai hoché la tête de nouveau. Elle parlait d'avant. Avant, quand il n'existait pas de limites. Avant, quand cet endroit était un lieu romantique, légèrement miteux, légèrement cafardeux, et non une simple réalité.

– Qui aurait cru, hein ? a-t-elle dit. Plutôt marrant, non ?

– Non, j'ai dit.

17

Bubba n'est jamais arrivé à mon bureau ce soir-là. Typique.

Il est venu chez moi le lendemain matin, pendant que je choisissais quoi mettre pour l'enterrement de Jenna. Il s'est assis sur mon lit tandis que je travaillais à mon nœud de cravate et il m'a dit :

– T'as l'air d'un pédé avec cette cravate.

– Tu ne savais pas ? ai-je répondu en lui envoyant un baiser.

Bubba s'est déplacé d'une vingtaine de centimètres le long du lit.

– Tu veux même pas plaisanter avec ça, putain, Kenzie.

J'ai pensé à pousser le bouchon, histoire de voir jusqu'à quel point je pouvais le mettre mal à l'aise. Mais pousser Bubba est un bon moyen pour découvrir vraiment vite si on vole bien, donc je me suis remis à mon nœud de cravate.

Bubba est un anachronisme absolu à notre époque – il déteste tout et tout le monde à l'exception d'Angie et de moi-même, mais, à la différence de la plupart des gens animés d'inclinations similaires, il ne perd pas de temps à y réfléchir. Il n'écrit pas de lettres aux rédacteurs en chef ou de courrier haineux au président, il ne forme pas de groupes, n'organise pas de manifestations, ni ne considère sa haine comme autre chose qu'un élément entièrement naturel de son monde, comme la respiration ou le petit verre à gnôle. Bubba a autant de conscience de soi qu'un carburateur, et il remarque encore moins les autres – à moins qu'ils ne lui fassent obstacle. Il mesure 1,90 m pour 105 kilos d'adrénaline brute et de colère discordante. Et il tuerait quiconque me ferait un clin d'œil torve.

Je préfère ne pas examiner cette loyauté de trop près, ce qui ne gêne pas Bubba. Quant à Angie, disons que Bubba a promis une fois de couper chacun des membres de Phil et de les remettre en place – à l'envers – avant que nous ne l'en dissuadions. Nous lui avons promis, en fait nous l'avons juré devant Dieu, que nous nous en occuperions un jour, et que nous l'appellerions avant. Il s'est laissé fléchir. Il nous a traité de perdants, et de merdeux, et de tous les noms d'oiseaux imaginables, mais au moins n'avions-nous pas de mise en examen pour tentative d'homicide volontaire, ce qui nous pendait au-dessus de la tête.

Le monde selon Bubba est simple : s'il te contrarie, arrête-le. Par n'importe quel moyen.

Il a plongé la main dans son trench en jean et a jeté deux flingues sur mon lit :

– Désolé pour le retard.

– Pas de problème.

– J'ai des missiles qui pourraient te servir.

J'ai examiné mon nœud de cravate, continué de respirer normalement.

– Des missiles ?

– Bien sûr. J'ai quelques bombinettes qui t'arrangeraient ces frangins comme il faut.

Très lentement, j'ai dit :

– Mais, Bubba, ça ne ferait pas sauter, disons, la moitié d'un quartier par la même occasion ?

Il y a réfléchi une seconde :

– Où tu veux en venir ?

Il a croisé les mains derrière la tête et s'est allongé sur le lit :

– Alors, ça t'intéresse ou quoi ?

– Peut-être, plus tard.

Il a hoché la tête :

– Cool.

Il a de nouveau plongé la main dans sa veste, et j'ai attendu qu'il en sorte une mitraillette antichar ou quelques glaives. Il a balancé quatre grenades sur mon lit :

– Au cas où.

– Ouais, ai-je fait comme si je comprenais, ça pourrait être pratique, ces trucs-là.

– Tu l'as dit, bouffi. (Il s'est levé.) T'es O.K. pour le prix des flingues, non ?

Je l'ai regardé dans le miroir et j'ai hoché la tête :

– Je peux te payer plus tard dans l'après-midi si tu en as vraiment besoin.

– Nan. Je sais où tu habites.

Il a souri. Le sourire de Bubba est connu pour avoir provoqué des mois d'insomnie. Il a dit :

– T'as besoin de quelque chose, tu m'appelles, de jour ou de nuit. (Il s'est arrêté à la porte de la chambre.) On se prend une bière bientôt ?

– Oh, tout à fait, ai-je dit.

– Bonnard.

Il m'a fait un geste de la main et il est parti.

Je me suis senti comme toujours une fois Bubba parti : comme si une bombe n'avait pas explosé.

J'en avais fini avec ma cravate et j'ai traversé la pièce jusqu'au lit. Entre les grenades, il y avait deux armes : un Smith .38 et un Browning Hi-Power neuf millimètres nickelé. J'ai enfilé ma veste de costume, glissé le Browning dans mon holster. J'ai mis le .38 dans la poche de la veste et je me suis jaugé dans le miroir. Le gonflement de mon visage avait diminué et mes lèvres étaient à moitié cicatrisées. Autour de mon œil, la peau avait jauni, et les éraflures de mon visage commençaient à virer au rose. Je n'étais toujours pas le rencard de rêve, mais je n'entrais pas non plus en lice pour le concours d'Elephant Man. Je pouvais sortir en public sans craindre les doigts pointés et les gloussements étouffés. Et dans le cas contraire, j'étais méchamment chargé ; s'il y en avait un qui gloussait, je le descendrais.

J'ai regardé les grenades. Pas la moindre idée de quoi en faire. J'avais le sentiment que, si je quittais la maison, elles allaient rouler du lit et faire sauter tout l'immeuble. Je les ai attrapées, précautionneusement, et je les ai mises au frigo. Si quelqu'un s'introduisait dans la maison pour me voler ma bière, il saurait que je ne rigole pas.

– Angie était assise sur son perron quand je me suis garé. Elle portait un chemisier blanc et un pantalon serré aux chevilles. Elle, elle avait l'air d'un rencard de rêve, mais je n'en ai rien dit.

Elle est montée dans la voiture et nous avons roulé un bon moment sans échanger un mot. J'avais délibérément mis une cassette de Screaming Jay Hawkins, mais elle n'a même pas cillé. Angie aime Screaming Jay à peu près autant que de se faire traiter de gonzesse. Elle fumait une cigarette et regardait le paysage de Dorchester comme si elle venait de s'y établir.

La cassette s'est terminée au moment où nous entrions dans Mattapan, et j'ai dit :

– Ce Screaming Jay, il est assez bon pour l'écouter deux fois. Bon sang, je pourrais bien arracher la touche Eject et le passer en boucle.

Elle a mordillé une petite peau.

J'ai enlevé Screaming Jay et l'ai remplacé par U2. D'ordinaire, cette cassette fait bondir Angie dans son siège, mais aujourd'hui, ç'aurait tout aussi bien pu être des crooners ; elle était assise là comme si elle avait pris du lithium dans son café du matin.

Nous étions sur la route paysagère de Jamaica Plain et les Dublin Boys étaient en plein *Sunday Bloody Sunday* quand Angie a dit :

– Je suis en train de démêler certains trucs. Donne-moi du temps.

– Je peux comprendre ça.

Elle s'est tournée dans le siège, a ramené ses cheveux derrière son oreille à cause du vent.

– Laisse tomber les « beauté » pour un temps, les invitations sous ta douche, ce genre de choses.

– Les vieilles habitudes sont tenaces.

– Je ne suis pas une habitude.

– *Touché*. Tu veux peut-être t'arrêter un peu ?

– Pas question. (Elle a replié sa jambe gauche sous la droite.) J'adore ce boulot. J'ai juste besoin de clarifier les choses et j'ai besoin de ton soutien, Patrick, pas de tes numéros de drague.

Je lui ai tendu ma main droite :

– Tu l'as.

J'ai failli ajouter un « beauté » à la fin mais, Dieu merci, je ne l'ai pas fait. Maman Kenzie a peut-être élevé un imbécile, elle n'a pas élevé un candidat au suicide.

Elle a pris ma main, l'a serrée.

– Bubba est passé, finalement ?

– Hum-hum. Il t'a apporté un cadeau.

J'ai plongé la main dans ma poche, je lui ai tendu le .38.

Elle l'a soupesé :

– Il est tellement sentimental, à ses heures.

– Il nous offre quelques grenades, au cas où il y aurait un pays que nous souhaiterions renverser prochainement.

– Il paraît que les plages sont jolies au Costa Rica.

171

– Va pour le Costa Rica. Tu parles espagnol ?

– Je croyais que tu le parlais.

– C'est une matière que j'ai *ratée* deux fois. C'est pas la même chose.

– Tu parles latin.

– D'accord, nous renverserons la Rome antique.

Le cimetière approchait sur notre gauche, et Angie a dit :

– Oh, nom de Dieu !

J'ai jeté un coup d'œil en tournant dans la route principale. Nous nous étions attendus au type d'enterrement qu'ont d'habitude les femmes de ménage – une classe au-dessus des indigents –, mais il y avait des voitures partout. Un tas de caisses déglinguées, une BMW noire, une Mercedes métallisée, une Maserati, deux RX-7, et puis un escadron entier de voitures de police, avec les agents debout à côté, surveillant l'emplacement de la tombe.

– Tu es sûr que c'est le bon endroit ? a dit Angie.

J'ai haussé les épaules et je me suis rangé sur la pelouse, complètement dérouté. Nous sommes sortis de la Porsche et avons traversé le gazon en nous arrêtant à deux ou trois reprises, quand le talon d'Angie s'enfonçait dans la terre molle.

La voix de baryton du pasteur en appelait au Seigneur, notre Dieu pour qu'il accueille son enfant, Jenna Angeline, au royaume du Ciel avec l'amour d'un Père pour une véritable enfant de Dieu. Il parlait la tête penchée, scrutant le cercueil qui reposait sur des glissières de cuivre au-dessus du rectangle noir et profond. Il était le seul à le regarder, cependant. Tous les autres étaient trop occupés à s'entre-regarder.

Le groupe situé sur le côté sud du cercueil était mené par Marion Socia. Il était plus grand qu'il ne l'avait paru sur la photographie, avec des cheveux plus courts, en boucles serrées autour d'une tête énorme. Il était plus mince, également, la minceur de celui qui carbure à l'adrénaline. Ses mains fines n'arrêtaient pas de bouger le long de son corps, comme pour se refermer sur la détente d'un revolver. Il portait un simple costume noir avec une chemise blanche et une cravate noire, mais c'était un tissu cher – de la soie, ai-je supposé.

Les garçons derrière lui étaient habillés exactement de la même façon, avec des costumes de qualité variable, qui allait en se dégradant plus ils étaient éloignés de Socia et de la tombe. Ils étaient au moins quarante, le groupe entier en formation serrée derrière son chef. Affichant un air de dévouement spartiate. Aucun d'eux, à l'exception de Socia, ne faisait beaucoup plus que dix-sept ans, et certains ne paraissaient pas assez vieux pour avoir eu leur première érection. Ils regardaient tous fixement au-delà de la tombe dans la même direction que Socia, avec des yeux vides de jeunesse, de mouvement ou d'émotion, éteints, transparents, concentrés.

L'objet de leur attention se trouvait de l'autre côté de la tombe, juste en face de Socia. Un jeune Black, aussi grand que Socia mais plus costaud, avec un corps ferme et sain comme un mâle ne peut en avoir qu'avant l'âge de vingt-cinq ans. Il portait un trench noir sur une chemise bleu nuit, boutonnée jusqu'en haut, pas de cravate. Il avait un pantalon anthracite à pinces, avec des points bleu clair tissés dans la trame. Un unique anneau d'or pendait à son oreille gauche, et il avait les cheveux coupés en plate-forme inclinée sur le dessus de la tête, presque entièrement tondus sur les côtés avec des bandes symétriques tracées dans le peu de cheveux restant. Sa nuque était elle aussi presque tondue, et quelque chose y avait été dessiné également. De mon point de vue, je ne pouvais pas en être certain, mais ça

173

ressemblait à la forme de l'Afrique. Il tenait un parapluie noir à la main, pointé vers le sol, bien que le ciel fût à peu près aussi voilé que du verre tout juste soufflé. Derrière lui, il y avait une autre armée : une trentaine, tous jeunes, tous en tenue semi-habillée, mais pas une seule cravate parmi eux.

La première personne blanche que nous avons remarquée était Devin Amronklin. Il se tenait à une bonne quinzaine de mètres du second groupe, bavardant avec trois autres inspecteurs, et tous les quatre avaient le regard qui faisait des va-et-vient entre les deux bandes et les flics sur la route.

De l'autre côté de tout cela, au pied du cercueil, j'ai remarqué quelques femmes d'un certain âge, deux hommes portant des tenues du personnel sanitaire de la Chambre, et Simone. Simone nous fixait du regard quand nous l'avons aperçue, et elle a continué de le faire une minute entière avant de reporter son attention sur les solides ormes qui entouraient le cimetière. Rien dans ses yeux ne donnait à penser qu'elle s'approcherait de moi en partant, et m'inviterait pour un thé et un débat racial réparateur.

Angie m'a pris la main, et nous nous sommes dirigés vers Devin. Il nous a adressé à chacun un bref salut de la tête, mais n'a rien dit.

Le pasteur a fini son sermon et a baissé la tête une dernière fois. Personne n'a suivi son exemple. Il y avait quelque chose d'étrange à ce calme, quelque chose de dangereusement faux et lourd. Un pigeon, gris et gros, a piqué au-dessus du silence, battant rapidement de ses petites ailes. Alors, l'air vif du matin s'est déchiré sous le bruit mécanique du cercueil descendant dans le rectangle noir.

Les deux groupes ont bougé comme un seul, ondulant vers l'avant aussi légèrement que des arbres frêles sous la première rafale d'une tempête.

Devin a porté la main à la hanche, à un demi-centimètre de son revolver, et les trois autres flics en ont fait autant. L'air du cimetière a paru s'aspirer en lui-même et disparaître dans son propre vortex. Un courant d'électricité a déferlé à sa place, et mes dents m'ont donné l'impression de mordre dans de l'aluminium. Dans ces quelques instants du calme le plus aigu que j'aie jamais connu, je crois que si quelqu'un avait éternué, on aurait passé le reste de la journée à déblayer des corps de la pelouse.

Alors le môme en trench noir a fait un pas de plus vers la tombe. Socia l'a suivi à une milliseconde, en faisant deux pas pour compenser. Trench a relevé le défi, et ils ont atteint le bord de la tombe en même temps, le maintien interchangeable, la tête droite et immobile.

– Du calme, tout le monde. Du calme, a dit Devin dans un murmure.

Trench s'est baissé, un accroupissement raide, et il a ramassé un lys blanc d'un petit tas à ses pieds. Socia en a fait autant. Ils se sont regardés l'un l'autre en dépliant le bras au-dessus de la tombe. Les lys blancs n'eurent pas un tremblement. Ils maintenaient le bras tendu, aucun des deux ne lâchant son lys. Un test dont ils étaient les seuls à connaître la limite. Je n'ai pas vu lequel des deux a ouvert la main le premier, mais soudain les lys ont dégringolé vers la tombe en une capitulation presque dénuée de pesanteur.

Chacun a reculé de deux pas de la tombe.

Maintenant c'était au tour des bandes. Ils imitaient ce que Socia ou Trench avaient fait, selon leur appartenance. Mais le temps que la queue soit réduite aux membres occupant le dernier rang dans la hiérarchie de chaque groupe, les lys étaient ramassés et jetés dans le noir en un temps record, à peine quelques précieux instants pour se regarder dans les yeux et montrer qu'on n'avait pas peur. J'ai entendu les flics derrière moi qui se remettaient à respirer.

Socia avait gagné le pied de la tombe, les mains croisées, le regard dans le vide. Trench se tenait près de l'avant, la main sur son parapluie, les yeux sur Socia.

J'ai demandé à Devin :

– On peut parler maintenant ?

Il a haussé les épaules :

– Bien sûr.

– Mais qu'est-ce qui se passe ici, bon sang, Devin ? a dit Angie.

Devin a souri. Son visage était à peine plus froid à regarder que le trou noir dans lequel tout le monde jetait des lys.

– Ce qui se passe, a-t-il dit, c'est le début du plus grand bain de sang que cette ville aura jamais connu. À côté, l'incendie du Coconut Grove aura l'air d'une excursion à Disneyworld.

Un bloc de glace de la taille d'une balle de baseball s'est niché au bas de ma colonne vertébrale tandis qu'une sueur glacée me coulait le long de l'oreille. J'ai tourné la tête, et mes yeux ont dépassé la tombe et se sont plantés dans ceux de Socia. Il était parfaitement immobile, me traversant du regard comme si je n'étais pas là. J'ai dit :

– Il n'a pas l'air très cordial.

– Tu as amputé le pied de son lieutenant préféré. Je dirais qu'il est carrément blême.

– Suffisamment pour me tuer ?

Ce n'était pas facile, mais j'ai continué de soutenir ce regard maussade qui me disait que j'avais déjà cessé d'exister.

– Oh, sans aucun doute.

C'est tout Devin, ça. Un cœur.

– Qu'est-ce que je fais ?

– Ma suggestion, ce serait un billet d'avion pour Tanger. Il t'aura quand même, mais au moins tu pourras dire que tu as vu le monde. (Il s'est mis à gratter l'herbe épaisse et courte devant lui). Cela étant, la rumeur dans la rue, c'est qu'il veut te parler d'abord. Il a l'air de croire que tu as quelque chose dont il a besoin. (Il a levé le pied, et s'est servi de sa main pour enlever l'herbe de sa chaussure.) Maintenant, qu'est-ce que ça pourrait être, Patrick ?

J'ai haussé les épaules. Ces yeux ne me quittaient pas un instant. J'ai vu des étangs gelés manifester plus d'empathie.

– Il délire.

– Y a pas photo. Un sacrément bon tireur, cela étant. Il paraît qu'il aime presser la détente de nombreuses fois, toucher ses victimes superficiellement. Tu sais, prendre son temps. Leur donner la balle dans la tête environ une demi-heure après qu'elles ont commencé à la demander en suppliant. Très charitable, notre Socia. (Il a croisé les mains devant lui, a fait craquer ses articulations.) Alors, pourquoi croit-il que tu as quelque chose dont il a besoin, Patrick ?

Angie a serré ma main et glissé son autre main sous mon bras. C'était une sensation chaude et légèrement douce-amère. Elle a dit :

– C'est qui, le type au parapluie ?

– Je croyais que vous étiez détectives, tous les deux, a fait Devin.

Trench s'était retourné maintenant, lui aussi. Il suivait le regard de Socia, et ses yeux se sont posés sur moi également. Je me sentais comme un goujon dans un aquarium à requins.

– Non, Devin, a répondu Angie, nous étudions encore. Alors, dis-nous, qui est le type au parapluie ?

Il a fait craquer ses articulations de nouveau, a soupiré avec la décontraction du type en train de boire une bière dans son hamac :

– C'est le fils de Jenna.

J'ai dit :

– Le fils de Jenna.

– J'bégaie ? Le fils de Jenna. Il dirige les Angel Avengers.

Angel Avenue traverse le cœur de Dorchester Noir. Ce n'est pas un endroit où on s'arrête aux feux rouges. Même en plein jour.

– Je le fais bander, lui aussi ?

– Pas que je sache.

– Est-ce que Socia est son père ? a demandé Angie.

Devin les a regardés tous les deux, puis nous a regardés tous les deux. Il a hoché la tête :

– Mais je crois que c'est la mère qui l'a appelé Roland.

18

– Un gosse en colère, notre Roland, disait Devin.
J'ai bu un peu de café.

– Il ne m'a pas fait tellement l'effet d'un gosse,
ai-je dit.

Devin a avalé un gros morceau de beignet, et
tendu la main vers son café.

– Il a seize ans.

– Seize ans ? a dit Angie.

– *Vient* d'avoir seize ans, le mois dernier.

J'ai repensé à ce que j'avais vu de lui – un corps
grand et musclé, le maintien d'un jeune général,
debout sur le petit monticule au-dessus de la tombe
de sa mère, un parapluie à la main. Il donnait
l'impression de connaître déjà sa place dans le
monde – au premier plan, avec ses laquais derrière.

À seize ans, je connaissais à peine ma place dans
la queue pour le déjeuner, à l'école.

– Comment un garçon de seize ans dirige-t-il un
réseau comme les Avengers ? ai-je dit.

– Avec un gros flingue.

Devin m'a regardé, a haussé les épaules :

– C'est un garçon plutôt intelligent, Roland, pour
ça oui. Et il les a comme des boulets, aussi. Ça aide,
quand tu veux diriger un gang.

– Et Socia ? a demandé Angie.

– Ben, je vais vous dire quelque chose sur Roland et son papa, Marion. On dit que la seule force naturelle dans cette ville à être peut-être plus dangereuse que Roland, c'est son papa. Et croyez-moi, j'ai passé sept heures avec Marion dans une salle d'interrogatoire glaciale : ce mec a une cavité à l'endroit du cœur.

– Et lui et Roland sont sur le point de s'affronter ?

– Semblerait que ce soit le cas. C'est pas des enfants de chœur, ça c'est sûr. Croyez-moi, si Roland est toujours en circulation, aujourd'hui, c'est pas à cause d'une aide quelconque de son vieux. Socia est né sans instinct paternel. Les Avengers étaient une sorte de gang frère pour les Saints. Mais Roland a changé tout ça il y a environ trois mois, il a rompu avec l'organisation de son vieux. Socia a essayé de descendre Roland au moins quatre fois à notre connaissance, mais le môme ne meurt pas. Plein de cadavres ont fait leur apparition à Mattapan et dans le 'Bury ces derniers mois, mais aucun d'eux n'était celui de Roland.

Angie a dit :

– Mais tôt ou tard...

Et Devin a hoché la tête :

– Tôt ou tard, quelque chose doit céder. Roland déteste son vieux, et c'est quelque chose de féroce. Personne ne sait pourquoi exactement. Bien que, maintenant, avec la mort de Jenna, on peut dire qu'il a tout ce qu'il lui faut comme motivation, non ?

– Il était proche d'elle ? j'ai demandé.

Devin a haussé les épaules, ses grandes mains ouvertes devant lui.

– Je ne sais pas. Elle lui rendait très souvent visite quand il était à la prison pour mineurs de Wildwood, et il y a des gens qui disent qu'il passait chez elle de temps en temps, qu'il lui laissait un peu de fric. Mais c'est vraiment difficile à dire : Roland a à peu près autant d'amour en lui que son père.

– Super, ai-je dit. Deux machines sans émotion.

– Oh, ils ne manquent pas d'émotion. C'est juste de la haine pure. (Il a croisé le regard de la serveuse.) Café.

Nous étions au Dunkin' Donuts de Morton Street. Dehors, derrière la fenêtre, quelques gars se passaient une bouteille dans un sac en papier kraft pour noyer leur dimanche. De l'autre côté de la rue, quatre zonards rôdaient, le regard vagabond, et de temps en temps, l'un d'eux tapait du poing sur celui d'un des autres – shootés à la haine et à la douleur et prêts à s'enflammer dès qu'ils trouveraient une étincelle. Au bout du pâté de maisons, une jeune fille avec une poussette a obliqué pour descendre du trottoir, et elle a commencé à traverser la rue, tête baissée, en espérant qu'ils ne la remarqueraient pas.

– Vous savez, a dit Devin, c'est moche pour Jenna. Ça paraît pas juste, une femme pareille qui se retrouve coincée avec deux buteurs comme Socia et Roland. Merde, le pire qu'elle ait jamais fait, cette femme, c'est de récolter un tas de contredanses. Et qui n'en a pas dans cette putain de ville ?

Il a trempé son deuxième beignet dans sa troisième tasse de café ; sa voix était aussi dénuée d'inflexion qu'une même touche de piano qu'on frappe sans relâche.

– Moche. (Il nous a regardés.) J'ai ouvert son coffre hier.

Très lentement, j'ai dit :

– Et ?

– Rien, a-t-il répondu en m'examinant. Une obligation d'État,, quelques bijoux qui ne valent pas la location du coffre.

Le bruit d'un choc amorti a retenti, et l'intérieur de la boutique à beignets a vibré. J'ai regardé vers la fenêtre et j'ai vu le groupe de zonards. L'un d'eux fixait des yeux l'intérieur, les veines du cou saillantes et le visage, un masque de guerre. Il a croisé nos regards, et sa main s'est abattue de nouveau contre la vitrine. Deux ou trois personnes ont sursauté, mais la vitre n'a pas cassé. Ses amis ont ri, mais pas lui. Il avait les yeux rouges, enflammés par la rage. Il a frappé la fenêtre encore une fois, a obtenu quelques tressaillements de plus, et puis ses amis l'ont entraîné. Le temps qu'il arrive au coin de la rue, il riait. Joli monde.

J'ai dit :

– Personne ne sait pourquoi Roland a cette dent contre Socia ?

– Ça pourrait être n'importe quoi. T'aimais pas particulièrement ton vieux, Kenzie, si ?

J'ai secoué la tête.

Il a désigné Angie.

– Et toi ?

– Mon père et moi, on s'entendait assez bien, a-t-elle dit. Quand il était à la maison. Avec ma mère, c'était une autre histoire.

– Je détestais mon vieux, a dit Devin. Il transformait chaque instant, à la maison, en disputes du vendredi soir. Il m'en a tellement fait baver quand j'étais petit que j'ai juré que je me laisserais plus jamais marcher sur les pieds de toute ma vie, même si ça signifiait mourir jeune. Peut-être que Roland est comme ça. Son dossier n'est qu'une longue liste de problèmes d'autorité, depuis le CM2 où il a ouvert la tête au remplaçant du prof. Lui a arraché un bout d'oreille, aussi.

En CM2. Bon dieu.

– Il a niqué un bon paquet de travailleurs sociaux, aussi, sans parler d'un autre prof. Il a poussé la tête d'un flic à travers le pare-brise de sa voiture de patrouille quand il l'emmenait à la prison pour mineurs. Cassé le nez d'un médecin aux urgences, et ce alors qu'il avait une balle logée près de la colonne vertébrale. Maintenant que j'y pense, tous les gens avec qui Roland s'est frité étaient des hommes. Il ne réagit pas bien non plus à l'autorité féminine, mais ça ne le rend pas violent, il s'en va, c'est tout.

– Et Socia ?

– Quoi ?

– C'est quoi, son truc ? Je veux dire, je sais qu'il dirige les Saints, mais à part ça.

– Marion, c'est un vrai opportuniste. Jusqu'à il y a une dizaine d'années, c'était juste un petit mac. Un petit mac très vicieux, mais ça ne donnait pas de surcharge à l'ordinateur quand on entrait son nom.

– Et puis ?

– Et puis le crack est arrivé. Socia a su ce que ça allait signifier bien avant que ça ne fasse la couverture de *Newsweek*. Il a tué le passeur d'un des syndicats jamaïcains, et il a pris la place du type. On a tous pensé qu'il avait environ une semaine à vivre après ça, mais il est parti à Kingston montrer au Boss que, lui, il avait des couilles, et qu'ils essaient donc les représailles. (Devin a haussé les épaules.) Et aussi sec, le type à voir dans cette ville pour acheter du crack, c'était devenu Marion Socia. Ça c'était aux tout premiers jours, mais même maintenant, avec toute la compétition, il est toujours numéro un. Il a une armée de mômes prêts à mourir pour lui sans se poser de question, et son réseau est tellement cloisonné que tu pourrais agrafer un de ses fournisseurs en chef et il y aurait encore quatre ou cinq personnes pour faire tampon entre Socia et toi.

Nous sommes restés un moment silencieux à boire notre café.

– Comment diable Roland espère-t-il battre son père ?

183

Devin a haussé les épaules.

– Tu me colles. Moi-même, j'ai cent dollars sur Socia dans la cagnotte.

– La cagnotte ? j'ai fait.

Il a hoché la tête.

– Bien sûr. La cagnotte du département, pour voir qui gagne la guerre des gangs. Ils me paient pas assez pour ce boulot, faut bien que je me fasse mes petits bénefs là où je peux. Les paris sur Roland sont à environ soixante contre un.

– Ils avaient l'air plutôt à égalité au cimetière, a dit Angie.

– Les apparences peuvent être trompeuses. Roland est un dur, il est intelligent et il a un assez bon gang qui travaille pour lui sur Angel Avenue. Mais c'est pas son père, pas encore. Marion est impitoyable et il a sept vies. Y a pas un membre des Saints qui ne soit convaincu qu'il est Satan. Dans l'organisation de Socia, tu merdes ne fût-ce qu'un peu, tu meurs. Pas d'issue. Pas de compromis. Les Saints se croient dans une guerre sainte.

– Et les Avengers ?

– Oh, ils sont dévoués à la cause. N'aies pas de doute là-dessus. Mais, si ça tourne au vinaigre, s'il en meurt suffisamment, ils céderont. Roland va perdre. Compte là-dessus. Dans quelques années, ce serait peut-être une autre histoire, mais là maintenant, il est trop vert.

Il a baissé les yeux sur son café froid et a fait une grimace :

– Quelle heure il est ?

Angie a regardé sa montre :

– Onze heures.

– Merde, il est midi quelque part. J'ai besoin d'alcool. (Il s'est levé, a jeté quelques pièces sur la table.) Venez, les enfants.

Je me suis levé :

184

– Où ça ?

– Il y a un bar au coin. Je vous paie un verre avant la guerre.

Le bar était petit et exigu, et les dalles de caoutchouc noir du sol sentaient la bière éventée, la suie mouillée et la sueur. C'était un de ces paradoxes fréquents dans cette ville : un bar blanc et irlandais dans un quartier noir. Les hommes qui buvaient là le faisaient depuis des décennies. Ils se muraient à l'intérieur avec leurs pressions à un dollar, leurs œufs marinés et leurs attitudes figées, et faisaient comme si le monde extérieur n'avait pas changé. C'étaient des ouvriers du bâtiment qui travaillaient dans le même rayon de huit kilomètres depuis qu'ils avaient leur carte syndicale, parce qu'il y a toujours quelque chose en cours de construction à Boston ; c'étaient des contremaîtres des docks, de l'usine de General Electric, de Sears and Roebuck. Ils faisaient passer leur whisky bon marché avec de la bière excessivement froide à onze heures du matin et regardaient la cassette du match Notre-Dame-Colorado, à l'Orange Bowl, au nouvel an dernier.

Quand nous sommes entrés, ils nous ont regardé assez longtemps pour évaluer notre couleur, puis ils ont repris leur dispute. L'un d'eux était à genoux sur le dessus du bar et montrait l'écran du doigt en comptant certains joueurs.

– Tiens, ils en ont huit rien qu'à la défense. Huit, putain. Tu me reparleras de Notre-Dame.

Le barman était un vieux de la vieille qui avait légèrement moins de cicatrices sur la figure que Devin. Il avait ce visage ennuyé, sans expression, de celui qui a absolument tout entendu et arrêté son opinion sur presque tout depuis des années. Il a levé un sourcil fatigué à l'attention de Devin :

– Qu'est-ce que ce sera, sergent ?

– Conneries, conneries, conneries. Recompte, a dit quelqu'un à côté de la télé.

– Recompte, mon cul. Recompte-les toi-même.

– Quel est l'objet du débat intellectuel à l'autre bout du bar ? a demandé Devin.

Le barman a donné un coup de torchon sur le comptoir devant nous pendant qu'on s'asseyait.

– Roy (le type sur le bar) prétend que Notre-Dame est la meilleure équipe des deux parce qu'ils ont moins de nègres. Ils les comptent pour décider.

– Hé, Roy, putain, a hurlé quelqu'un, même le *quarterback* est un nègre. Et tu veux encore qu'on dise « Allez, l'Irlande » ?

Angie a dit :

– Si je n'avais pas l'habitude, je serais gênée.

– On pourrait tous les descendre, a répondu Devin, peut-être qu'on aurait une médaille.

– Pourquoi gaspiller les balles ? ai-je dit.

Le barman attendait.

– Oh, excuse-moi, Tommy. Trois pressions et un baby.

Quelqu'un le connaissant moins aurait supposé qu'il avait commandé pour nous trois. Je ne m'y suis pas trompé.

– Une pression, ai-je dit.

– Moi aussi, a ajouté Angie.

Devin a martelé un paquet de cigarettes neuf contre son poignet, puis il a enlevé la Cellophane. Il en a pris une, a tendu le paquet. Angie en a pris une autre. J'ai résisté. Douloureusement, comme toujours.

À l'autre bout du bar, Roy – avec son ventre pâle et poilu qui débordait d'un tee-shirt de softball bleu trempé de sueur – tambourinait la télé du doigt plus vite qu'un appel Morse lancé d'un bateau en perdition.

– Un nègre, deux, trois, quatre, cinq... six, encore un, ça fait sept, huit, neuf. Neuf, et, ça, c'est rien que l'attaque. J't'en foutrais des Buffaloes, c'est plutôt Colorado Bamboulas qu'il faut dire.

Quelqu'un a ri. Il y a toujours quelqu'un qui rit.

– Comment des connards pareils peuvent-ils rester en vie dans ce quartier ? ai-je demandé.

Devin a examiné le bocal d'œufs marinés.

– J'ai une théorie là-dessus.

Tommy a déposé les trois bières devant lui, placé le baby à côté, est reparti chercher les nôtres. Devin a fait disparaître le baby avant que je l'aie vu attraper le verre. Il a saisi une des chopes embuées à pleine main, a descendu une demi-pinte avant de reprendre la parole.

– Froid. Voilà ma théorie : des gens comme ça, tu as deux possibilités : soit tu les tues, soit tu laisses tomber, parce que tu les feras jamais changer d'avis. J'imagine que les gens de ce quartier sont trop fatigués pour les tuer.

Il a fini le reste de sa première bière. Il en était encore à la moitié d'une cigarette et deux de ses verres étaient vides.

Je me fais toujours l'effet d'une vieille Chevette aux pneus usés poursuivant une Porsche quand j'essaie de tenir la cadence de Devin dans un bar.

Tommy a posé deux bières devant Angie et moi, rempli de nouveau le godet à whisky de Devin.

Angie a dit :

– Mon père venait dans ce bar.

Devin a inhalé le second whisky à un moment donné – sans doute pendant que je clignais de l'œil.

– Pourquoi il a arrêté ?

– Il est mort.

Devin a hoché la tête :

– Ouais, c'est une bonne raison. (Il a attaqué sa deuxième pinte.) Kenzie, ton vieux, le pompier héros, il venait dans ce genre d'endroit ?

J'ai secoué la tête.

– Il buvait au Vaughn's, sur Dot Avenue. Le seul endroit où il allait. Il disait : « Un homme qu'est pas

187

fidèle à son bar, il vaut pas beaucoup mieux qu'une femme. »

– Un vrai prince, son père, a fait Angie.

– Jamais rencontré, a dit Devin. Mais la photo, je l'ai vue. Deux mômes d'un neuvième étage en flammes. (Il a poussé un sifflement, et bu le reste de sa deuxième pinte.) J'vais te dire, Kenzie. Si t'as moitié autant de couilles que ton vieux, il se peut que tu survives à ce truc-là.

Un éclat de rire a fusé de l'autre côté du bar. Roy pointait le doigt sur l'écran en disant « Négro, négro, négro, négro, négro, négro, négro » et en faisant une petite danse ivre sur les genoux. Bientôt, ils se mettraient à raconter des histoires de sida, histoire de vraiment se dilater la rate.

J'ai pensé à ce qu'avait dit Devin.

– Ta préoccupation est touchante, lui ai-je dit.

Il a grimacé, sourcils froncés, en éclusant la troisième pinte. Il l'a reposée, s'est essuyé la bouche avec une serviette à cocktail. Il a dit « Tommy », et il a agité le bras comme un entraîneur qui encourage un joueur à profiter d'une ouverture. Tommy est revenu avec deux pintes de plus, et lui a servi un autre baby. Devin a levé la main, descendu le whisky, et Tommy lui en a resservi un autre. Devin a hoché la tête, et il est parti.

Devin s'est tourné sur son tabouret, il m'a regardé.

– Ma préoccupation ? (Il a gloussé, un gloussement de cimetière.) J'vais te dire ce que ça change de se préoccuper : rien. Ça me préoccupe quand je pense que cette ville va se déchirer cet été. Ça empêchera pas que ça se fasse. Ça me préoccupe que trop de mômes meurent trop jeunes pour des baskets, des casquettes ou cinq dollars de cocaïne merdique. Devine quoi pourtant ? Ils meurent toujours. Ça me préoccupe que des merdeux comme ça (il a secoué le pouce vers l'autre bout du bar) soient bel et bien autorisés à se reproduire et à élever de nouveaux merdeux tout aussi cons qu'eux, mais ça ne les empêche pas de copuler comme des lapins.

Il a descendu le whisky, et j'ai eu le sentiment que je le reconduirais chez lui. Son coude droit s'appuyait de plus en plus lourdement sur le bar, et il tirait de plus longues taffes sur sa clope.

– J'ai quarante-trois ans, a-t-il dit.

Angie a poussé un petit soupir.

– J'ai quarante-trois ans, a-t-il répété, j'ai un revolver et une plaque, et je vais dans des secteurs à gangs tous les soirs, et je fais semblant de faire vraiment quelque chose, et ma *préoccupation* ne change pas le fait que je ne fais rien. J'enfonce des portes à coups de masse dans des cités qui ont des odeurs qu'on peut même pas rêver d'identifier. Je passe des portes, et il y a des gens qui me tirent dessus, et des enfants qui pleurent, et des mères qui hurlent, et quelqu'un qui se fait arrêter ou quelqu'un qui se fait tuer. Et, ensuite, ensuite je rentre chez moi dans mon petit appart merdique et je mange de la bouffe au micro-ondes et je dors jusqu'au moment où je dois me lever et recommencer. C'est ça, ma vie.

J'ai levé les sourcils en regardant Angie, et elle a souri doucement, nous nous souvenions tous les deux de sa voix dans la chapelle la veille au soir. « C'est ça, ma vie ? » Beaucoup de gens faisaient le point sur leur vie, ces jours-ci. À en juger par Devin et Angie, je n'étais pas trop sûr que ce soit une idée géniale. Quelqu'un à l'autre bout du bar a dit :

– Quand même, regardez-le courir, cet enfoiré de nègre.

– Bien sûr qu'il sait courir, espèce de taré. Il se carapate devant la police depuis qu'il a deux ans. Il croit sans doute qu'il a une radio volée sous le bras, au lieu d'un ballon.

Rires nombreux en provenance du groupe. Une vraie bande de rigolos.

Devin les fixait, maintenant, le regard vide, derrière la fumée qui s'élevait de sa cigarette. Il a tiré une bouffée, et la grosse cendre oubliée s'est détachée et s'est répandue sur le bar. Il n'a pas eu l'air de le remarquer, bien que la moitié lui soit tombée sur le bras. Il a descendu le reste de sa pinte et observé le groupe, et j'ai eu le sentiment qu'il allait y avoir des dégâts matériels.

Il a écrasé sa cigarette à moitié et s'est levé. J'ai tendu la main, stoppant à cinq centimètres de sa poitrine.

– Devin.

Il l'a écartée comme si c'était un tourniquet de métro et s'est avancé le long du bar.

Angie a tourné sur son siège, l'a suivi des yeux.

– Matinée mouvementée, a-t-elle dit.

Devin avait atteint l'autre bout du bar. Un à un, les hommes ont senti sa présence et se sont retournés. Il était debout, jambes légèrement écartées, campé sur le carreau de caoutchouc, bras ballants. Ses mains dessinaient de petits mouvements circulaires.

– Enfin, sergent, pas dans mon bar, a dit Tommy.

– Viens là, Roy, a dit Devin, très calmement.

Roy est descendu du comptoir.

– Moi ?

Devin a hoché la tête.

Roy s'est frayé un chemin entre ses amis en tirant le tee-shirt sur son ventre. À la seconde où il l'a lâché, il est remonté comme un store désobéissant.

– Ouais ? a dit Roy.

La main de Devin était redescendue le long de son corps avant que la plupart d'entre nous se soient rendu compte qu'il s'en était servi. La tête de Roy est revenue comme un boomerang, ses jambes se

190

sont dérobées et il s'est retrouvé brusquement par terre, avec le nez fracassé et du sang qui giclait au-dessus de son visage comme une petite fontaine.

Devin a baissé les yeux vers lui, lui a tapé doucement dans le pied.

– Roy, a-t-il dit. (Il a tapé de nouveau dans le pied, un peu plus fort.) Roy, je te parle.

Roy a vaguement gémi et essayé de lever la tête, ses mains se remplissaient de sang.

Devin a dit :

– Un copain nègre m'a dit de te donner ça. Il a dit que tu comprendrais.

Il est reparti le long du bar, et a repris son siège. Il a fait disparaître une autre pinte et allumé une autre cigarette.

– Alors, qu'est-ce que tu penses ? a-t-il dit. Ça le préoccupe, Roy, maintenant ?

19

Nous avons quitté le bar environ une heure après. Les amis de Roy l'avaient déjà emmené, vraisemblablement aux urgences à City. Quand ils sont passés en traînant Roy, ils nous ont lancé à Angie et moi des regards de durs, mais ils ont évité l'œil impassible de Devin comme si c'était l'Antéchrist.

Devin a jeté un billet de vingt de plus sur le bar pour le manque à gagner de Tommy.

– Vous faites vraiment chier, sergent. Vous allez me refiler du fric pour tous les autres jours où ils reviendront pas, peut-être ?

– Ouais, ouais, ouais, a grommelé Devin.

Et il s'est traîné d'un pas ivre vers la porte.

Angie et moi l'avons rattrapé dans la rue. Je lui ai dit :

– Je te ramène à la maison, Dev.

Devin est entré en traînant des pieds dans le parking de Dunkin' Donuts.

– Merci quand même, Kenzie, mais il faut que je garde l'entraînement.

– Pour quoi faire ?

– Au cas où ça m'arrive de nouveau de boire et de conduire. Je voudrai me souvenir de comment je me suis débrouillé cette fois-ci.

Il s'est retourné en marchant en arrière, et j'ai attendu qu'il titube.

Il est arrivé à sa Camaro rouillée, a sorti ses clés de sa poche.

J'ai dit « Devin », et je me suis avancé vers lui en tendant la main pour attraper les clés.

Sa main s'est refermée sur ma chemise, ses jointures me rentraient dans la pomme d'Adam, et il m'a fait reculer de quelques pas, les yeux inondés de fantômes.

– Kenzie, Kenzie, m'a-t-il dit en me poussant contre une voiture.

Il m'a tapoté la joue avec son autre main. Il a des grosses mains, Devin. Comme des steaks avec des doigts.

– Kenzie, a-t-il répété et son regard s'est durci. (Il a hoché lentement la tête de droite à gauche.) Je vais conduire, d'accord ?

Il a lâché mon col et a lissé les plis qu'il avait faits sur ma chemise. Il m'a adressé un sourire sans âme :

– T'es O.K.

Il est retourné à sa voiture et il a fait un signe de tête à Angie :

– Porte-toi bien, Renarde farouche.

Il a ouvert la portière et il est monté. Il a fallu deux tours de clé pour que le moteur se mette en route, ensuite le pot d'échappement a cogné contre la petite rampe de sortie, et la voiture a atterri dans la rue. Il s'est inséré dans la circulation, a coupé la route à une Volvo, et a tourné dans une rue.

J'ai levé les sourcils et poussé un petit sifflement. Angie a haussé les épaules.

Nous avons gagné le centre-ville en voiture, et retiré le Vomonstre du parking pour un peu moins qu'il m'en aurait coûté d'envoyer un môme en fac de médecine. Angie l'a conduite pour me suivre jusqu'au garage, où la Porsche a réintégré son heureux domicile, puis je suis monté à côté d'elle. Elle s'est glissée sur le siège d'à côté, et j'ai trimballé la ferraille roulante jusqu'à Cambridge.

Nous avons traversé le centre-ville en passant là où Cambridge devient Tremont, devant l'endroit où Jenna était tombée comme une poupée de chiffon dans le soleil du matin, devant les vestiges du vieux *Combat Zone*, qui mourait d'une mort lente mais sûre de la reconversion urbaine et de la vogue des vidéos X. Pourquoi se branler dans un cinéma dégueulasse quand on peut se branler dans le confort de sa maison dégueulasse ?

Nous avons traversé South Boston – Southie pour quiconque n'est ni un touriste ni un présentateur de journal – en longeant des chapelets de petits immeubles à deux étages miteux, serrés comme une rangée de toilettes chimiques à un concert rock. Southie me sidère. Une bonne portion en est pauvre, surpeuplée, implacablement négligée. Les cités de D Street craignent autant que tout ce qu'on peut trouver dans le Bronx : sales, mal éclairées, grouillant de loubards en colère, les cheveux en brosse, qui traînent dans les rues avec une soif de sang et des battes de baseball. Il y a quelques années, pendant un défilé de la Saint-Patrick, un môme très irlandais avec un trèfle sur son tee-shirt s'y est hasardé. Il est tombé sur une bande d'autres mômes irlandais qui avaient eux aussi des trèfles sur leurs tee-shirts. La seule différence entre son tee-shirt et les leurs, c'est que le sien disait « Dorchester » en vert au-dessus du trèfle, et les leurs disaient « Southie ». Les mômes de D Street ont supprimé la différence en balançant le môme d'un toit.

Nous remontions Broadway, passant devant les jeunes filles en bigoudis avec leurs bébés en poussettes, devant les voitures garées en double et triple files et les « Pas de nègres ici » peints à la bombe sur

194

le rideau de fer d'un magasin. Des débris de verre luisaient dans l'obscurité des trottoirs crasseux, et des détritus volaient dans la rue de sous les voitures. J'ai pensé que je pouvais descendre de voiture et sonder vingt habitants du quartier, leur demander pourquoi ils haïssaient tellement les « nègres », et que la moitié d'entre eux me répondraient sans doute : « Parce qu'ils ont pas la fierté de leur communauté, putain, mec. » Et si Broadway, à Southie, était pareil que Dudley, à Roxbury, en légèrement plus clair ?

Nous sommes entrés dans Dorchester, avons contourné Columbia Park par le haut et sommes descendus dans le quartier. Je me suis garé en face de l'église et nous avons entendu le téléphone sonner en montant l'escalier. Journée chargée. Je l'ai attrapé à la dixième sonnerie.

– Kenzie-Gennaro.

Angie s'est laissée tomber dans son siège tandis que la voix au bout du fil disait :

– Quittez pas. Il y a quelqu'un ici qui veut vous parler.

J'ai pris le combiné avec moi pour faire le tour du bureau et m'asseoir. Angie m'a lancé un regard qui disait « Qui est-ce ? » et j'ai haussé les épaules.

Une voix est arrivée sur la ligne.

– Monsieur Kenzie ?

– Aux dernières nouvelles.

– C'est Patrick Kenzie ?

La voix était tranchante, comme quelqu'un qui n'avait pas l'habitude d'avoir affaire à de petits malins.

– Ça dépend, ai-je dit. Qui est-ce ?

– Vous êtes Kenzie, a dit la voix. Comment va la respiration ?

J'ai respiré distinctement, en aspirant bien à fond et en expulsant l'air en une longue bouffée, et j'ai dit :

– Bien mieux depuis que j'ai arrêté de fumer, merci.

– Hm, hm, a dit la voix lente comme la sève s'écoulant de l'érable. Eh bien, ne t'y habitue pas trop. Ça pourrait être d'autant plus déprimant quand tu ne seras plus capable de le faire.

La voix d'érable était épaisse mais légère, elle cachait un parfum de paresseuses après-midi du Sud sous des années de vie dans le Nord.

J'ai dit :

– Tu parles toujours comme ça, Socia, ou tu es juste d'humeur particulièrement elliptique ce soir ?

Angie s'est redressée et elle s'est penchée en avant.

Socia a dit :

– La seule raison qui fait que tu marches encore, Kenzie, c'est que nous avons des choses à discuter. Putain, d'ailleurs, je vais peut-être envoyer quelqu'un de toute façon, qu'il t'arrange la colonne à coups de marteau. J'ai besoin que de ta bouche, après tout.

Je me suis redressé et je me suis gratté une démangeaison près du creux des reins.

– Envoie-les, Socia, je ferai quelques amputations de plus. Bientôt t'auras une armée d'estropiés. Les Ravens Boiteux.

– Facile de parler comme ça, assis bien à l'abri dans ton bureau.

– Ouais, ben écoute, *Marion*, j'ai une boîte à faire tourner.

– T'es assis ?

– Je veux.

– Sur cette chaise près du *ghetto-blaster* ?

Tout est devenu froid à l'intérieur de moi, un flot de glace pilée se répandait dans mes artères.

Socia a dit :

– T'es assis sur cette chaise ; moi, je me lèverais pas de sitôt, sauf si tu veux voir ton cul te voler par-

196

dessus la tête pour passer par la fenêtre. (Il a gloussé.) Ravi de t'avoir connu, Kenzie.

Il a raccroché, et j'ai regardé Angie et je lui ai dit : « Ne bouge pas », même si ce n'était pas le problème, qu'elle bouge ou non.

– Quoi ?

Elle s'est levée.

La pièce n'a pas explosé, mais j'ai bien failli m'évanouir. Au moins nous savions qu'il n'avait pas mis de bombe également sous sa chaise, juste pour rire.

– Socia dit qu'il y a une bombe sous ma chaise, ai-je dit.

Elle s'est figée, telle une statue de cire au milieu d'une foulée. Le mot « bombe » a cet effet sur les gens. Elle a pris une grande inspiration :

– J'appelle les démineurs ?

J'ai essayé de ne pas respirer. Il y a une possibilité, me suis-je dit, que le poids de l'oxygène entrant dans mes poumons exerce une pression sur mes extrémités inférieures et fasse exploser la bombe. Il m'est aussi venu à l'esprit que c'était ridicule puisque la bombe était de toute évidence déclenchée par un relâchement de pression, non un gain. Donc, maintenant, je ne pouvais plus expirer. Dans un cas comme dans l'autre, je ne respirais pas.

– Ouais, ai-je dit, appelle les démineurs.

Ça faisait bizarre de parler en retenant mon souffle, comme Donald Duck avec un rhume. Puis j'ai fermé les yeux et j'ai dit :

– Attends. Regarde d'abord sous la chaise.

C'était une vieille chaise en bois, une chaise de prof.

Angie a posé le téléphone. Elle s'est agenouillée à côté de la chaise. Elle a pris son temps. Personne n'a envie d'avoir les yeux à deux centimètres d'un explosif. Elle a penché la tête sous la chaise, et je l'ai entendue expirer bruyamment.

– Je ne vois rien, a-t-elle dit.

J'ai recommencé à respirer, puis je me suis arrêté. C'était peut-être dans le bois lui-même.

– Le bois a l'air d'avoir été trafiqué ?

– Quoi ? Je n'arrive pas à te comprendre.

J'ai pris un risque et relâché mon souffle, et j'ai répété la question.

Elle est restée là-dessous six ou sept heures, du moins m'a-t-il semblé, avant de dire « Non ». Elle s'est glissée de sous la chaise, et s'est assise par terre.

– Il n'y a pas de bombe sous la chaise, Patrick.

– Super.

J'ai souri.

– Alors ?

– Alors quoi ?

– Est-ce que tu vas te lever ?

J'ai pensé à mon cul volant par-dessus ma tête.

– Il y a urgence ?

– Pas d'urgence. Pourquoi tu ne te lèves pas ?

– Peut-être que ça me plaît ici.

– Lève-toi, a-t-elle dit, en se levant elle-même.

Elle m'a tendu les bras.

– J'y travaille.

– Debout, a-t-elle dit. Viens là, mon bébé.

Je l'ai fait. J'ai posé les bras sur la chaise et je l'ai fait. Sauf que, étrangement, j'étais toujours assis. Mon cerveau avait bougé, mais mon corps était d'un autre avis. Quel était le degré de professionnalisme des hommes de Socia ? Étaient-ils capables d'installer une bombe à l'intérieur d'une chaise en bois sans laisser de traces ? Bien sûr que non. J'avais entendu parler de gens mourant de toutes sortes de façons, mais sauter dans l'explosion d'une bombe complètement indétectable dans une frêle chaise de bois n'en faisait pas partie. Bien sûr, peut-être m'accordait-on le privilège d'être le premier.

198

– Skid ?

– Ouais ?

– Quand tu veux.

– O.K. Bon, tu vois, je...

Ses mains ont attrapé les miennes, et elle m'a arraché de la chaise. Je suis tombé contre elle, et nous nous sommes cognés contre le bureau, et nous n'avons pas sauté. Elle a ri, une explosion en soi, et je me suis rendu compte qu'elle n'avait pas été entièrement sûre d'elle. Mais elle m'avait tiré quand même.

– Oh, bon Dieu ! a-t-elle dit.

Je me suis mis à rire aussi, le rire de quelqu'un qui n'a pas dormi depuis une semaine, un rire sur le fil du rasoir. Je me suis cramponné à elle, les mains serrées autour de sa taille, ses seins palpitant contre ma poitrine. Nous étions tous les deux trempés de sueur, mais ses yeux palpitaient, les pupilles sombres, grandes et ivres du goût d'un moment qui n'était pas notre dernier sur terre.

Alors, je l'ai embrassée, et elle m'a rendu la pareille. Pendant un moment, tout a été intensifié – le klaxon d'une voiture quatre étages plus bas, l'odeur de l'air frais de l'été se mêlant à la poussière du printemps dans la moustiquaire de la fenêtre, l'odeur salée de la transpiration à la naissance de nos cheveux, la légère douleur de mes lèvres encore enflées, le goût de ses lèvres et de sa langue encore légèrement fraîches de la blonde légère que nous avions bue une heure plus tôt.

Puis le téléphone a sonné.

Elle s'est écartée, les mains sur ma poitrine, et s'est éloignée en se glissant le long du bureau. Elle souriait, mais c'était un sourire d'incrédulité, et ses yeux se voilaient déjà d'un spectre de regret et de peur. Dieu seul sait à quoi ressemblaient les miens.

J'ai répondu au téléphone par un « Allô ! » rauque.

– T'es toujours assis ?

– Non, je cherche mon cul par la fenêtre.

– Hm, hm. Ben, souviens-toi juste d'un truc, Kenzie : n'importe qui peut descendre n'importe qui, et n'importe qui peut te descendre toi.

– Qu'est-ce que je peux faire pour toi, Marion ?

– Tu vas venir me voir, on va causer.

– Ah oui, vraiment ?

– Je veux, mon neveu.

Il a gloussé doucement.

– Écoute, Marion, je vais te dire, je suis complètement pris jusqu'à octobre. Si tu réessayais vers Halloween ?

Il a dit seulement :

– Deux cent cinq, Howe Street.

Il n'avait pas besoin d'en dire davantage. C'était l'adresse d'Angie. J'ai dit :

– Où et quand ?

Il a poussé un autre léger gloussement. Il m'avait lu à livre ouvert et il le savait, et il savait que je le savais.

– Nous allons nous rencontrer dans un endroit où il y a du monde pour que tu aies l'illusion d'être en sécurité.

– Banco, blanco.

– Downtown Crossing. Dans deux heures. Devant Barnes and Noble. Et tu viens seul, ou il me faudra peut-être rendre visite à cette adresse que j'ai mentionnée.

– Downtown Crossing, ai-je répété.

– Dans deux heures.

– Comme ça je me sentirai en sécurité.

Il a encore gloussé. Je me suis dit que ça devait faire partie de ses habitudes.

– Ouais, a-t-il dit, comme ça tu te sentiras en sécurité.

Il a raccroché.

J'en ai fait autant et j'ai regardé Angie. La pièce était encore encombrée du souvenir de nos lèvres se touchant, de ma main dans ses cheveux et de ses seins se gonflant contre ma poitrine.

Elle était dans son siège et regardait par la fenêtre. Elle n'a pas tourné la tête. Elle a dit :

– Je ne dirai pas que ce n'était pas agréable, parce que ça l'était. Et je n'essayerai pas de dire que c'est ta faute, parce que j'ai été tout aussi coupable. Mais je dirai que ça ne se reproduira pas.

Difficile de trouver une faille là-dedans.

20

J'ai pris le métro jusqu'à Downtown Crossing, grimpé quelques marches qui n'avaient pas connu le jet depuis les années Nixon, et débouché dans Washington Street. Downtown Crossing est l'ancien quartier commerçant, avant qu'il y ait des centres commerciaux et autres galeries marchandes, quand les magasins étaient des magasins et non des boutiques. Il a été réaménagé à la fin des années soixante-dix et au début des années quatre-vingt comme une grande partie de la ville, et après l'ouverture des premières boutiques la clientèle est revenue. Pour la plupart, une clientèle plus jeune : des mômes qui en ont marre des centres commerciaux, ou qui sont trop cools ou trop citadins pour être vus en banlieue à quelque prix que ce soit.

La circulation est interdite sur trois pâtés de maisons à Washington Street, là où se trouvent la plupart des magasins, de sorte que les rues et les trottoirs grouillent de monde : des gens qui vont faire des courses, des gens qui en reviennent, et surtout des gens qui traînent. Des charrettes de marchands ambulants s'alignaient devant Filene's, et le trottoir y était bondé d'adolescentes et d'adolescents, noirs et blancs, appuyés aux vitrines, qui se moquaient des passants adultes ; quelques couples se roulaient des pelles avec le désespoir de ceux qui ne partagent pas encore de lit.

De l'autre côté de la rue, devant The Corner – un minicentre commercial avec des magasins comme The Limited and Urban Outfitters, plus un grand complexe de restaurants et de snacks où trois ou quatre bagarres éclatent par jour –, une bande de jeunes Blacks étaient groupés autour d'une radio. Chuck D et Public Enemy martelaient « Fear of a Black Planet » depuis des haut-parleurs grands comme des roues de voiture, et les jeunes, confortablement installés, regardaient les gens les contourner. J'ai regardé tous les visages noirs de cette foule compacte en essayant de deviner lesquels appartenaient à la bande de Socia, mais je n'y suis pas arrivé. Beaucoup de jeunes Blacks faisaient juste partie de la foule qui revenait de faire des courses ou qui y allait, mais il y en avait tout autant regroupés en bandes, et certains avaient ce regard paresseux et meurtrier des prédateurs de la rue. Il y avait plein de jeunes Blancs éparpillés dans la foule qui avaient exactement le même air, mais m'inquiéter à leur propos n'était pas la préoccupation du moment. Je ne savais pas grand-chose sur Socia, mais à mon avis ce n'était pas un employeur pratiquant la non-discrimination raciale.

J'ai tout de suite vu pourquoi Socia avait choisi cet endroit. On pouvait y être mort depuis dix minutes, allongé sur le ventre dans la rue, avant que quelqu'un s'arrête pour se demander sur quoi il marchait. Les foules font des lieux de rendez-vous à peine plus sûrs que les entrepôts abandonnés, et, dans les entrepôts abandonnés, on a parfois la place de se mouvoir.

J'ai regardé de l'autre côté de la rue, au-delà de The Corner, le regard rebondissant de tête en tête comme sur les notes d'une partition, ralentissant en arrivant sur Barnes and Noble. La foule y était un peu moins dense, il y avait moins d'ados. J'imagine qu'une librairie n'est pas l'endroit idéal pour draguer les minettes. J'avais dix minutes d'avance, et je supposais que Socia et sa bande étaient arrivés vingt minutes avant moi. Je ne le voyais pas, mais de toute façon je ne m'attendais pas à le voir. J'avais le sentiment qu'il apparaîtrait soudain à deux centimètres de moi, un revolver entre mes omoplates.

Ce ne fut pas entre mes omoplates. Ce fut entre ma hanche gauche et le bas de ma cage thoracique. C'était un gros .45, et il avait l'air encore plus gros à cause du méchant silencieux à son extrémité. Ce n'était pas non plus Socia qui le tenait. C'était un môme, seize ou dix-sept ans, difficile à dire avec sa casquette de cuir rabattue sur une paire de Vuarnet rouges. Il avait dans la bouche une sucette qu'il passait d'un côté à l'autre de sa langue. Il souriait autour, comme s'il venait de perdre sa virginité, et il m'a dit :

– Je parie que tu te sens déjà pas comme la moitié d'un deb, là, hein ducon ?

– Comparé à quoi ? j'ai dit.

Angie a émergé de la foule, le revolver dans l'entrejambe de Sucette. Elle portait un feutre crème sur la tête, et ses longs cheveux noirs étaient retenus en chignon en dessous. Elle avait des lunettes de soleil plus grandes que celles de Sucette et elle lui a passé le canon du revolver sur les couilles.

– Salut, a-t-elle dit.

Le sourire de Sucette s'est effacé, alors je l'ai remplacé par le mien :

– On s'amuse, là ?

Tout autour de nous, la foule continuait à bouger à sa cadence d'escalator, inconsciente de ce qui se passait. La myopie urbaine.

– Alors qu'est-ce qu'on fait maintenant ? a dit Angie.

– Ça dépend, a dit Socia.

Il était debout derrière Angie, et, à la façon dont elle s'est raidie, j'ai compris qu'il y avait encore un autre revolver là-bas derrière avec lui.

– Ça devient ridicule, ai-je dit.

Nous étions quatre dans une foule de milliers de gens, reliés comme des cellules sanguines par de gros morceaux de métal. Quelqu'un dans la foule m'a heurté l'épaule, et j'ai espéré de toutes mes forces que personne n'avait de détente sensible.

Socia m'observait, une expression affable sur son visage usé.

– Si y en a un qui commence à tirer, a-t-il dit, c'est moi qui m'en sors indemne. Qu'est-ce que vous dites de ça ?

Il avait presque raison : il descendrait Angie, Angie descendrait Sucette, et Sucette me descendrait sans l'ombre d'un doute. Presque.

– Eh bien, Marion, ai-je dit, vu que c'est déjà aussi bondé qu'un congrès photographique japonais, ici, je ne crois pas qu'un cadavre de plus gênera. Regarde du côté de Barnes and Noble.

Il a tourné lentement la tête, a regardé de l'autre côté de la rue, n'a rien vu qui lui parut alarmant.

– Et alors ?

– Le toit, Marion. Regarde le toit.

Tout ce qu'il pouvait voir, c'était un viseur et le canon du fusil de Bubba. Le seul moyen de rater sa cible avec un viseur aussi gros résiderait dans l'éventualité d'une soudaine éclipse solaire. Et, même là, il faudrait avoir de la chance. J'ai dit :

– Nous sommes tous ensemble dans ce truc, Marion. Si je hoche la tête, tu es le premier à partir.

– J'emmènerai ta petite amie avec moi. Crois-moi.

J'ai haussé les épaules :

– C'est pas ma petite amie.

– Comme si t'en avais rien à foutre, Kenzie. Va raconter ça à quelqu'un qui...

– Écoute, Marion, tu n'en as probablement pas l'habitude, mais ce à quoi tu es confronté, là, c'est à une situation sans issue et tu n'as pas beaucoup de temps pour y réfléchir.

J'ai regardé Sucette. Je ne voyais pas ses yeux, mais des gouttes de sueur faisaient des courses de relais le long de son front. Pas facile de tenir fermement un revolver pendant aussi longtemps. J'ai de nouveau regardé Socia.

– Le type sur le toit, il pourrait se mettre à avoir des idées tout seul très bientôt. Je dirais qu'il peut appuyer très vite sur la détente, deux fois (j'ai regardé Sucette), et vous liquider tous les deux avant que tu tires un coup de feu. Il pourrait décider tout seul de le faire, avant que je hoche la tête. Avant que je fasse quoi que ce soit. On l'a déjà vu... agir selon sa propre voix intérieure. Il n'est pas vraiment stable. T'écoutes, Marion ?

Socia était dans son Lieu – là où les gens comme lui peuvent bien aller pour cacher leur peur et leur émotion. Il a regardé lentement autour de lui, des deux côtés de Washington Street, mais pas une seule fois vers le toit. Il a pris son temps, puis il m'a regardé de nouveau :

– Qu'est-ce que j'ai comme garantie si je remets mon revolver dans ma poche ?

– Rien, ai-je dit. Tu veux des garanties, tu vas chez Sears. Je peux te garantir que tu seras mort si tu ne le fais pas. (J'ai regardé Sucette.) Tiens, d'ailleurs, j'envisage de me servir du revolver de ce môme contre lui.

– Bien sûr, mon pote, a fait Sucette.

Mais sa voix était rauque, à cause du souffle qu'il retenait perché au sommet de son œsophage.

Socia a de nouveau regardé dans la rue, puis il a haussé les épaules. Sa main est descendue de derrière le dos d'Angie. Il a tenu l'arme à une hauteur où je pouvais la voir – un Bren neuf millimètres –, puis il s'est écarté d'Angie et a mis le flingue dans sa veste.

– Sucette, a-t-il dit, range-le.

Le môme s'appelait effectivement Sucette. Patrick Kenzie, détective médium. La lèvre de Sucette était retroussée contre son nez, et il respirait fort, il me montrait qu'il était un dur, le revolver toujours dans mon flanc, mais le chien désarmé. Stupide. Il avait l'air prêt à prouver sa virilité, non parce qu'il n'était pas terrifié, mais parce qu'il l'était. C'est en général comme ça que ça marche. Mais il était beaucoup trop occupé à observer mon visage, à prouver quel homme il était. J'ai légèrement pivoté de la hanche, un petit mouvement, et le revolver s'est soudain retrouvé braqué sur le vide. J'ai pris la main qui tenait l'arme dans la mienne, envoyé un coup de tête dans l'arête de son nez, cassant les Vuarnet en deux, et je lui ai enfoncé le revolver dans le ventre avec sa propre main. J'ai armé le chien :

– Tu veux mourir ?

– Kenzie, laisse le garçon, a dit Socia.

– Je meurs s'il le faut, a dit Sucette.

Et il s'est cabré sous ma main, un filet de sang épais coulant de son nez. Il n'avait pas l'air heureux de la perspective, mais il n'y semblait pas réticent.

– Bien, ai-je dit. Parce que la prochaine fois que tu braques un revolver sur moi, Sucette, c'est exactement ce qui se passera.

J'ai rabattu le chien et j'ai basculé la sécurité d'une chiquenaude, puis j'ai arraché le revolver de sa main moite, et je l'ai mis dans ma poche. J'ai levé la main, et le fusil de Bubba a disparu.

Sucette respirait fort et ne me quittait pas des yeux. Je lui avais pris bien plus que son arme. Je lui avais pris sa fierté, l'unique denrée à avoir une quelconque valeur dans son monde, et il ne faisait aucun doute qu'il me tuerait s'il y avait une prochaine fois. Je me rendais très populaire, ces jours-ci.

Socia a dit :

– Sucette, disparais. Et dis à tous les autres de se retirer aussi. Je vous rejoins plus tard.

Sucette m'a jeté un dernier regard et il a rejoint le flot de gens qui descendaient la rue en direction de Jordan Marsh. Il n'allait nulle part. Je savais au moins ça. Lui et les autres, qui et où qu'ils soient, resteraient dans la foule, gardant l'œil sur leur roi. Socia était beaucoup trop malin pour rester sans protection.

– Venez, a-t-il dit, allons nous asseoir...

– On va s'asseoir juste là, ai-je dit.

– J'ai un meilleur endroit en tête.

Angie a incliné la tête en direction de Barnes and Noble :

– Tu n'as pas le choix, Socia.

Nous sommes passés devant Filene's et nous nous sommes assis sur un banc de pierre, sur la petite piazza en béton devant l'immeuble d'à côté. Le viseur est réapparu sur le toit, dans notre direction. Socia l'a vu lui aussi.

– Alors, Marion, ai-je dit, dis-moi pourquoi je ne te descendrais pas ici même, là, maintenant.

Il a souri :

– Merde. T'as déjà assez d'ennuis avec mes gars comme ça. Je suis comme un dieu pour ces garçons. Tu veux faire le con, tu veux être la cible d'une guerre sainte, vas-y.

Je déteste quand les gens ont raison.

– O.K. Pourquoi tu ne me dis pas pour quelle raison tu me permets de vivre ?

– Je suis super des fois.

– Marion.

– Quoi qu'il en soit, pourtant, je pourrais bien te tuer pour m'appeler « Marion » tout le temps.

Il s'est adossé au banc, une jambe repliée, les mains croisées autour du genou. Le type sorti prendre un peu l'air.

– Bon, a dit Angie, qu'est-ce que tu veux de nous, Socia ?

– Putain, fillette, t'as rien à voir là-dedans, toi. Peut-être qu'on te laissera retourner à tes affaires quand ce sera fini. (Il a pointé le doigt vers moi.) Tandis que lui, il fourre son nez là où ça le regarde pas, il blesse un de mes meilleurs hommes, il fricote avec tout un bordel qu'il a pas à fricoter avec.

– Plainte fréquente parmi les hommes mariés de notre quartier, a dit Angie.

Cette Angie, tordante.

– Plaisantez autant que vous voudrez, a dit Socia, qui m'a regardé. Mais tu sais que c'est pas une plaisanterie, hein ? C'est la fin de ta vie, Kenzie, et c'est maintenant.

J'ai voulu dire quelque chose de drôle, mais rien ne m'est venu à l'esprit. Rien ne m'a même effleuré. Pas de doute, c'était maintenant.

Socia a souri.

– Ouais. Tu le sais. Seule raison que tu es en vie là maintenant, c'est parce que Jenna t'a donné un truc, et qu'elle t'en a dit un autre. Maintenant, où c'est ?

– En lieu sûr.

– En lieu sûr, a-t-il répété en roulant les mots un à un, avec une inflexion légèrement nasale, son imitation du Blanc-parler. Et pourquoi tu ne me dis pas où est ce lieu sûr ?

– Je ne sais pas, Jenna ne me l'a jamais dit.

– Conneries, a-t-il fait en se penchant vers moi.

– Je vais pas me casser le cul pour essayer de te convaincre, Marion. Je te le dis juste pour que, quand tu ficheras mon bureau et mon appart en l'air sans rien trouver, tu ne sois pas trop déçu.

– Peut-être que j'amènerai quelques amis, qu'on te fiche en l'air.

– Ta prérogative, ai-je dit. Mais vous avez intérêt à être vraiment bons, tes amis et toi.

– Pourquoi ? Tu crois que tu es vraiment bon, Kenzie ?

J'ai hoché la tête.

– En ça, ouais, je suis vraiment bon. Et Angie aussi, peut-être meilleure. Et ce type sur le toit, il est meilleur que nous deux.

– Et il aime pas trop les Noirs, a dit Angie.

– Alors, vous êtes vraiment fiers de vous, tous les deux ? Vous vous êtes fait votre Ku Klux Klan à trois pour empêcher l'homme noir de venir chez vous ?

– Oh, je t'en prie, Socia, ai-je dit, c'est pas une question de couleur. T'es un criminel, bordel. Tu es une sous-merde qui fait faire son sale boulot par des mômes. Noir ou blanc, ça ne changerait rien. Et si tu essaies de m'arrêter sur ce coup, il y a de fortes chances que tu réussisses et que je meure. Mais, lui, tu ne l'arrêteras pas. (Socia a levé les yeux vers le toit.) Il t'attaquera toi et toute ta bande, et il vous descendra tous et sans doute la moitié du 'Bury avec. Il a à peu près autant de conscience que toi et encore moins le sens des relations publiques.

Socia a ri :

– Tu essaies de me faire peur ?

J'ai secoué la tête :

– Tu n'es pas quelqu'un qui a peur, Marion. Les gens comme toi, jamais. Mais vous mourez. Et si je meurs, toi aussi. Simple fait.

Il s'est de nouveau adossé au banc. La foule passait devant nous en flot régulier et le viseur de

210

Bubba ne bougeait pas d'un cheveu. Socia a de nouveau penché la tête en avant :

– D'accord, Kenzie. On t'accorde ce round. Mais de toute façon, quoi qu'il arrive, tu paieras pour Curtis.

J'ai haussé les épaules, j'avais un gros poids derrière les yeux.

– T'as vingt-quatre heures pour trouver ce que nous cherchons tous les deux. Si je le trouve avant toi, ou si tu le trouves et que tu ne me le fais pas passer immédiatement, ta vie vaudra pas une couille.

– La tienne non plus.

Il s'est levé.

– Y a beaucoup de gens qui ont essayé de me tuer au fil des années, jeune Blanc. Personne a encore trouvé le moyen d'y arriver. De toute façon, ainsi va le monde.

Il s'est éloigné dans la foule, et le gros viseur ne l'a pas lâché d'un centimètre sur tout son trajet.

21

Bubba nous a retrouvés au parking couvert de Bromfield Street, où Angie avait garé le Vomonstre. Il était devant quand nous sommes arrivés dans la rue, il mâchait une boulette de chewing-gum de la taille d'un poulet et faisait des bulles assez grosses pour repousser les passants au bord du trottoir. Quand nous nous sommes approchés, il a dit « Hé », puis il a commencé une nouvelle bulle. Une vraie corne d'abondance verbale, notre Bubba.

– Hé, a fait Angie d'une voix grave de baryton, assortie à la sienne.

Elle lui a glissé le bras autour de la taille et elle a pincé.

– Mon Dieu, Bubba, tu as un fusil d'assaut russe sous ton manteau ou tu es juste content de me voir ?

Bubba a rougi et son visage joufflu a rayonné un instant comme celui d'un écolier angélique. Un écolier qui mettrait de la nitro dans les toilettes, mais quand même.

– Ôte-la de moi, Kenzie, a-t-il dit.

Angie a levé la tête et lui a mordillé le lobe de l'oreille :

– Bubba, tu es tout l'homme qu'il me faut.

Il a gloussé. Ce monstre psychopathe qui n'a pas la manière, il a gloussé et il l'a repoussée doucement

Il avait un peu l'air du Lion poltron en le faisant, et je m'attendais à ce qu'il dise « M'enfin ». Au lieu de quoi il a dit :

– Arrête, espèce de traînée.

Puis il a regardé pour voir si elle était vexée.

Elle a surpris son air gêné et ce fut à son tour de glousser, la main sur la bouche.

Ce Bubba. Quel adorable sociopathe.

Nous avons monté la rampe d'accès du parking, et j'ai dit :

– Bubba, tu vas pouvoir rester un peu dans les parages, garder un œil sur nous autres, simples mortels ?

– Bien sûr, mec. J'suis là. Jusqu'au bout.

Il s'est penché et m'a donné un coup de poing taquin dans le bras. Ce dernier s'est vidé de toute sensation, et il allait falloir une bonne dizaine de minutes, peut-être plus, pour que ça revienne. Mais c'était quand même mieux qu'un coup de poing de Bubba en colère. J'avais pris un de ceux-là quelques années plus tôt – l'unique fois où j'avais été assez stupide pour me disputer avec lui –, et après avoir repris connaissance, il m'avait fallu une semaine pour que ma tête arrête de résonner.

Nous sommes arrivés à la voiture, et nous sommes montés. Comme nous sortions du parking, Bubba a dit :

– Alors on va renvoyer ces caïras en Afrique ou quoi ?

– Écoute, Bubba... a fait Angie.

J'étais trop avisé pour tenter d'éclairer Bubba sur les questions raciales, aussi ai-je répondu :

– Je crois que ce ne sera pas nécessaire.

Il a dit « merde » et s'est renversé contre le dossier.

Pauvre Bubba. Tout pomponné et personne à descendre.

Nous avons déposé Bubba devant l'aire de jeu qui est à côté de chez lui. Il a grimpé les marches de ciment et il est passé en traînant des pieds devant la cage d'écureuil, a écarté une cannette de bière de son chemin d'un coup de pied, les épaules remontées jusqu'aux oreilles. Il a envoyé bouler une autre canette, qui a rebondi contre une table à piquenique et s'est brisée sur la clôture. Certains des loubards qui traînaient près de la table ont détourné les yeux. Personne n'avait envie de croiser son regard par erreur. Il ne les a pas remarqués, toutefois. Il a juste continué de marcher vers le fond de l'aire de jeu, a trouvé le trou irrégulier dans la clôture, et s'y est faufilé. Il a avancé entre des mauvaises herbes, et disparu au coin de l'usine abandonnée où il habite.

Il a un matelas, sans rien, jeté par terre au milieu du deuxième étage, deux-trois caisses de Jack Daniels, et une chaîne qui ne passe rien d'autre que sa collection d'enregistrements des Aerosmith. Au premier étage, il garde son arsenal ainsi que deux pitbulls nommés Belker et sergent Esterhaus. Un rottweiler du nom de Steve rôde dans la cour de devant. Au cas où tout ça *plus* Bubba ne suffirait pas à dissuader les intrus ou les hauts fonctionnaires, quasiment une latte de plancher sur deux est piégée. Bubba est le seul à savoir sur lesquelles on peut marcher. Un candidat au suicide a tenté une fois d'accéder à la planque de Bubba en le forçant sous la menace d'un revolver de l'y conduire. Pendant l'année qui a suivi, des bouts du gars ont refait surface un peu partout dans la ville, environ tous les deux mois.

– Si Bubba avait pu naître à une autre époque, a dit Angie, par exemple à l'âge du bronze, il aurait été paré.

J'ai regardé la percée solitaire dans la clôture :

– Au moins, il aurait eu quelqu'un qui partage sa sensibilité.

Nous sommes retournés au bureau et, une fois à l'intérieur, avons commencé à réfléchir aux cachettes possibles de Jenna.

– La chambre au-dessus du bar ?

J'ai secoué la tête :

– Dans ce cas, elle ne les aurait jamais laissés en partant quand on est venus la chercher. L'endroit ne m'a pas paru difficile à cambrioler.

Elle a acquiescé.

– O.K. Où sinon ?

– Pas le coffre. Devin ne mentirait pas là-dessus. Chez Simone ?

Elle a secoué la tête :

– Tu es la première personne à qui elle ait montré quoi que ce soit, exact ?

– Je crois que nous partons de ce principe, ouais.

– Donc ça signifie que tu es la première personne à qui elle ait fait confiance. Elle trouvait sans doute que Simone avait une image trop naïve de Socia. Et elle avait raison, je dirais.

– S'ils étaient dans son appartement de Mattapan, quelqu'un les aurait récupérés à l'heure qu'il est, et tout ça n'aurait pas de raison d'être.

– Ce qui laisse quoi ?

Colle. Nous sommes restés dix bonnes minutes sans trouver de réponse.

– Merde, a dit Angie au bout de ces dix minutes.

– Bien vu. Mais peu utile, néanmoins.

Elle a allumé une cigarette, mis les pieds sur le bureau et fixé du regard le plafond. Sam Spade comme je ne le serai jamais.

– Que savons-nous de Jenna ? a-t-elle demandé.

– Elle est morte.

Elle a hoché la tête. Et a ajouté doucement :

– À part ça.

– Nous savons qu'elle était mariée à Socia. Mariée légalement ou par droit coutumier, je ne sais pas, mais mariée.

– Et qu'elle a eu un enfant de lui. Roland.

– Et qu'elle a trois sœurs d'Alabama.

Elle s'est redressée dans sa chaise, ses pieds ont rebondi par terre.

– L'Alabama. Elle les a envoyés en Alabama.

J'y ai réfléchi. Jenna connaissait-elle encore bien ces trois sœurs ? À quel point pouvait-elle leur faire confiance ? Et même, à quel point pouvait-elle faire confiance au courrier ? C'était sa chance d'être quelqu'un dont on a besoin, d'obtenir un peu de « justice ». De faire un peu ce que les gens lui avaient fait toute sa vie. Allait-elle risquer de la perdre en confiant l'outil principal de sa vengeance aux transports ?

– Je ne crois pas, ai-je dit.

– Pourquoi pas ?

Angie avait rétorqué sèchement. C'était son idée, elle n'allait pas la lâcher comme ça.

Je lui ai expliqué mon raisonnement.

– Peut-être, a-t-elle dit d'une voix un peu moins enthousiaste. Mais on garde quand même ça dans un coin de la tête.

– Ça marche.

Ce n'était pas une mauvaise idée, et si ça se trouve, nous allions la creuser, mais elle ne *cadrait* pas tout à fait.

Ça se passe souvent comme ça. Nous restons assis au bureau à nous renvoyer des idées en attendant l'intervention divine. Si elle ne vient pas, nous examinons chaque possibilité et, en général – pas toujours, mais en général –, nous finissons par tomber sur quelque chose qui aurait dû nous sauter aux yeux dès le départ.

J'ai dit :

– Nous savons qu'elle a eu des ennuis avec des créanciers, il y a quelques années.

– Ouais, a fait Angie, et alors ?

– Je suis en train de chercher. Je ne t'ai pas promis des perles de sagesse.

Elle a froncé les sourcils :

– Elle n'a pas de casier, hein ?

– Juste un tas de P.-V. pour stationnement illégal.

Angie a balancé sa cigarette par la fenêtre.

J'ai commencé à penser aux bières dans mon appartement. Je les ai entendues qui m'appelaient, qui réclamaient de la compagnie.

Angie a dit :

– Ben, si elle a eu tous ces P.-V...

On s'est regardés et on l'a dit ensemble :

– Où est la voiture ?

22

Nous avons appelé George Higby du Fichier des cartes grises. Il nous a fallu quinze tentatives pour passer le cap du signal « occupé », et, ensuite, une voix préenregistrée nous a dit que toutes les lignes étaient occupées. Les appels seraient pris dans leur ordre d'arrivée, et merci de ne pas quitter. Je n'avais pas prévu grand-chose à faire d'ici la fin du mois, de toute façon, donc je me suis calé le combiné au creux du cou et j'ai attendu.

Le silence s'est achevé au bout d'une quinzaine de minutes et le téléphone à sonné à l'autre extrémité : une, deux, trois sonneries ; quatre, cinq, six. Une voix a dit :

– Fichier des cartes grises.

– George Higby, Immatriculation des véhicules, s'il vous plaît.

La voix ne m'avait pas entendu. Elle a dit :

– Vous êtes au Bureau des cartes grises. Nous sommes ouverts de neuf heures à dix-sept heures, du lundi au vendredi. Si vous avez besoin d'aide supplémentaire et disposez d'un téléphone à touches, appuyez sur le un.

Un bip sonore a retenti dans mon oreille à peu près au moment où je me suis rendu compte qu'on était dimanche. Si j'appuyais sur le un, j'aurais un autre ordinateur qui serait ravi de me relier à un autre ordinateur et d'ici que j'en aie suffisamment ras le pompon pour balancer mon téléphone par la fenêtre, tous les ordinateurs du Fichier seraient en train de se payer une bonne tranche de rigolade.

Putain, j'adore la technologie moderne.

J'ai raccroché et j'ai dit :

– On est dimanche.

Angie m'a regardé :

– C'est exact. Dis-moi le combien et tu seras mon idole.

– Est-ce qu'on a le numéro perso de George, ici ?

– Ça se peut. Aimerais-tu que je regarde ?

– Ce serait chouette.

Elle a fait rouler sa chaise jusqu'au PC et elle a entré son mot de passe. Elle a attendu un instant, puis ses doigts se sont mis à fredonner une mélodie au-dessus des touches, si vite que l'ordinateur avait du mal à suivre. Bien fait pour lui. Il traînait sans doute avec les ordinateurs du Fichier, ses jours de congé.

– Je l'ai, a dit Angie.

– Dis-moi tout, bébé.

Ça, elle ne l'a pas fait, mais elle m'a donné le numéro de George.

George fait partie de ces âmes malheureuses qui traversent la vie en s'attendant à ce que le reste du monde soit aussi gentil qu'elles. Dans la mesure où il se lève tous les matins avec le désir d'améliorer le monde, d'en faire un endroit où il soit un peu plus facile de vivre, il ne comprend pas qu'il existe bel et bien des gens qui se lèvent avec le désir de faire souffrir le reste du monde. Même après que sa fille a fugué avec un guitariste qui avait deux fois son âge et l'a abandonnée en manque dans une chambre de motel de Reno, même après qu'elle a, par la suite, rencontré des gens particulièrement méchants et s'est retrouvée à vendre son corps de seize ans dans les bas quartiers de Vegas, même après qu'Angie et moi nous sommes rendus là-bas et l'avons arrachée à ces méchantes gens avec l'aide de la police du Nevada, même après que la tendre prunelle de ses yeux l'a rendu entièrement responsable du gâchis qu'elle avait provoqué, même après tout ça, George appréhende toujours le monde avec le sourire inquiet de quelqu'un qui sait seulement être ouvert et correct, et qui prie pour que, ne fût-ce qu'une fois, le monde le récompense. George est le genre de matériau brut avec lequel la plupart des religions organisées bâtissent leurs fondations.

Il a répondu à la première tonalité. Comme toujours. Il a dit « George Higby », et je m'attendais à moitié à ce qu'il enchaîne avec « Vous voulez qu'on soit amis ? »

– Salut, George, c'est Patrick Kenzie.

– Patrick ! a dit George.

Je dois admettre que l'enthousiasme de sa voix m'a rendu heureux d'être moi, tout d'un coup. Ça me donnait l'impression d'avoir été mis au monde pour une raison : appeler George un 2 juillet et le mettre de bonne humeur pour la journée.

– Comment vas-tu ? a-t-il dit.

– Ça va super, George, et toi-même ?

– Très bien, Patrick, très bien. Je ne peux pas me plaindre.

George était le genre à ne jamais pouvoir.

– George, ai-je dit, j'ai bien peur que ce ne soit pas un coup de fil purement amical.

Et je me suis rendu compte avec une petite dose de culpabilité que je n'avais jamais passé de coup de fil « purement amical » à George et que je ne le ferais probablement jamais.

– Mais, pas de problème, Patrick, a-t-il dit d'une voix qui a baissé un instant d'un octave. Tu es quelqu'un d'occupé. Qu'est-ce que je peux faire pour toi?

– Comment va Cindy?

– Tu sais comment sont les jeunes aujourd'hui. À ce stade de sa vie, son père est loin d'être la chose la plus importante pour elle. Ça changera, bien sûr.

– Bien sûr.

– Faut les laisser grandir.

– Ben oui.

– Et ensuite, ils reviennent vers toi.

– Mais oui, ai-je dit.

Ben voyons.

– Mais assez parlé de moi. Je t'ai vu dans les journaux l'autre jour. Est-ce que tu vas bien?

– Bien, George. Les médias ont exagéré.

– Ah, ça leur arrive parfois. Mais où serions-nous sans eux?

– La raison pour laquelle je t'appelle, George, c'est que j'ai besoin d'un numéro d'immatriculation et que je ne peux pas attendre demain.

– Tu ne peux pas l'avoir par la police?

– Non. J'ai besoin de jouer encore un peu en solo sur ce coup avant d'aller les trouver.

– O.K., Patrick, a-t-il dit en réfléchissant tout haut. O.K., a-t-il répété en s'animant un peu. Ouais, nous pouvons le faire. Il va falloir que tu me donnes une dizaine de minutes pour accéder à l'ordinateur de là-bas. Est-ce que ça va aller? Peux-tu attendre aussi longtemps?

– C'est toi qui me rends service, George. Prends tout le temps dont tu as besoin.

Je lui ai donné le nom de Jenna, son numéro de permis de conduire et son adresse.

– O.K. Quinze minutes tout au plus. Je te rappelle.

– Tu as mon numéro?

– Bien sûr, a-t-il dit comme si tout le monde gardait les numéros de téléphone de gens rencontrés deux fois deux ans plus tôt.

– Merci, George, ai-je dit.

Et j'ai raccroché avant qu'il ait pu dire « Non, merci à toi ».

Nous avons attendu. Angie s'est mise à lancer une balle de mousse dans le panier qui est au-dessus du *ghetto-blaster*, et je la lui renvoyais à chaque fois. Elle a un bon arc de cercle, mais elle ne se sert pas assez du panneau. Elle s'est appuyée au dossier de sa chaise, et en a expédié une en un grand arc. Avant que la balle de mousse ne traverse le panier, elle a dit :

– On va mettre Devin sur ce coup ?

Je lui ai envoyé la balle.

– Que nenni, ai-je répondu.

– Pourquoi pas, au juste ?

Elle a lancé de nouveau et manqué le panier.

– Parce qu'on ne va pas le faire. Sers-toi un peu plus du panneau.

Elle a balancé la balle au-dessus de sa tête, en la faisant rebondir contre le plafond.

– Ce n'est pas la procédure établie, a-t-elle chantonné.

– Procédure établie ? On est à l'armée, maintenant ?

– Non.

La balle a rebondi sur ses doigts, roulé le long de sa jambe, et sur le sol. Angie a pivoté dans sa chaise.

– Nous sommes des détectives qui avons une assez bonne relation avec la police, et je me demande pourquoi nous la mettons en danger en omettant de leur communiquer un élément dans une enquête d'homicide volontaire.

– Quel élément ?

Je me suis penché en avant et j'ai ramassé la balle.

– La photo de Socia et de Paulson, a-t-elle dit.

– Prouve rien.

– C'est à eux de juger. Dans un cas comme dans l'autre, c'est la dernière chose que la victime du meurtre t'a donnée avant de se faire tuer. Ça en fait indiscutablement quelque chose d'intéressant pour eux.

– Alors ?

– Alors, ceci devrait être une enquête en tandem, voilà le alors. Nous devrions être en train de leur dire que nous allons examiner la voiture de Jenna. Nous devrions leur demander le numéro de plaque, pas obliger ce pauvre George à forcer les ordinateurs du Fichier.

– Et s'ils tombent avant nous sur l'élément que nos clients nous ont chargés de retrouver ?

– Dans ce cas, une fois qu'ils en ont fini, ils nous le passent.

– Comme ça ?

– Comme ça.

– Et si c'est un élément à charge ? Si c'est contraire à l'intérêt de nos clients que la police le voie, alors quoi ? Qu'est-ce qu'on vaut comme professionnels dans ce cas ? Si Mulkern voulait demander à la police de rechercher ces « documents », il l'aurait fait. Au lieu de quoi, il a fait appel à nous. Nous ne sommes pas *l'application de la loi*, Ange, nous sommes des enquêteurs privés.

– Sans déc, Sherlock. Mais...

– Mais quoi ? D'où ça sort, ça, putain ? Tu parles comme une novice.

– Novice, mon cul, Skid. Je trouve juste que tu devrais jouer franc-jeu avec ta partenaire en ce qui concerne tes motifs.

– Mes motifs ? Et quels sont mes motifs, Ange ?

– Tu ne veux pas que les flics mettent la main dessus, et ce n'est pas parce que tu as peur de ce qu'ils en feraient. Tu as peur de ce qu'ils ne feraient pas. Tu as peur que ce soit effectivement très grave, aussi grave que Jenna le disait, et que quelqu'un, à la Chambre, passe un coup de fil et que l'élément disparaisse.

Je me suis mis à malaxer la balle en mousse.

— Tu suggères que mes motifs sont contraires aux intérêts de nos clients ?

— Un peu que je le suggère. Si ces « documents » sont aussi graves que l'a dit Jenna, s'ils incriminent Paulson ou Mulkern, qu'est-ce que tu feras à ce moment-là ? Hein ?

— Il faudra qu'on voie.

— Faudra qu'on voie, mon cul. C'est des conneries, ça. Ce boulot aurait dû être clos une demi-heure après que nous avons retrouvé Jenna à Wickham. Mais tu as voulu tout démêler tout seul, faire ton travailleur social à la con. Nous sommes des enquêteurs privés, tu te souviens ? Pas des moralistes. Notre boulot est de remettre ce qu'on nous paie pour trouver aux gens qui nous ont payés pour le trouver. Et s'ils l'étouffent, s'ils achètent les flics, c'est O.K. Parce que ça ne nous regarde pas. Nous faisons notre boulot et nous sommes payés. Et si...

— Attends une minute...

— ... tu ne fais pas ça ; si tu transformes ça en une espèce de croisade personnelle pour te venger de ton père à travers Mulkern, nous pouvons dire adieu à cette boîte et à notre association.

Je me suis redressé dans ma chaise, le visage à une cinquantaine de centimètres du sien.

— Mon père ? Mon enculé de père ? Qu'est-ce qu'il a à voir là-dedans ?

— Il a tout à voir. C'est Mulkern, c'est Paulson, c'est chaque politicien que tu as rencontré qui te serre la main d'un côté et te poignarde dans le dos de l'autre. C'est...

– Tu ne parles pas de mon père, Angie!

– Il est mort, a-t-elle hurlé. Mort. Et je suis vraiment désolée de te l'apprendre, mais le cancer des poumons lui a réglé son compte avant que tu aies la possibilité de le faire toi-même.

Je me suis rapproché davantage.

– T'es mon analyste, maintenant, Ange?

J'avais chaud à la figure, et le sang battait dans mes avant-bras, me picotait les doigts.

– Non j'suis pas ton analyste, Patrick, bordel, et pourquoi tu ne fais pas marche arrière, bordel?

Je n'ai pas bougé. Ma soupape avait sauté, et je la regardais droit dans les yeux. Des éclairs de colère zébraient son regard. J'ai dit :

– Non, Ange, c'est toi qui fais marche arrière et tu remballes ton diplôme de psychologie des papas et tes opinions sur mon père. Et peut-être que je n'essaierai pas d'analyser ta relation avec le mari de l'année, qui te traite si bien.

Le téléphone a sonné.

Aucun de nous n'a bougé. Aucun de nous ne l'a regardé. Aucun de nous n'a molli ni reculé.

Deux autres sonneries.

– Patrick.

– Quoi?

Une autre sonnerie.

– C'est sans doute George.

J'ai senti mes mâchoires se desserrer un peu; je me suis retourné et j'ai décroché.

– Patrick Kenzie.

– Salut, Patrick. C'est George.

– Georgie! ai-je dit en faisant passer un faux enthousiasme dans mes cordes vocales.

– Tu as un crayon?

– Les détectives ont toujours des crayons, George.

– Ah. Bien sûr. La voiture de Jenna Angeline est une Chevy Malibu de 1979. Bleu clair. Numéro de matricule DRW479. Elle a une demande de sabot qui prend effet le 3 juin.

J'ai senti l'émotion monter depuis le creux de mon estomac, le sang affluer à valves ouvertes dans mon cœur.

– Une demande de sabot ?

– Oui, a dit George. Le sabot de Denver. Madame Angeline n'aimait pas payer ses contraventions, semble-t-il.

Le sabot de Denver. Le verrou jaune, impossible à enlever. La Malibu bleue sur laquelle les amis de Jerome étaient assis quand j'étais allé chez Jenna. Garée devant la maison. Pas prête de bouger de si tôt.

– George, ai-je dit. T'es le meilleur. Je le jure devant Dieu.

– J't'ai aidé ?

– Un peu que tu m'as aidé !

– Hé, si on se prenait une bière, bientôt ?

J'ai jeté un coup d'œil à Angie. Elle examinait quelque chose sur ses genoux, et ses cheveux lui couvraient la figure, mais la colère flottait dans la pièce comme des gaz d'échappement.

– Ça me ferait vraiment plaisir, George, ai-je dit. Appelle-moi en fin de semaine prochaine ? Je devrais avoir bouclé ça d'ici là.

Ou je serais mort en essayant.

– Ça roule, a-t-il répondu, ça roule.

– Porte-toi bien, George.

J'ai raccroché et j'ai regardé ma partenaire. Elle faisait de nouveau le truc du crayon contre la dent en me regardant, les yeux froids et impersonnels. Sa voix était à peu près pareille.

– C'était déplacé.

– Peut-être que non. Peut-être que je ne suis pas encore prêt à sonder cette partie de mon psychisme.

– Peut-être que tu ne le seras jamais.

– Peut-être. Et toi ?

– Avec le Connard, comme tu l'appelles si aimablement ?

– Ce mec-là, ouais.

– Les choses se mettent en place. Elles se mettent en place.

– Qu'est-ce que tu veux qu'on fasse pour l'affaire ?

Elle a haussé les épaules.

– Tu sais ce que je veux faire. Seulement, ce n'est pas moi qui ai dû regarder Jenna mourir, donc je te laisse décider. N'oublie pas que c'est à charge de revanche, c'est tout.

J'ai hoché la tête. J'ai tendu la main :

– Copains ?

Elle a fait la grimace, s'est penchée vers moi et m'a tapé dans la paume :

– Quand avons-nous cessé de l'être ?

– Il y a environ cinq minutes, ai-je répondu en riant.

Elle a gloussé :

– Ah ouais.

Nous nous sommes garés en haut de la colline, avec vue sur l'immeuble de Jenna et la Malibu bleue garée devant. Le sabot jaune était bien visible, même dans la lumière déclinante. Les Bostoniens chopent des P.-V. et des convocations pour infraction au code de la route avec une régularité qu'envieraient la plupart des équipes sportives professionnelles. Ils ont aussi tendance à attendre que leur permis de conduire soit sur le point d'être renouvelé pour s'en préoccuper. Les fonctionnaires de la ville s'en sont rendu compte au bout d'un moment ; ils ont jeté un coup d'œil à leurs coffres de moins en moins bien garnis, se sont demandé grâce à quelles magouilles ils pourraient payer des études en fac à leurs enfants et des séjours à Martha's Vineyard [1] pour leur pomme, et ont donc introduit le sabot de Denver. Celui-ci, comme son nom l'indique, vient de Denver, et il se ferme comme une pince autour de votre pneu, après quoi la voiture ne va nulle part tant que tous les P.-V. n'ont pas été intégralement payés. Essayer d'en forcer un est un délit grave, passible d'une peine de prison et/ou d'une forte amende. Ce n'est pas tant ça qui dissuade les gens que le fait que ces fichus engins sont presque aussi difficiles à retirer qu'une vieille ceinture de chasteté. Un de mes amis l'a fait une fois, avec un marteau de mécanicien, un ciseau, et un grand coup juste au bon endroit. Mais ce sabot devait avoir un défaut, car il n'a jamais pu renouveler l'exploit. Ça l'a déprimé un max aussi ; il aurait pu être tranquille toute sa vie : destructeur de sabots à gages. Se serait fait plus de fric que Michael Jackson.

Si Jenna avait caché quelque chose dans la voiture, cela tiendrait d'une logique assez perverse. Certes, une voiture laissée sans surveillance à Boston pendant plus de quatre ou cinq minutes perd généralement sa radiocassette et ses haut-parleurs, et, plus souvent qu'à son tour, le reste avec. Mais le marché des pièces détachées pour Chevy vieilles de quinze ans n'est plus ce qu'il était, et aucun voleur de voitures qui se respecte ne va perdre un temps précieux à s'emmerder avec le sabot. Donc, à moins qu'elle l'ait caché dans son autoradio, il y avait de bonnes chances qu'il y soit toujours. Si tant est qu'elle y avait caché quelque chose. Grand si.

Nous sommes restés assis à regarder la voiture, attendant l'obscurité. Le soleil s'était couché, mais le ciel gardait encore sa chaleur, toile beige à stries

1. Cette île, au large du Massachusetts, est une villégiature prisée des Américains fortunés, politiciens, etc. (*N.d.T.*)

orange. Quelque part derrière ou devant nous – dans un arbre, sur un toit, dans un buisson, en harmonie avec le monde urbain naturel –, Bubba était tapi, à l'affût, le regard aussi constant et vide d'émotion que les lunettes géantes qui servaient d'enseigne aux magasins T.J. Eckleburg.

Nous n'avions pas de musique parce que le Vomonstre n'a pas de radio, et j'étais à deux doigts de me flinguer. Dieu seul sait comment les gens gardaient leur santé morale avant le rock'n'roll. J'ai réfléchi à ce qu'Angie avait dit sur mes motifs, sur mon père, sur ma colère que je reportais sur Mulkern et ses potes, colère contre un monde qui avait réglé son compte à mon père avant que j'aie eu la possibilité de le faire. Si elle avait tort, nous le verrions quand nous finirions par mettre la main sur l'élément et que je le livrerais au client en échange d'un autre chèque signé, prime comprise. Si elle avait raison, ça aussi nous le verrions. Dans un cas comme dans l'autre, je n'aimais pas y penser.

À y réfléchir, il se passait beaucoup trop de choses ces derniers temps qui nécessitaient des pauses d'introspection. Je ne m'en suis jamais caché : j'adore enquêter sur les choses, tant que je n'en fais pas partie. Mais soudain, il y avait toutes ces confrontations passionnées avec des gens au cours de ma vie : Richie, Mulkern, Angie. Tout à coup, on me demandait de me situer par rapport au racisme, à la politique, et au Héros. Mes trois sujets les moins prisés. Encore beaucoup d'introspection, et je finirais par me laisser pousser une longue barbe blanche, porter un sarrau blanc peut-être, siroter un verre de ciguë en lisant *Le Criton*. Peut-être que je partirais m'installer au Tibet, que j'escaladerais une montagne avec le dalaï-lama, ou que je mettrais le cap sur Paris et ne porterais plus rien que du noir, me ferais pousser un chouette petit bouc et parlerais tout le temps jazz.

Ou peut-être que je ferais ce que je fais toujours : attendre de voir comment les choses évoluent. Fataliste jusqu'au trognon.

– Qu'est-ce que t'en penses ? a dit Angie.

Le ciel virait à l'encre, et il n'y avait pas un lampadaire en état sur des kilomètres. J'ai répondu :

– C'est l'heure d'une petite effraction.

Il n'y avait personne sur les perrons des immeubles quand nous avons descendu la colline, mais ça n'allait plus durer très longtemps, par cette humide soirée de dimanche. Ce n'était pas le type de quartier où les gens partent au Cap Cod pour le 4 juillet. Nous devions entrer, trouver ce que nous cherchions, et ressortir. En général, les gens qui n'ont pas grand-chose protègent à tout prix ce qu'ils ont. Que ce soit Bobby Rice ou une petite vieille qui appuie sur la détente, les dégâts peuvent être sacrément semblables.

Angie a sorti le fin pied-de-biche de sa veste pendant que nous approchions de la voiture et, en moins de temps qu'il n'en faut pour dire « vol qualifié », elle l'avait glissé le long de la vitre et fait sauter la serrure. Je n'avais aucune idée de la façon dont Jenna tenait sa maison – la seule fois où j'étais allé chez elle, quelqu'un m'avait précédé façon tornade –, mais sa voiture était nickel. Angie a pris la banquette arrière, elle a cherché sous les sièges et derrière, soulevé les tapis, examiné la moquette en quête de déchirures révélatrices.

J'ai fait sensiblement la même chose à l'avant. J'ai ouvert le cendrier, je l'ai trouvé plein à ras bord de mégots de Marlboro, je l'ai refermé. J'ai sorti de la boîte à gants ce qui ressemblait à des garanties, des comptes-rendus de réparation et un manuel du propriétaire, mais j'ai quand même fourré le tout dans le sac en plastique que j'avais apporté avec moi. Plus facile de tout vérifier une fois que nous serions hors d'ici. J'ai passé la main sous le tableau de bord, j'ai tâté, mais je n'ai rien trouvé de scotché en dessous. J'ai regardé s'il y avait des entailles ou des coutures défaites sur les panneaux des portières. *Nada*. J'ai dévissé le panneau de la portière côté passager ; peut-être Jenna avait-elle vu *French Connection*. Je l'ai ouvert ; peut-être ne l'avait-elle pas vu.

Angie faisait subir le même sort au panneau du côté conducteur. Lorsqu'elle l'a enlevé, elle n'a pas crié « Eurêka », et j'en ai donc conclu qu'elle n'avait pas davantage trouvé que moi. Nous pédalions joyeusement dans la semoule quand quelqu'un a dit :

– Sont-y pas mignons ?

Je me suis redressé sur le siège, la main sur mon revolver, et j'ai vu la fille qui était sur les marches la dernière fois que j'étais venu. Jerome était à côté d'elle, et ils se tenaient par la main.

– T'as rencontré Roland ? a dit Jerome.

Sans bouger, j'ai répondu :

– Pas eu ce plaisir.

Jerome a regardé Angie, il a continué d'observer, pas avec des yeux écarquillés, simplement intéressé.

– Qu'est-ce tu branles dans la voiture de sa mère, mec ?

– Je travaille.

Sa petite amie a allumé une cigarette. Elle a tiré une bouffée, recraché la fumée dans ma direction. Un épais anneau de rouge à lèvres rouge a cerclé le filtre blanc.

– C'est l'homme qu'était là quand Jenna s'est fait tuer par Curtis, a-t-elle dit.

– Je sais ça, Sheila, a répondu Jerome, qui m'a regardé. Tu es détective, exact ?

J'ai regardé de nouveau la cigarette de Sheila. Il y avait là quelque chose qui me dérangeait, mais je n'arrivais pas encore à comprendre quoi.

– Ouais, Jerome. Avec une plaque et tout.

– Vachement mieux que de travailler pour vivre.

Sheila a pris une autre bouffée de cigarette, laissant un autre anneau rouge un peu au-dessus du premier.

Angie s'est redressée sur le siège et en a allumé une aussi. Bienvenue à Cancérigène City.

J'ai regardé Sheila, puis Angie. J'ai dit :

– Ange.

– Ouais ?

– Est-ce que Jenna portait du rouge à lèvres ?

Jerome nous observait avec un sourcil dressé, les bras croisés sur la poitrine. Angie a réfléchi. Elle a tiré quelques taffes de plus sur sa cigarette, a recraché lentement la fumée.

– Ouais, a-t-elle dit. Maintenant que j'y pense. Un ton délicat, rose clair, mais ouais.

J'ai ouvert le cendrier d'un coup sec.

– Quelle sorte de cigarettes fumait-elle, tu te souviens ?

– Des légères, je crois. Des Vantage, peut-être. En tout cas des clopes à filtre blanc.

– Mais elle venait juste de recommencer, ai-je ajouté.

Je me rappelais de Jenna affirmant qu'elle ne fumait plus depuis dix ans quand les événements des dernières semaines l'avaient poussée à s'y remettre.

Les cigarettes qui étaient dans le cendrier avaient des filtres liège et pas de marques de rouge à lèvres. J'ai arraché le cendrier et je me suis élancé hors de la voiture.

– Pousse-toi une seconde, Jerome, s'il te plaît.

– Oui, bwana, tout ce que tu veux.

– J'ai dit « s'il te plaît », Jerome.

Jerome et Sheila ont reculé de deux pas. J'ai vidé le cendrier sur le trottoir.

– Hé, mec, a dit Jerome, y en a qui habitent ici.

Un éclat métallique brillait dans le tas de cendres. Je me suis penché, j'ai éparpillé les cendres, et j'ai ramassé une clé.

232

– On a ce qu'on est venus chercher, ai-je dit.

– Coolos, a dit Angie.

Et elle est sortie de la voiture.

– Félicitations, a dit Jerome. Maintenant ramasse ce merdier, mec.

J'ai calé le cendrier contre le bord du trottoir et j'ai tout remis dedans. Je l'ai posé sur le siège et je suis sorti de la voiture. J'ai dit :

– T'es O.K., Jerome.

– Merci. Rien que de savoir que je plais à des Blancs comme toi, ça fait de moi un homme complet.

J'ai souri, et nous avons regrimpé la colline.

C'était une clé de casier, numéro 506. Pouvait appartenir à une consigne de Logan Airport, ou de la gare routière Greyhound à Park Square, ou de la gare de chemin de fer Amtrak de South Station. Ou de n'importe quelle gare routière à Springfield ou à Lowell, ou dans le New Hampshire, le Connecticut, le Maine ou Dieu sait où.

– Alors ? a dit Angie. Qu'est-ce que tu veux faire ? Les vérifier tous ?

– On n'a pas tellement le choix.

– Ça fait beaucoup d'endroits.

– Regarde le bon côté des choses.

– À savoir ?

– Pense à toutes les heures sup qu'on va pouvoir se payer.

Elle m'a frappé, mais pas aussi fort que j'aurais cru.

23

Nous avons décidé de nous y mettre au matin. Il y avait beaucoup de casiers de consigne dans l'État, et nous aurions besoin de toute notre énergie ; pour le moment, nous carburions sur nos dernières réserves. Angie est rentrée chez elle et Bubba a suivi. J'ai dormi au bureau parce qu'il était plus difficile à aborder que mon appartement ; des bruits de pas dans l'église vide résonneraient comme des coups de canon.

Pendant que je dormais, un nœud de la taille d'un poing s'est frayé un chemin dans mon cou, et mes jambes, sur le lit de camp, se sont ankylosées à l'endroit où elles étaient pliées contre le mur.

Et à un moment donné, pendant que je dormais, la guerre a éclaté.

Curtis Moore fut le premier à tomber au champ d'honneur. Peu après minuit, un incendie a éclaté au bureau de l'infirmière dans la salle d'hôpital de la prison. Les deux flics de service au chevet de Curtis se sont levés pour jeter un coup d'œil. Ce n'était pas un bien grand feu : un chiffon imbibé d'alcool à quatre-vingt-dix degrés jeté dans une poubelle, une allumette balancée au milieu pour la combustion. Les deux flics et l'infirmière ont trouvé un extincteur, ils l'ont éteint, et puis il n'a pas fallu trop longtemps aux flics pour songer à la possibilité d'un motif derrière ce feu. Le temps qu'ils retournent en trombe dans la chambre, Curtis avait un trou comme la main dans la gorge, et les initiales J.A. taillées dans le front.

Trois membres des Raven Saints connurent ensuite leur minute de gloire. Après un match à Fenway Park, suivi de quelques agressions dans le métro de retour pour clore la soirée, ils sont sortis à la station Ruggles et ont eu une conversation à sens unique avec un AK-47 braqué sur eux depuis une voiture. L'un d'eux, un garçon de seize ans nommé Gerard Mullins, a reçu une rafale dans le haut des cuisses et l'abdomen, mais il n'est pas mort. Il a fait semblant de l'être, tapi dans l'obscurité, jusqu'au départ de la voiture, puis il s'est mis à ramper vers Columbus Avenue. Il était à mi-chemin entre la station de métro et le coin de l'avenue quand ils sont revenus et lui ont tracé une ligne en pointillés du bas de l'oreille à la naissance de la cheville.

Socia sortait d'un bar de South Huntington, deux de ses soldats quelques pas derrière lui, lorsque James Tyrone, un membre des Angel Avengers âgé de quinze ans, a surgi de derrière un camion en lui braquant un .45 sous le nez. Il a appuyé sur la détente et le revolver s'est enrayé, et, le temps que les gardes du corps de Socia cessent de tirer, il était au milieu de South Huntington à transformer la ligne jaune en rouge foncé.

Trois Avengers tombèrent ensuite à Franklin Park. Puis deux autres Saints reçurent leur compte assis sur un perron, à Intervale. Un autre cycle de représailles suivit celui-là, et, le temps que le soleil se lève, la pire nuit de l'histoire des gangs à Boston se soldait par vingt-six blessés, douze morts.

Mon téléphone s'est mis à sonner à huit heures. Je l'ai attrapé vers la quatrième sonnerie. J'ai dit :

– Quoi ?

– T'as entendu ? a dit Devin.

J'ai dit « non » et j'ai essayé de me recoucher.

– L'équipe père-fils préférée de Boston vient de partir en guerre.

Ma tête a roulé du lit de camp.

– Oh non.

– Oh si.

Il m'a fait le compte-rendu.

– Douze morts ? Bon Dieu.

C'était peut-être dans les normes à New York, mais ici c'était astronomique.

– Douze pour le moment, a-t-il ajouté. Il y en a cinq ou six dans un état critique qui ne tiendront sans doute pas jusqu'au 4 juillet. La vie est belle, n'est-ce pas ?

– Pourquoi tu m'appelles à huit heures du matin en me racontant ça, Dev ?

– Parce que je te veux ici dans une heure.

– Moi ? Pourquoi ?

– Parce que tu es la dernière personne à avoir parlé à Jenna Angeline, et il se trouve que quelqu'un vient de marquer ses initiales sur la tête de Curtis Moore. Parce que tu as rencontré Socia hier et que tu ne me l'as pas dit. Parce que la rumeur circule en ville que tu as quelque chose pour lequel Roland et Socia sont tous les deux prêts à tuer, et je suis fatigué d'attendre que tu me dises de quoi il s'agit par bonté de cœur. Toi, Kenzie, parce que mentir est ta seconde nature, mais c'est plus dur dans une salle d'interrogatoire. Donc radine-toi et amène ton associée.

– Je crois que je vais amener Cheswick Hartman avec moi aussi.

– Vas-y, Patrick, vas-y. Et ça me fera tellement plaisir, je te poursuivrai pour obstruction de l'action de la police et je te foutrai une nuit au trou. Le temps que Cheswick te fasse sortir, toutes les raclures des Saints et des Avengers qu'on a arrêtés hier devraient avoir une connaissance vraiment intime de ton cul.

– Je serai là dans une heure.

– Cinquante minutes. Le chrono s'est mis en route quand tu as décroché le téléphone.

Il a raccroché.

J'ai appelé Angie et je lui ai dit que je serais prêt dans vingt minutes.

Je n'ai pas appelé Cheswick.

J'ai appelé Richie à la maison, mais il était déjà au boulot. J'ai essayé là-bas.

– Qu'est-ce que tu sais ? m'a-t-il demandé.

– Rien de plus que vous autres.

– Foutaises. Ton nom n'arrête pas de revenir dans cette affaire, Patrick. Et il se passe des trucs pas clairs à la Chambre.

J'étais en train d'enfiler une chemise, mais je me suis arrêté à mi-parcours, le bras droit tendu, figé comme dans un plâtre. J'ai dit :

– Quels trucs pas clairs ?

– Le projet de loi contre le terrorisme de rue.

– Qu'est-ce qu'il a ?

– Il devait venir en discussion aujourd'hui. De bonne heure. Pour que tout le monde puisse partir au Cap pour le 4 avant les bouchons.

– Et ?

– Et il n'y a personne. La Chambre est vide. Douze mômes sont morts la nuit dernière dans des violences entre gangs, et, le lendemain matin, quand un projet de loi censé mettre un frein à tout ce merdier doit arriver en discussion, tout d'un coup ça n'intéresse plus personne.

– Faut que j'y aille.

Même si j'avais expédié le téléphone par avion à Rhode Island, j'aurais toujours entendu sa voix :

– Tu sais quoi, bordel ?

– *Nada*. Faut que je file.

– Plus de faveurs, Patrick. C'est fini.

– J'adore quand tu me grondes, ai-je dit.

Et j'ai raccroché.

J'attendais devant l'église quand Angie s'est arrêtée dans cette chose marron qu'elle appelle une voiture. Le week-end et les jours fériés, Phil n'en a pas besoin : il fait le plein de Budweiser, s'installe dans son fauteuil et regarde ce qui passe à la télé. Qui a besoin d'une voiture quand Gillighan n'a même pas encore quitté son île [1] ? Angie la prend toutes les fois qu'elle peut, comme ça elle peut écouter ses cassettes à elle ; elle prétend aussi que je suis nul comme conducteur au volant du Vomonstre parce que je me fiche de ce qu'il lui arrive. Ce n'est pas entièrement vrai ; ça ne me serait pas égal s'il lui arrivait quelque chose et j'aimerais recevoir un peu d'argent de l'assurance si jamais ça se produisait.

Le trajet jusqu'à Berkeley Street prit moins de dix minutes. La ville était vide. Ceux qui étaient allés au Cap Cod étaient partis le jeudi ou le vendredi. Ceux qui allaient à l'Esplanade pour le concert et le feu d'artifice du lendemain n'avaient pas encore planté leurs tentes. Tout le monde avait pris la journée. Pendant le trajet, nous avons vu une chose qu'il est donné à peu de Bostoniens de voir : des places de parking. À chacune, je lui demandais de s'arrêter, de se garer et de ressortir, rien que pour voir l'effet que ça faisait.

À Upper Berkeley, près du quartier général de la police, c'était différent. Tout le pâté de maisons était encerclé par des barrières de police. Un agent bien en chair nous a fait signe de faire le tour. Nous

---

1. Référence à la série télé de la fin des années 50, *Gillighan's Island*. (*N.d.T.*)

238

avons aperçu des fourgonnettes surmontées d'antennes paraboliques, des câbles qui traversaient la rue comme des pythons obèses, des camions blancs de la télé rangés le long du trottoir, et les Crown Victoria noires des grosses huiles de la police stationnées en triple file.

Nous avons tourné dans St. James et nous nous sommes garés sans trop de peine, puis nous avons gagné à pied la porte arrière du bâtiment. Un jeune flic noir se tenait devant la porte, les mains croisées dans le dos, les jambes écartées, dans une posture militaire. Il nous a jeté un coup d'œil :

– Pour la presse, c'est la porte de devant.

– Nous ne sommes pas journalistes. (Nous avons établi nos identités.) Nous avons rendez-vous avec l'inspecteur Amronklin.

Le flic a hoché la tête.

– Vous montez cet escalier. Quatrième étage, tournez à droite. Vous le verrez.

De fait. Il était assis sur une table au bout d'un long couloir avec son partenaire, Oscar Lee. Oscar est costaud et noir, et tout aussi mauvais que Devin. Il parle un peu moins mais boit tout autant. Ils sont partenaires depuis si longtemps qu'ils ont été jusqu'à divorcer le même jour. Chacun a pris une balle à la place de l'autre, et gratter ne fût-ce que la surface de leur relation serait aussi facile qu'attaquer un parpaing à la cuiller en plastique. Ils nous ont remarqués en même temps, ont relevé la tête, et ont rivé leurs yeux fatigués sur nous tout le temps que nous avancions le long du couloir. Ils avaient des gueules de déterrés, l'air crevé, de mauvais poil, prêts à piétiner quiconque ne leur donnerait pas ce qu'ils voulaient. Ils avaient tous les deux des taches de sang sur leurs chemises et un café à la main.

Nous sommes entrés dans le bureau, et j'ai dit « Hé ».

239

Ils ont hoché la tête. Encore un degré de ressemblance, et ils seraient rattachés par les hanches.

– Asseyez-vous, les gars, a dit Oscar.

Il y avait une table de jeu rayée au milieu de la pièce, avec un téléphone et un magnétophone dessus. Nous avons pris place sur le côté le plus proche du mur, et Devin s'est assis à ma droite, tandis qu'Oscar s'asseyait à la gauche d'Angie, à côté du magnétophone. Devin s'est allumé une cigarette et Oscar a mis l'appareil en route. Une voix a dit : « Enregistrement copié le 6 août 1993. Inscrit sous le numéro de code-barre 5756798. Salle des scellés, quartier général de la police de Boston, neuvième circonscription, 154, Berkeley Street. »

– Monte un peu le son, a dit Devin.

Oscar a obéi, et il y a eu quinze ou vingt secondes de blanc, puis un grondement sourd et plein de bruits métalliques, comme si une dizaine de dîneurs étaient tous en train d'entrechoquer leurs couverts. Il y avait aussi de l'eau qui gouttait quelque part, dans cet endroit. Une voix a dit : « Taille encore un peu dedans. »

Devin m'a regardé.

On aurait dit la voix de Socia.

Une autre voix :

– Où ?

– J'en ai à branler ? Sois inventif. Ce genou a l'air sensible.

Il y a eu un moment où le seul son était l'eau qui gouttait puis quelqu'un a hurlé, un cri long, fort, perçant.

Socia a ri.

– Je m'occupe d'un de tes yeux ensuite, a-t-il dit, alors pourquoi tu me le dis pas pour en finir ?

L'autre voix :

– Pour en finir. Il déconne pas, Anton.

– Je déconne pas, Anton. Tu le sais.

Un bruit assourdi, chuintant. Des pleurs.

Socia :

– Trop de larmes qui sortent de cet œil. Enlève-le.

Je me suis redressé dans ma chaise.

L'autre voix a dit :

– Quoi ?

Socia :

– J'bégaie ? Enlève-le.

Il y a eu un bruit mou, désagréable, un bruit de chaussure dans de la gadoue.

Et puis le hurlement. Incroyablement aigu, un mélange de douleur atroce et d'incrédulité horrifiée.

Socia :

– Il est par terre devant toi, Anton. Donne-moi le nom, bordel. Qui t'a retourné ?

Le hurlement n'avait pas encore cessé. Il était sonore, net et constant.

– Qui t'a retourné ? Arrête de hurler.

Un bruit cinglant de chair contre de la chair. Le hurlement a grimpé encore plus haut dans les aigus.

– Qui t'a retourné, nom de Dieu ?

Le hurlement contenait du défi, c'était un cri de colère.

– Qui t'a... et puis merde ! Arrache l'autre. Non, pas avec ça. Va chercher une putain de cuiller, mec.

Il y a eu un bruit de pas feutrés, qui crissaient un peu en s'éloignant de l'endroit où devait se trouver le micro.

Le hurlement s'est changé en gémissement.

Socia, murmurant doucement :

– Qui t'a retourné, Anton ? Ce sera vite fini, dès que tu m'auras dit.

Le gémissement a piaillé quelque chose d'inintelligible.

Socia a dit :

– Je te promets. Tout sera fini dès que tu m'auras dit. Tu mourras vite et sans souffrir.

Des sanglots hachés, une respiration entrecoupée, haletante, des pleurs continus pendant plus d'une minute.

– Allez, vas-y. Dis-le-moi.

Au milieu des sanglots est sorti :

– Nan. Nan, je...

– Passe-moi cette putain de cuiller.

– Devin ! Le flic ! Devin !

On aurait dit qu'on lui arrachait les mots d'un trou dans le corps.

Devin a tendu le bras et éteint le magnéto. Je me suis rendu compte que j'étais tout raide, à moitié hors de mon siège, le dos arqué. J'ai regardé Angie. Sa peau était blême, ses poings crispés sur les bras du fauteuil.

Oscar fixait des yeux le plafond, l'air de s'ennuyer.

– Anton Meriweather, a-t-il dit. Seize ans. Devin et moi, on en avait fait notre indic en décembre, et il nous informait sur Socia. C'était un soldat des Saints. Oh ouais, il est mort.

J'ai dit :

– Vous avez cette bande magnétique. Pourquoi Socia circule encore ?

Devin a répondu :

– Tu as jamais vu un jury essayer de se prononcer sur une identification de voix ? Tu as jamais vu le nombre de personnes qu'un avocat de la défense peut trouver qui aient exactement la même voix que le mec sur la bande ? Est-ce que tu as entendu quelqu'un appeler Socia par son nom sur cette bande ?

J'ai secoué négativement la tête.

– Je veux juste que vous sachiez à qui vous avez affaire, les enfants. Une fois qu'Anton a donné mon nom, ils l'ont travaillé pendant encore quatre-vingt-dix minutes. Quatre-vingt-dix minutes. Ça fait long pour rester en vie quand tu as l'œil arraché. Quand on l'a trouvé, trois jours plus tard, je l'ai pas reconnu. Sa mère non plus. On a dû faire un examen dentaire rien que pour être sûr que c'était bien Anton.

Angie s'est éclairci la gorge.

– Comment avez-vous eu cet enregistrement ?

– Anton l'avait sur lui, a dit Oscar. Entre les jambes. Il savait qu'il avait tout sur la bande, il lui suffisait de prononcer le nom de Socia, mais son cerveau s'est figé, et il a oublié. C'est la douleur qui fait ça. (Il a regardé Devin, puis m'a regardé de nouveau.) Monsieur Kenzie, je ne vais pas essayer de la jouer gentil flic / méchant flic, mais Devin est un ami à vous, et moi pas. Anton, par contre, je l'aimais vachement. Alors je veux savoir ce que vous savez sur les trucs qui se passent et je veux le savoir maintenant. Vous trouvez un moyen de le faire sans compromettre vos clients, ça me va. Mais si vous ne trouvez pas de moyen, vous allez me le dire quand même. Parce qu'on en a assez de ramasser des corps dans la rue.

Je voulais bien le croire.

– Posez les questions, ai-je dit.

– De quoi avez-vous parlé Socia et toi hier ? a demandé Devin.

– Il croit que j'ai des éléments à charge contre lui, des trucs que Jenna Angeline m'aurait donnés. Il veut échanger ma vie contre eux. Je lui ai dit que si je mourais, lui aussi.

– Avec les compliments de Bubba Rugowski, a dit Oscar.

J'ai légèrement dressé les sourcils, puis j'ai opiné.

– Quel genre d'éléments as-tu contre Socia ? m'a demandé Devin.

– Rien...

– Tu te fous de nous ! a coupé Oscar.

– J'me fous pas de vous. Je n'ai rien qui puisse le faire déclarer coupable, ne fût-ce que d'avoir traversé en dehors des passages cloutés.

Angie a dit :

– Jenna Angeline nous a promis qu'il y avait des choses auxquelles *elle* avait accès, mais elle est morte avant d'avoir pu nous dire ce que c'était et où c'était.

– La rumeur dans la rue est que Jenna t'a donné quelque chose juste avant que Curtis Moore lui fasse sauter le caisson.

J'ai regardé Angie, qui a hoché la tête. J'ai plongé la main dans ma veste et j'en ai sorti une autre photocopie du cliché. Je l'ai passée à Devin :

– C'est ça qu'elle m'a donné.

Devin l'a regardée, il a examiné Paulson, l'a balancée à Oscar :

– Où est le reste ?

– C'est tout ce qu'il y a.

Oscar l'a regardée, il a regardé Devin. Il a hoché la tête, il m'a regardé.

– T'embrouilles les mauvaises personnes, a-t-il dit. On va coller ton petit cul en prison.

– C'est tout ce que j'ai.

Il a asséné une paluche d'ours sur la table :

– Où est l'original ? Où sont les autres ?

– Je ne sais pas où sont les autres, et j'ai l'original, ai-je dit. Et je ne le donne pas. Jetez-moi en prison. Collez-moi dans une cellule avec deux ou trois Saints. N'importe quoi. Je m'en fiche. Parce que j'ai bien plus de chance de rester en vie dans ce trou avec cette photo cachée quelque part que dehors dans la rue sans elle.

– Tu ne crois pas que nous puissions te protéger ? a dit Devin.

– Non, les mecs, je ne crois pas que vous puissiez me protéger. Je n'ai rien sur Socia, mais lui croit

244

que si. Tant qu'il croira ça, je respire. Dès qu'il se rendra compte que je bluffe, il va jouer les rattrapages pour Curtis Moore, et je finirai comme Anton.

J'ai pensé à Anton et j'ai eu une bouffée de nausée.

– Socia en a trop sur les bras en ce moment pour s'inquiéter de toi.

– C'est censé me réconforter ? Quoi, j'ai une semaine de bonheur ou deux avant qu'il se remette à jour et qu'il se souvienne de moi ? Pas question. Vous voulez savoir ce que je pense de tout ça ou vous préférez continuer à vous mordre la queue ?

Ils se sont regardés, communiquant comme seuls peuvent le faire des types comme eux.

– D'accord, a dit Devin. Dis-nous ce qui se passe à ton avis.

– Entre Socia et Roland, je n'en ai pas la moindre idée. Honnêtement.

J'ai pris la photocopie de la table, et je l'ai levée de façon qu'ils puissent la voir.

– Mais je sais que le projet de loi contre le terrorisme de rue était censé arriver en discussion au Sénat ce matin.

– Et alors ?

– Alors, ça ne s'est pas fait. Pile aujourd'hui, avec tout ce qui s'est passé, ils font tous comme si le problème avait soudainement disparu.

Devin a regardé la photocopie, il a dressé le sourcil. Il a attrapé le téléphone devant lui, a appuyé sur quelques touches, a attendu.

– Passez-moi le contrôleur général Willis, police de la Chambre.

Il a tambouriné des doigts sur la table, a regardé la photocopie. Il a tendu le bras, me l'a retirée des mains, l'a placée devant lui, et l'a examinée encore. Nous autres n'avions rien de mieux à faire, alors nous l'avons regardé.

– John ? C'est Devin Amronklin... Ouais, je suis débordé... Hein ?... Ouais, je crois qu'il y en aura plus. Beaucoup plus... Écoute, John... j'ai besoin de te demander quelque chose. Y a des politiques qui sont venus aujourd'hui ? (Il a écouté.) Bon, le gouv, bien sûr. Qu'est-ce qu'il va faire d'autre ? Et... ouais, ouais. Mais, ce projet de loi qu'ils étaient cens... Hum-hum... Et qui c'était ?... Bien sûr, prends ton temps. (Il a laissé le combiné retomber sur son cou et s'est remis à pianoter. Il l'a porté de nouveau à l'oreille.) Ouais, je suis là... O.K., John. Merci beaucoup. Non, rien, vraiment. Je me demandais juste. Encore merci.

Il nous a regardés tous les trois.

– Vendredi, a-t-il dit, quelqu'un a proposé qu'ils profitent tous du long week-end comme tout le monde.

– Qui était ce quelqu'un ? a demandé Angie.

Devin a tapoté la photocopie :

– Un certain sénateur Brian Paulson. Ça vous dit quelque chose ?

Je lui ai répondu par un regard.

– Pas de caméras ni de micros dans les murs, a-t-il dit.

J'ai jeté un coup d'œil à la photocopie :

– Je ne peux pas divulguer le nom de mes clients.

Devin a hoché la tête. Oscar a souri. Ça leur plaisait. Je venais de leur dire exactement ce qu'ils voulaient savoir. Devin a dit :

– C'est un gros truc, hein ?

J'ai haussé les épaules. Une autre confirmation.

Devin a regardé Oscar :

– Tu as autre chose ?

Oscar a secoué la tête. Ses yeux brillaient.

– Raccompagnons-les en bas, a dit Devin. Ça te paraît bien, inspecteur Lee ?

Quand nous sommes sortis par la porte arrière, Devin a dit au jeune flic d'aller prendre un café. Il a serré la main d'Angie, puis la mienne.

– Ça dépend jusqu'où ça remonte, a-t-il dit, mais on pourrait perdre nos insignes sur ce coup.

– Je sais, ai-je dit.

Devin a jeté un coup d'œil derrière le bâtiment.

– S'en prendre à la mairie, c'est une chose, à la Chambre, c'en est une tout autre.

J'ai hoché la tête.

Oscar a dit « Vine » et il a regardé Devin.

Devin a soupiré :

– Nan, tu crois ?

Angie a demandé :

– Vine ?

– Chris Vine, a dit Oscar. Un flic qui était aux Mœurs, il y a quelques années. Il a juré qu'il avait un élément à charge contre un sénateur, en sous-entendant que ça remontait plus haut que ça.

– Qu'est-ce qui s'est passé ? ai-je demandé.

– Quelqu'un a trouvé deux kilos d'héroïne dans son casier, a dit Devin.

– Une boîte de seringues aussi, a ajouté Oscar.

Devin a hoché la tête :

– Quelques semaines plus tard, Vine a bouffé son flingue.

Oscar a de nouveau regardé Devin. Ils avaient tous deux quelque chose d'inhabituel dans le regard. Peut-être que c'était de la peur. Oscar a dit :

– Faites attention, vous deux. On vous contactera.

– Entendu.

– Si tu es encore proche de Richie Colgan, a dit Devin, je dirais que ça pourrait être l'occasion de faire appel à lui maintenant.

– Pas tout à fait encore.

Oscar et Devin se sont regardés de nouveau, et ils ont poussé de gros soupirs bruyants. Oscar a levé les yeux vers le ciel :

– Il va pas tarder à pleuvoir des merdes quelque chose de sérieux.

– Et on est tous les quatre sans parapluie, a dit Angie.

Nous avons tous gloussé. Brièvement, cependant. Un rire de veillée mortuaire.

24

Nous avons descendu Boylston jusqu'à Arlington, et fait le tour du pâté de maisons pour rejoindre la gare routière Greyhound. Nous avons pataugé dans une mer apathique de putes, macs, escrocs et autres cas désespérés avant de trouver le damier de métal vert foncé des casiers de consigne. Le numéro 506 était en haut de sa rangée et j'ai dû me hisser un peu pour essayer la clé.

Elle n'entrait pas. Et un endroit de moins.

Nous en avons essayé quelques autres plus petits. Rien.

Nous sommes partis pour l'aéroport. Logan Airport a cinq terminaux, qui portent des lettres de *A* à *E*. *A* n'avait pas de 506. Le terminal B n'avait pas de consigne. *C* n'avait pas de 506 aux Arrivées. Nous nous sommes dirigés vers les Départs. Comme le reste de la ville, l'endroit était déserté ; le sol ciré, encore impeccable et luisant, reflétait la lumière vive des néons du plafond. Nous avons trouvé le 506, retenu notre respiration, et soufflé quand la clé a refusé d'entrer.

Pareil à *D* et à *E*.

Nous avons essayé quelques consignes à East Boston, Chelsea, Revere : *nada*.

Nous nous sommes arrêtés à une sandwicherie, à Everett, et nous sommes assis près de la fenêtre. La matinée avait pris fin et le ciel s'était épaissi en un gris de papier journal humide. Il n'était pas spécialement nuageux, juste résolument sans soleil. Une Mustang rouge s'est rangée de l'autre côté de la rue, et le conducteur a regardé dans le magasin de disques en face de lui, attendant sans doute un ami.

– Tu crois que c'est le seul ? a dit Angie.

J'ai secoué la tête, avalé une bouchée de rosbif.

– C'est le meneur.

Nous l'avons tous les deux considéré. Il était garé une bonne quarantaine de mètres plus bas, le crâne noir et fin, rasé de très près pour un aspect brillant. Pas de lunettes cette fois-ci. Il ne voulait sans doute pas de quelque chose qui lui bouche la vue quand il me tirerait dessus.

– À ton avis où est Bubba ? ai-je demandé.

– Si on pouvait le voir, il ne ferait pas son boulot.

J'ai acquiescé de la tête.

– Quand même, ce serait bien s'il envoyait un signal lumineux de temps en temps, ne fût-ce que pour ma tranquillité d'esprit.

– Il *est* ta tranquillité d'esprit, Skid.

Difficile de discuter avec la vérité.

Nous avons remorqué la Mustang, *via* Somerville, puis sur la 93, en direction du centre. Nous sommes sortis à South Station et nous nous sommes garés dans Summer Street. La Mustang a continué en se joignant au flot des voitures qui passaient devant la poste. Elle a tourné à droite, et nous sommes sortis de la voiture, et avons marché vers l'entrée principale de la gare.

Avant, South Station ressemblait à un superbe décor de films de gangsters. Elle est immense, avec d'énormes plafonds de cathédrale et des sols en dalles de marbre qui semblent se prolonger à l'infini. Avant, tout cet espace n'était interrompu que par un kiosque à journaux en bois, un stand de cireur de chaussures et quelques bancs circulaires en acajou foncé, immenses et à double rangée, de vraies fontaines humaines. C'était l'endroit idéal pour se promener en costume de laine bleu pastel et feutre assorti, s'asseoir et regarder les gens de derrière un journal. Puis vinrent les temps difficiles, les temps oubliés, et le marbre est devenu marron et s'est couvert de marques, le kiosque a eu besoin d'être repeint ou démoli, et le stand du cireur de chaussures a entièrement disparu. Ensuite, il y a quelques années, rénovation. Maintenant, il y a une pizzeria-hot dogs avec un néon jaune, un *Au Bon Pain* avec des parasols Cinzano et des tables en fer forgé noir, et un nouveau kiosque à journaux qui ressemble à un croisement entre un bar chichiteux et une librairie. L'endroit tout entier paraît plus petit, les teintes sombres et maussades qui se pressaient entre des rais de soleil tamisé ont été remplacées par des lumières aveuglantes et une ambiance de bonheur feint. Vous pouvez dépenser tout l'argent que vous voulez sur l'ambiance, ça ne changera pas le fait qu'une gare est un lieu où les gens attendent, en général sans grande allégresse, qu'un train vienne les emporter.

La consigne est au fond, près des toilettes. Tandis que nous nous y dirigions, un vieux type avec des cheveux blancs et raides, et une sono en guise de cordes vocales, a annoncé : « Ambassador à destination de Providence, Hartford, New Haven et New York, voie trente-deux ; les passagers sont priés de gagner leurs places. » S'il avait eu un mégaphone, ce petit crétin, je perdais l'oreille.

Nous avons suivi un couloir sombre, et sommes entrés dans le passé. Pas de néons aveuglants, pas

251

de plantes vertes, rien que du marbre et de faibles lampes jaunes qui n'étaient guère éloignées de la bougie. Nous avons inspecté les rangées de casiers dans la semi-obscurité en essayant de distinguer les numéros de laiton usé, jusqu'au moment où Angie a dit « Voilà ».

J'ai tapoté mes poches :

– C'est toi qui as la clé, hein ?

Elle m'a regardé :

– Patrick.

– Quel est le dernier endroit où on s'en est servi ?

– Patrick, a-t-elle répété.

Seulement, cette fois-ci, elle avait les dents serrées.

J'ai levé la clé en l'air :

– Bon sang, tu ne comprends plus la plaisanterie.

Elle me l'a arrachée de la main, l'a glissée dans la serrure et l'a fait tourner.

Je crois qu'elle a été plus surprise que moi.

Le sac, à l'intérieur, était en plastique bleu. Le mot « Gap » était tracé en lettres blanches au milieu. Angie me l'a tendu. Léger. Nous avons de nouveau regardé dans le casier, passé la main à l'intérieur. Rien d'autre. Angie a laissé la porte de métal claquer derrière nous, et je tenais le sac dans la main gauche quand nous avons redescendu le couloir. D'un pas franchement alerte. Jour de paie.

Ou jour des comptes, question de perspective.

Le môme au crâne rasé qui conduisait la Mustang s'approchait rapidement en traversant le hall dans notre direction. Il nous a vus, ça l'a surpris, et il a commencé de faire demi-tour. Il a alors remarqué le sac. Brillante idée de ma part, de ne pas l'avoir mis sous mon trench. Crâne rasé a levé la main droite au-dessus de la tête et plongé la gauche sous sa veste de survêtement.

Deux mômes se sont écartés du coin du comptoir de *Au Bon Pain*, et un autre – un gars, plus vieux

252

qu'eux trois – a avancé nonchalamment vers nous en venant de la gauche, près de l'entrée.

Crâne rasé avait dégagé son revolver, il le tenait contre sa jambe, avançant d'un pas naturel, sans nous quitter un instant des yeux. Le hall de gare était bondé ; entre Crâne rasé et nous, les gens, ne remarquant rien, ramassaient leurs gobelets de café, leurs journaux et leurs bagages, et se dirigeaient vers la voie. Crâne rasé commençait à sourire, la foule et vingt mètres représentaient tout ce qu'il restait entre nous. Je tenais mon revolver avec le sac devant. Angie avait fourré sa main dans sa poche, et nous avancions tous les deux à pas mesurés, au milieu des flots de gens qui passaient en nous bousculant de temps à autre. Crâne rasé se déplaçait tout aussi lentement, mais avec assurance, comme si tous ses mouvements avaient été chorégraphiés. Son sourire était immense, un sourire de mec qui se défonce à l'adrénaline, qui pompe son carburant dans la tension. Quinze mètres entre nous maintenant, et Crâne rasé qui commence à se balancer juste un peu vers l'avant en marchant, qui s'éclate à faire ça.

Alors Bubba est sorti de la foule et lui a fait sauter l'arrière de la tête avec un fusil à pompe.

Le môme a volé en l'air, les bras grands ouverts, le buste tendu en un saut de l'ange, et il est retombé face contre terre. La foule a explosé, s'est dispersée sur le sol de marbre, les gens se rentraient dedans, sans vraiment savoir où aller à part s'éloigner autant que possible du cadavre, comme des pigeons sans ailes, trébuchant, glissant sur le marbre, essayant de se relever avant de se faire piétiner.

Le type à notre gauche a braqué un Uzi droit sur nous en travers du hall, d'une seule main, et nous sommes tombés à genoux au moment où l'arme se mettait à cracher des balles, qui arrachaient des bouts de mur derrière nous en ricochant. Le fusil à

253

pompe de Bubba est parti de nouveau, et le type a sauté en l'air comme s'il venait de tirer la poignée d'ouverture d'un parachute. Il a volé en arrière dans une fenêtre, mais seule la moitié de la vitre a éclaté. Le type est resté suspendu, à moitié dedans, à moitié dehors, pris dans une toile d'araignée en verre.

J'ai visé les deux autres mômes pendant que Bubba éjectait les cartouches usées et en fourrait deux nouvelles dans le magasin. J'ai pressé trois fois sur la détente, et les mômes ont plongé dans une mêlée de tables en fer noires. Il était impossible de viser avec la foule au milieu, alors Angie et moi avons tiré sur les tables, et les balles ont ricoché contre les pieds en fer noirs. Un des mômes a roulé sur le dos quand Bubba s'est tourné dans sa direction. Il a fait feu avec un .357, et la balle a atteint Bubba en haut de la poitrine. Le fusil à pompe a fracassé la vitre deux mètres au-dessus de leurs têtes, et Bubba est tombé.

Une voiture de patrouille est arrivée d'Atlantic, a grimpé direct sur le trottoir et s'est arrêtée au ras des portes de verre. Ce qu'il restait de la foule semblait être revenu à la raison d'un seul coup ; tout le monde était couché à plat ventre sur le marbre et se protégeait la tête avec les mains, les bagages fournissant un abri supplémentaire, comme des murs de soutènement en cuir. Les deux mômes ont trébuché entre les tables et sont partis vers les voies en nous tirant dessus depuis l'autre côté des fenêtres.

J'ai commencé d'avancer vers le milieu du hall, vers Bubba, mais une deuxième voiture de police a mordu le trottoir, et s'est arrêtée en dérapant. Les deux premiers flics étaient déjà à l'intérieur et tiraillaient sur les deux mômes près des voies. Angie m'a attrapé par le bras, et nous avons couru vers le couloir. La vitre à ma gauche s'est fracassée et elle est tombée de la fenêtre en une cascade blanche. Les flics se rapprochaient, ils tiraient avec précision maintenant, tandis que les deux mômes se bousculaient en essayant de nous viser. Juste avant que nous atteignions le couloir, l'un des deux a brusquement tournoyé comme une toupie et s'est assis. Il avait l'air dérouté, et il tombait du verre autour de lui comme de la neige.

Angie a donné un coup de pied dans l'alarme de la porte de derrière, et le rugissement de la sirène a rempli le hall, lançant son appel chevrotant dans la rue tandis que nous courions derrière une rangée de camions vers le coin de la rue. Nous avons traversé au milieu des voitures, et fait le tour du pâté de maisons, puis nous sommes revenus en trombe sur Atlantic. Nous nous sommes arrêtés à l'angle, avons repris notre souffle, puis l'avons retenu en voyant deux autres voitures de patrouille passer en fonçant devant nous. Nous avons attendu le feu, le visage dégoulinant de sueur. Quand il est passé au rouge, nous avons traversé Atlantic en courant, franchi l'arche du dragon rouge et plongé dans Chinatown. Nous avons remonté Beach Street en passant devant quelques hommes en train d'étaler leur poisson sur de la glace, devant une femme, à l'arrière d'une minuscule plate-forme de chargement, qui balançait un tonneau d'eau fétide, devant un vieux couple de Vietnamiens qui portaient encore leurs habits du temps de l'occupation française. Un petit gars en chemise blanche se disputait avec un camionneur italien bien en chair. Le camionneur ne cessait de répéter : « C'est tous les jours la même chose. Parle anglais, bordel » ; et le petit gars disait : « Pas parler anglais. Tu veux beaucoup tlop cher, boldel. » Quand nous sommes passés, le camionneur disait : « Ben voilà ! " tlop cher, boldel ", ça, je comprends. » Le petit gars avait l'air prêt à le flinguer.

Nous avons attrapé un taxi au coin de Beach et d'Harrison, et dit au chauffeur iranien où nous voulions aller. Il nous a regardés dans le rétroviseur :

– Dure journée ?

Peu importe où vous êtes, « dure journée » et « tlop cher, boldel » semblent faire partie du langage universel. Je l'ai regardé et j'ai hoché la tête :

– Dure journée.

Il a haussé les épaules.

– Moi aussi, a-t-il fait.

Et il s'est engagé dans la bretelle de l'autoroute.

Angie a posé la tête sur mon épaule. Elle a dit :

– Et Bubba ?

Sa voix était rauque et voilée.

– Je ne sais pas.

J'ai regardé le sac Gap sur mes genoux.

Elle m'a pris la main et j'ai serré très fort.

25

J'étais assis sur le premier banc à Saint-Bart et je regardais Angie allumer un cierge pour Bubba. Elle est restée debout un moment, protégeant la flamme jaune avec sa main le temps que celle-ci se gorge d'oxygène. Puis elle s'est agenouillée, et a courbé la tête.

J'ai commencé à incliner la mienne, puis je me suis arrêté à mi-chemin, coincé au milieu comme toujours.

Je crois en Dieu. Peut-être pas le Dieu catholique ni même le Dieu chrétien parce que j'ai du mal à voir un Dieu qui serait élitiste. J'ai aussi du mal à croire que quelque chose qui a créé la forêt tropicale humide, des océans et un univers infini créerait, dans le même processus, quelque chose d'aussi contre nature qu'une humanité à son image. Je crois en Dieu, mais non comme un il ou une elle ou un ça, plutôt comme quelque chose qui défie ma capacité à conceptualiser au sein des systèmes de références plutôt piètres dont je dispose.

Ça fait longtemps que j'ai arrêté de prier – ou de courber la tête, d'ailleurs –, depuis l'époque où mes prières se sont changées en psalmodies implorant à mi-voix le décès du Héros ainsi que le courage nécessaire pour y être mêlé. Je n'ai jamais reçu le courage, quant au décès il s'est produit lentement, et j'y ai assisté du fond d'un impuissant magma d'émotions. Après, le monde a continué de tourner, et tout contrat entre Dieu et moi-même avait été rompu, inhumé dans le trou avec mon père.

Angie s'est relevée, elle s'est signée et elle est descendue du chœur recouvert de moquette. Elle est restée debout près du banc, les yeux sur le sac Gap posé à côté de moi, et elle a attendu.

Bubba était mort, mourant ou grièvement blessé à cause de ce sac à l'aspect inoffensif. Jenna était morte elle aussi. De même Curtis Moore, deux ou trois types à la gare Amtrak et douze mômes des rues, anonymes, qui avaient dû se sentir morts depuis déjà longtemps. D'ici que tout cela soit fini, Socia ou moi rejoindrions ces statistiques. Peut-être tous les deux. Peut-être Angie. Peut-être Roland.

Beaucoup de douleur dans un sac plastique si simple.

– Ils seront bientôt là, a dit Angie. Ouvre-le.

« Ils », c'était la police. Il n'allait pas falloir long-temps à Devin et Oscar pour identifier l'Homme blanc non identifié et la Femme blanche non identi-fiée qui s'étaient expliqués à coup de pétard avec des membres de gangs à la gare de chemin de fer, aidés par un trafiquant d'armes notoire du nom de Bubba Rogowski.

J'ai desserré la ficelle du haut du sac, j'y ai plongé la main et je l'ai refermée sur un dossier, épais peut-être d'un demi-centimètre. Je l'ai sorti et l'ai ouvert. Encore des photos.

Je me suis levé et je les ai étalées sur le banc. Il y en avait vingt et une en tout, morcelées par les triangles d'ombre et de lumière qui tombaient des vitraux. Pas une seule ne contenait quoi que ce soit que j'aie envie de regarder ; toutes contenaient des choses qu'il me fallait regarder.

Elles provenaient du même appareil et du même lieu que la photo que Jenna m'avait donnée. Paulson figurait sur la plupart, Socia sur quelques-unes. La même chambre de motel dégueulasse, le même grain, le même angle de prise de vue en plongée, tout cela m'amenant à supposer qu'elles étaient tirées d'une bande vidéo, enregistrée par une caméra sans doute placée à deux mètres cinquante ou trois de hauteur, peut-être derrière un miroir sans tain.

Dans la plupart des photos, Paulson avait enlevé son slip, mais gardé ses chaussettes noires. Il semblait prendre du bon temps sur les petits lits jumeaux, aux draps déchirés et tachés.

On ne pouvait pas en dire autant de l'autre personne sur l'un des lits. L'objet de l'affection de Paulson – si on peut appeler ça comme ça – était un enfant. Un jeune garçon noir, extrêmement maigre, qui ne pouvait avoir plus de dix ou onze ans. Il ne portait pas de chaussettes. Il ne portait rien du tout. Il ne semblait pas s'amuser autant que Paulson.

Il semblait souffrir énormément.

Seize des vingt et une photographies montraient l'acte sexuel lui-même. Dans certaines de celles-ci, Socia apparaissait, incliné, dans le champ de la photo, pour donner ce qui semblait être des directives. Sur l'une d'elles, la main de Socia attrapait par-derrière la tête de l'enfant et la tirait brutalement en arrière vers la poitrine de Paulson, comme un cavalier qui serre la bride à un cheval. Paulson, les yeux vitreux, les lèvres serrées par le plaisir, ne semblait pas être gêné ni même remarquer.

L'enfant, ça semblait le gêner.

Sur les cinq photos restantes, quatre montraient Paulson et Socia en train de boire un liquide foncé dans des verres à dents et de tailler une bavette, adossés à la commode, de se payer du sacré bon temps. Sur l'une d'elles, on voyait la jambe mince du garçon, juste un peu floue, prise dans les draps crasseux.

– Oh, mon Dieu, a dit Angie d'une voix cassée, aiguë, qui semblait émaner de quelqu'un d'autre.

Elle se mordait les articulations de la main droite, et la peau blêmissait en se plissant. Les larmes lui sont montées aux yeux. L'atmosphère chaude et solennelle de l'église m'a enveloppé un instant, pesant sur ma poitrine en me laissant légèrement étourdi. J'ai de nouveau baissé les yeux vers les photographies, et la nausée a fait des remous au contact des parois de mon estomac.

Je me suis forcé à regarder les photos, à maintenir les yeux dessus, et mon regard a été rapidement attiré vers la vingt et unième, à la façon dont il aurait dérivé vers une flamme unique au coin d'un écran sombre et s'y serait arrêté. C'était la photographie, je le savais, qui s'était déjà tracé un chemin dans mes rêves et mes ombres, dans cette partie de mon esprit sur laquelle je n'ai aucun contrôle. Son image reviendrait dans sa cruauté gratuite pour le restant de ma vie, en particulier quand je m'y attendrais le moins. Elle n'avait pas été prise pendant l'acte, mais après. Le garçon était assis sur le lit, découvert, absent, et ses yeux prenaient l'image spectrale de ce qu'il avait déjà cessé d'être. Dans ces yeux, il y avait l'empreinte flétrie de l'espoir défunt et il y avait une porte fermée. C'étaient les yeux d'un cerveau et d'une âme qui s'étaient effondrés sous le poids d'une surcharge sensorielle. Les yeux d'un mort vivant, de quelqu'un qui n'a plus conscience de sa perte, de sa nudité.

J'ai remis les photos en tas et j'ai refermé la chemise. L'engourdissement s'installait déjà, figeant le flot d'horreur et de confusion. J'ai regardé Angie, vu que le même processus se déroulait en elle. Les

260

tremblements avaient cessé, et elle se tenait parfaitement immobile. Ce n'était pas un sentiment agréable, c'était peut-être nuisible à long terme, mais pour le moment c'était absolument nécessaire.

Angie a relevé la tête, les yeux rouges mais secs. Elle a désigné du doigt le dossier :

– Quoi qu'il arrive, on les fait tomber.

J'ai hoché la tête :

– Ça va pas être facile de les avoir.

Elle a haussé les épaules et s'est appuyée aux fonts baptismaux.

– Oh bon, a-t-elle dit.

J'ai sorti une photo du dossier, une qui montrait l'acte – le garçon, Socia, le corps de Paulson, mais pas sa tête. Socia était peut-être à Devin, mais Paulson était à moi. J'ai emporté le reste du dossier dans un des confessionnaux du fond, j'ai passé la lourde cloison bordeaux et je me suis accroupi. Je me suis servi de mon canif pour soulever une dalle de marbre qui était déjà disjointe quand j'étais enfant de chœur. Je l'ai retirée et j'ai placé le dossier dans le trou de soixante centimètres. Angie était derrière moi, et j'ai tendu la main. Elle y a posé son .38 et j'ai ajouté le neuf millimètres, puis j'ai refermé le trou. La dalle rentrait parfaitement, sans interstice visible, et je me suis rendu compte alors que j'avais rallié une des grandes traditions catholiques : la dissimulation.

Je suis ressorti du confessionnal, et nous avons descendu l'allée centrale. À la porte, Angie a plongé les doigts dans l'eau bénite et s'est signée. J'y ai pensé, en me disant que sur ce coup j'aurais besoin de toute l'aide que je pouvais avoir, mais s'il y a une chose que je déteste plus que les hypocrites, ce sont les faux dévots. Nous avons poussé les lourdes portes de chêne et sommes sortis dans le soleil de fin d'après-midi.

Devin et Oscar étaient garés devant, penchés sur le capot de la Camaro de Devin où s'étalait un gueuleton de chez McDonald. Ni l'un ni l'autre n'a tourné la tête, et Devin a dit, la bouche pleine de Big Mac :

– Vous avez le droit de garder le silence. Tout ce que vous direz pourra être retenu contre vous. Passe-moi les frites, collègue. Vous avez droit à un avocat...

La matinée du lendemain était déjà bien entamée le temps qu'ils en finissent avec nous.

Il était clair que Devin et Oscar subissaient une forte pression. Les règlements de comptes du milieu, à Roxbury ou Mattapan, c'est une chose, mais, quand ça sort des ghettos et pointe sa tête hideuse au cœur de la ville, quand M. et Mme Amérique, citoyens moyens, doivent plonger par-dessus leurs bagages Vuitton pour éviter les coups de feu, alors il y a un problème. Nous avions les menottes. Nous étions en garde à vue. Devin m'a pris la photo sans un mot avant notre arrivée au poste, et ils ont retiré tout le reste peu après.

J'ai pris place dans une rangée de suspects avec quatre flics qui ne présentaient pas une ombre de ressemblance avec moi, et j'ai regardé dans une lumière blanche. De l'autre côté, j'ai entendu un flic qui disait : « Prenez votre temps. Regardez attentivement », suivi d'une voix de femme : « Je n'ai pas vraiment bien vu. J'ai vu seulement le grand type noir. »

J'en avais de la chance. Quand il y a des coups de feu, en général les gens voient le type noir.

Angie et moi nous sommes retrouvés plus tard, quand ils nous ont fait asseoir sur un banc à côté d'un clochard miteux du nom de Terrance. Terrance fouettait comme un ragoût de bananes, mais ça n'avait pas l'air de le gêner. Il s'est fait un plaisir de m'expliquer, tout en se brossant les dents avec l'index, pourquoi le monde était tellement fou. Uranus. Les braves gens verts qui habitent cette planète n'ont pas la technologie qu'il faut pour construire des villes modernes ; Terrance nous a dit qu'ils savent bâtir des fermes à faire saliver d'envie, mais les gratte-ciel sont hors de leur portée. « Mais ils en ont méchamment envie, tu vois ? » Maintenant que nous avions construit tous ces gratte-ciel, les Uraniens étaient prêts à envahir. Ils pissaient dans la pluie, ce qui remplissait nos réserves d'eau d'une drogue provoquant la violence. D'ici dix ans, selon Terrance, nous nous serions tous entretués et les villes seraient à eux. Grande fête verte à la Sears Tower.

J'ai demandé à Terrance où il serait alors, et Angie m'a envoyé un coup de coude dans les côtes pour l'avoir encouragé.

Terrance a cessé un instant de se frotter les dents et il m'a regardé :

– J'serai rentré sur Uranus, bien sûr. (Il s'est penché plus près de moi et j'ai failli m'évanouir à l'odeur.) Je suis l'un d'eux.

– Mais oui, bien sûr, j'ai dit.

Ils sont venus chercher Terrance quelques minutes plus tard, l'ont emmené vers son vaisseau spatial ou à une réunion secrète avec le gouvernement. Nous, ils nous ont laissés là. Devin et Oscar sont passés deux ou trois fois sans nous jeter un coup d'œil. Beaucoup d'autres flics en ont fait autant, sans parler de quelques putes, d'une armée de garants, d'une bande d'avocats commis d'office avec des mallettes encombrantes et le visage émacié de ceux qui n'ont pas le temps de manger. Quand l'obscurité s'est mise à tomber, puis s'est accrue, beaucoup de types à l'air de durs, bâtis comme

Devin – puissants et près du sol –, se sont dirigés vers les ascenseurs, un volumineux gilet de Téflon sous leur coupe-vent bleu foncé, le M-16 à la main. La brigade antigang. Ils ont retenu les ascenseurs jusqu'à ce que Devin et Oscar les aient rejoints, puis ils sont tous descendus en utilisant deux cabines.

Ils ne nous ont pas proposé de passer un coup de fil. Ils le feraient juste avant l'interrogatoire ou dans les quelques premières minutes. Quelqu'un dirait : « Quoi ? Personne ne vous a dit que vous pouviez passer un coup de fil ? Bon sang. Toutes nos lignes devaient être occupées. »

Un môme en tenue bleue d'agent nous a apporté un peu de café tiède d'une machine. Le vieux flic qui avait pris nos empreintes était debout derrière un bureau, en face de nous. Il a tamponné une pile de papiers, a beaucoup répondu au téléphone, et, s'il se souvenait de nous un tant soit peu, il le cachait avec un grand talent. À un moment donné, quand je me suis levé pour m'étirer, il a fait mine de regarder dans ma direction, et j'ai aperçu du coin de l'œil un flic qui surgissait dans le couloir à ma gauche. J'ai bu un coup au distributeur d'eau – pas facile quand on a des menottes – et je me suis rassis.

– Ils ne vont pas nous dire pour Bubba, n'est-ce pas ? a dit Angie.

J'ai secoué la tête :

– Si nous demandons de ses nouvelles, ça nous met sur les lieux du crime. S'ils nous le disent sans que nous l'ayons demandé, ils perdent tout, et ne gagnent rien.

– Un peu ce que je pensais.

Elle a dormi un moment la tête sur mon épaule, les genoux ramenés près de la poitrine. Le poids de son corps aurait sans doute fini par me donner une crampe s'il m'était resté un seul muscle qui ne soit pas contracté ; après neuf ou dix heures sur ce banc, un simple exercice d'étirement aurait été orgas-mique.

Ils m'avaient pris ma montre, mais le bleu plus foncé de la nuit avait déjà commencé à céder la place à la première fausse lumière du petit matin quand Devin et Oscar sont rentrés. J'ai supposé qu'il devait être cinq heures. En passant, Devin a dit :

– Suis-nous, Kenzie.

Nous nous sommes arrachés du banc, et les avons suivis en titubant dans le couloir. Mes jambes refusaient de se déplier complètement et, dans le bas du dos, j'avais l'impression d'avoir avalé un marteau. Ils nous ont emmenés dans la salle d'interrogatoire où nous nous étions rencontrés une vingtaine d'heures plus tôt, en laissant la porte me claquer à la figure quand j'ai approché. Je l'ai repoussée avec mes mains menottées, et nous avons fait nos numéros de Quasimodo pour passer le seuil. J'ai dit :

– Vous avez jamais entendu parler de la Ligue des droits du citoyen ?

Devin a balancé un talkie-walkie sur la table devant lui. Il l'a fait suivre d'un énorme trousseau de clés, puis il s'est installé sur une chaise et nous a regardés. Ses yeux étaient hagards et rouges, mais vibraient d'un enthousiasme obscur, un enthou-siasme amphétaminé. Oscar avait le même aspect. Ils étaient sans doute debout depuis quarante-huit heures d'affilée. Un jour, quand tout ceci serait fini et qu'ils passeraient tous les deux leurs dimanches dans leur fauteuil télé à regarder le foot, leur cœur finirait par se venger et réussirait ce qu'aucun pro-jectile ne serait arrivé à faire. Les connaissant, ils partiraient sans doute le même jour, aussi.

J'ai tendu les mains :

– Vous allez nous enlever ces trucs ?

Devin a regardé mes poignets, puis mon visage. Il a secoué la tête.

Angie s'est assise :

– T'es un connard.

– Oui, a fait Devin.

J'ai pris un siège.

Oscar a dit :

– Au cas où ça vous intéresse, tous les deux, ce soir ils ont augmenté l'enjeu de la mise dans la guerre. Quelqu'un a balancé une grenade par la fenêtre d'un dépôt de crack des Saints. Ça a tué quasiment tout le monde à l'intérieur, y compris deux bébés ; le plus vieux, il devait pas avoir neuf mois. On n'est pas encore sûrs, mais à notre avis il se peut que deux des victimes soient des étudiants blancs, qui étaient venus acheter. Sans doute ce qui pouvait arriver de mieux. Peut-être que quelqu'un va en avoir quelque chose à fiche maintenant.

J'ai dit :

– Qu'est-ce que vous avez fait de la photographie ?

– On l'a classée, a répondu Devin. Socia est déjà recherché pour être interrogé sur sept morts au cours des deux nuits dernières. Si jamais il fait surface, cette photo sera un truc de plus pour le coincer. Le type blanc sur la photo, celui qui est sur le petit gosse : quelqu'un me dit qui c'est, peut-être qu'on peut y faire quelque chose.

– Peut-être que si j'étais autorisé à retourner dans la rue, je pourrais faire quelque chose avec des moyens que vous n'auriez pas.

– Une autre fusillade dans une gare ? a dit Devin.

– Tu tiendrais pas cinq minutes dans la rue maintenant, Kenzie, a ajouté Oscar.

– Pourquoi ça ? a demandé Angie.

– Parce que Socia sait que tu as des pièces à conviction contre lui. Des preuves tangibles. Parce que ta principale protection, Patrick, est hors jeu et tout le monde le sait. Parce que ta vie vaut pas un sachet d'herbe tant que Socia est en circulation.

– Alors, quel est le chef d'inculpation ? j'ai demandé.

– Inculpation ?

– De quoi vous nous inculpez, Devin ?

– De quoi on vous inculpe ? a fait Oscar. Un couple de perroquets, ces deux-là.

– Devin.

– Monsieur Kenzie, je n'ai rien pour vous retenir. Mon partenaire et moi-même *avions* l'impression que vous auriez pu être impliqués dans une vilaine affaire à South Station hier en début d'après-midi. Mais, comme aucun témoin ne peut vous remettre là-bas, qu'est-ce que je peux vous dire ? On a merdé. Et on le regrette méchamment, croyez-moi.

– Enlevez-nous les menottes, a dit Angie.

– Si seulement nous retrouvions la clé, a dit Devin.

– Enlève ces menottes de merde, Devin, a-t-elle répété.

– Oscar ?

Oscar a retourné toutes ses poches.

– Oscar ne les a pas non plus. On va devoir lancer un appel.

Oscar s'est levé :

– Peut-être que je vais jeter un coup d'œil, voir si je peux les dénicher quelque part.

Il est parti, et nous sommes restés assis là, avec Devin qui nous regardait. Nous lui avons rendu son regard.

– Pensez à une garde à vue de protection, a-t-il dit.

J'ai secoué la tête.

– Patrick, a-t-il repris sur un ton qu'employait ma mère, c'est un vrai champ de bataille dehors. Tu tiendras pas jusqu'au lever du jour. Toi non plus, Angie, si tu es avec lui.

Elle s'est balancée sur sa chaise, a tourné son beau visage fatigué vers moi. Elle a dit :

– Personne ne me tend mes pistolets en me disant de fuir. Personne.

Exactement comme James Coburn dans *Les Sept Mercenaires*. Sa bouche charnue s'est fendue d'un coup, et le sourire qui m'a explosé à la poitrine était ravageur. Je crois qu'à ce moment-là j'ai su ce que c'était que l'amour.

Nous avons regardé Devin.

Il a soupiré, et il a dit :

– Moi aussi j'ai vu le film. Coburn meurt à la fin.

– Il y a toujours des rediffs, j'ai dit.

– Pas dans la rue, y en a pas.

Oscar est revenu.

– Coucou, qu'est-ce que j'ai là ? a-t-il dit en brandissant un petit porte-clés.

– Où tu les as trouvées ? lui a demandé Devin.

Oscar les a jetées sur la table devant moi :

– Exactement là où je les avais laissées. Marrant comment ça se passe des fois, hein.

Devin nous a désignés du doigt :

– Ils se prennent pour des cow-boys.

Oscar a tiré sa chaise, et s'y est laissé tomber lourdement :

– Alors, on les enterrera les bottes aux pieds.

26

Nous ne pouvions pas rentrer à la maison. Devin avait raison. J'avais joué toutes mes cartes, et Socia n'avait rien à gagner tant que je continuais à respirer.

Nous avons traîné encore deux heures pendant qu'ils finissaient des papiers, puis ils nous ont fait sortir par une porte latérale, et nous ont conduits à l'hôtel Lenox quelques rues plus loin.

Comme nous sortions de la voiture, Oscar a jeté un coup d'œil à Devin.

– Aie bon cœur, dis-leur.

Debout sur le trottoir, nous avons attendu.

Devin a dit :

– Rogowski a une clavicule cassée et il a perdu un max de sang, mais il est hors de danger.

Angie s'est affaissée un instant contre moi.

– Drôlement content de vous avoir connus, a dit Devin.

Et il a redémarré.

Les gens du Lenox n'ont pas paru ravis outre mesure que nous ayons choisi leur hôtel à huit heures du matin, sans bagage. À voir nos vêtements, on aurait dit, à juste titre, que nous avions passé toute la nuit sur un banc, et j'avais les cheveux encore mouchetés d'éclats de marbre de la fusillade à South Station. Je leur ai donné ma carte Visa Gold, et ils ont demandé d'autres pièces d'identité. Pendant que le concierge recopiait mon numéro de permis de conduire sur un bloc, la réceptionniste a appelé le centre Visa pour demander l'autorisation. Il y a des gens à qui on ne sait pas comment faire plaisir.

Après s'être assurés que j'étais bien celui que je disais être et que nous ne partirions sans doute pas en emportant plus qu'une serviette de bains et quelques draps, ils nous ont donné la clé d'une chambre. J'ai signé et j'ai regardé la réceptionniste :

– Est-ce que la télé de notre chambre est boulonnée au mur ou on peut la sortir sur des roulettes ?

Elle m'a adressé un sourire crispé, mais n'a pas répondu.

La chambre était au huitième étage, donnant sur Boylston Street. Pas mal comme vue. Directement en dessous il n'y avait pas grand-chose – un Store 24, un Dunkin' Donuts –, mais, derrière, un joli ensemble de *brownstones* et, au-delà, la Charles River, bouillonnante et sombre, comme une rayure barrant un ciel pâle et gris.

Le soleil se levait peu à peu. J'étais mort de fatigue mais, plus que de sommeil, j'avais besoin d'une douche. Dommage qu'Angie soit plus rapide que moi. Je me suis assis dans un fauteuil et j'ai allumé la télé. Boulonnée au mur, bien sûr. Le journal du matin passait un commentaire sur les affrontements de gangs de la veille à South Station. Le commentateur, un type large d'épaules avec une frange qui avait l'air effilée au rasoir, en tremblait presque de colère et d'indignation. La violence des gangs avait fini par atteindre nos portes et il fallait faire quelque chose, à tout prix.

C'est toujours quand elle atteint « nos portes » que nous finissons par considérer que c'est un problème. Quand elle se confine à nos arrière-cours pendant des décennies, il n'y a personne pour la remarquer.

J'ai éteint la télé, et changé de place avec Angie lorsqu'elle est sortie de la salle de bains.

Le temps que je finisse, elle dormait, couchée sur le ventre, une main encore sur le téléphone là où elle avait raccroché, l'autre tenant toujours le haut de la serviette. Des perles d'eau luisaient sur son dos nu, au-dessus de la serviette, et ses fines omoplates se soulevaient à chaque respiration. Je me suis séché et j'ai gagné le lit. J'ai tiré les couvertures de sous elle, et elle a grogné doucement, en remontant sa jambe gauche un peu plus contre sa poitrine. Je l'ai couverte avec le drap et j'ai éteint la lumière.

J'étais allongé sur le côté droit du lit, à peut-être un mètre d'elle et par-dessus le drap, et je priais pour qu'elle ne se retourne pas en dormant. Si son corps touchait le mien, j'avais peur de m'y dissoudre. Et cela ne me gênerait sans doute pas.

Ceci étant le problème principal du moment, je me suis tourné de mon côté, face au mur, et j'ai attendu le sommeil.

Peu de temps avant que je me réveille, j'ai vu le garçon des photos. Le Héros le portait le long d'un couloir humide, et ils étaient tous les deux enveloppés de vapeur de douche. De l'eau gouttait du plafond à intervalles réguliers. J'ai crié quelque chose au garçon parce que je le connaissais. Je le connaissais dans ce couloir humide avec ses jambes qui ruaient sous le bras de mon père. Il avait l'air petit dans les bras de mon père, encore plus petit parce qu'il était nu. Je l'ai appelé, et mon père s'est retourné vers moi ; le visage de Sterling Mulkern était sous le casque foncé du pompier. Il a dit : « Si tu avais moitié autant de couilles qu'en avait ton vieux... », avec la voix de Devin. Le garçon s'est retourné lui aussi, le visage qui pointait hors du coude de mon père tout d'ennui et d'indifférence, et j'ai senti mes jambes se dérober quand je me suis rendu compte que plus jamais rien ne le choquerait ni ne lui ferait peur.

Je me suis réveillé avec Angie agenouillée au-dessus de moi, les mains sur mes épaules.

– Ça va, ça va, murmurait-elle doucement.

J'étais fortement conscient de ses jambes nues contre les miennes quand j'ai dit :

– Quoi ?

– Ça va, ce n'est qu'un rêve.

Un noir d'encre enveloppait la chambre, mais la lumière explosait derrière les lourds rideaux.

– Quelle heure est-il ? ai-je dit.

Elle s'est levée, toujours drapée dans la serviette, et s'est dirigée vers la fenêtre.

– Huit heures, a-t-elle dit. Du soir. (Elle a ouvert les rideaux.) Le 4 juillet.

Le ciel était une toile aux couleurs explosives. Des blancs, des rouges, des bleus, et même un peu d'orange et de jaune. Un coup de tonnerre a secoué la chambre et une pluie d'étoiles bleues et blanches a embrasé le ciel. Une étoile filante rouge a fusé en travers et déclenché une autre pluie d'étoiles, plus petites, qui a ensanglanté tout le bleu et blanc. Le feu d'artifice a atteint son apogée, puis s'est effondré d'un coup, les couleurs tombant en arc de cercle et grésillant en une cascade de braises mourantes. Angie a ouvert la fenêtre, et les Boston Pops ont attaqué la *Cinquième* de Beethoven comme s'ils avaient ceinturé toute l'agglomération d'un mur de haut-parleurs.

J'ai dit :

– On a dormi quatorze heures ?

Elle a hoché la tête :

– Les fusillades et les interrogatoires font cet effet, c'est à croire.

– C'est à croire.

Elle est revenue vers le lit, et s'est assise sur le coin.

– Dis donc, Skid, quand tu fais un cauchemar, tu *fais un cauchemar*.

Je me suis frotté la figure :

– Désolé de t'avoir réveillée.

– Fallait bien finir par se lever. À ce propos, avons-nous un plan quelconque ?

– Nous devons trouver Paulson et Socia.

– C'est un objectif, pas un plan.

– Il nous faut nos armes.

– Absolument.

– Sera sans doute pas facile de les récupérer avec les gens de Socia partout dans le secteur.

– On est du type inventif.

Nous sommes rentrés dans notre quartier en taxi, en donnant au chauffeur une adresse à un peu moins d'un kilomètre après l'église. Je n'ai vu personne qui rôdait parmi les ombres quand nous sommes passés, mais on est pas censé les voir : c'est pour ça qu'il y a des ombres ; c'est pour ça qu'ils rôdent. Des mômes – dix ou douze ans maximum – lançaient des fusées aux voitures qui passaient, balançant des paquets de pétards au milieu de l'avenue. La voiture juste derrière nous a été touchée en plein pare-brise et elle a pilé dans un crissement de freins. Le type est sorti en courant, mais les mômes avaient disparu avant même qu'il atteigne le trottoir, en sautant par-dessus les clôtures comme des coureurs de haies, se perdant dans leur propre jungle d'arrière-cours.

Angie et moi avons payé le tacot, et traversé la cour de l'école primaire publique – l'école « des cités » comme on l'appelait quand on était mômes, parce qu'il n'y avait que les mômes des cités qui y allaient. Au fond de la cour, formant une bande un peu floue autour de l'escalier d'incendie, environ une vingtaine des mômes les plus âgés du quartier se tapaient des bières, le *ghetto-blaster* réglé sur WBCN, certains se passant un joint. Quand ils nous ont aperçus, l'un d'eux a augmenté le volume. *Whammer Jammer* de J. Geils Band. Moi ça ne me gênait pas. Ils avaient déjà conclu que nous n'étions pas des flics, et ils délibéraient pour décider à quel point ils allaient nous faire peur pour avoir eu la stupidité de traverser leur territoire.

Alors quelques-uns d'entre eux nous ont reconnus au moment où nous passions sous un lampadaire, et ils ont eu l'air assez déprimés : pouvez pas faire peur à des gens qui connaissent vos parents. J'ai tout de suite reconnu leur chef, Colin. Le gosse de Bobby Shefton : beau, même s'il était aussi manifestement irlandais qu'une disette de pommes de terre ; grand, bien bâti, une chevelure blond filasse coupée très court autour d'un visage tracé au burin. Il portait un débardeur BNBL vert et blanc et un bermuda à pinces. Il m'a dit :

– Quoi d'neuf, m'sieur Kenzie ?

Ils ont fait un signe de tête à Angie. Personne n'a envie de devenir trop familier avec une femme dont le mari est d'une jalousie légendaire.

– Colin, ai-je dit, qu'est-ce que vous diriez de vous faire cinquante dollars avant la fermeture du magasin d'alcool ?

Ses yeux se sont illuminés un instant, avant qu'il se rappelle qu'il était supracool.

– Vous allez acheter la tisane pour nous ?

– Bien sûr.

Ils ont débattu environ une seconde et demie.

– Ça roule. De quoi vous avez besoin ?

– Ça implique des gens qui peuvent être armés.

Colin a haussé les épaules :

– Les nègres sont plus les seuls à avoir des flingues, m'sieur Kenzie. (Il a sorti le sien de sous son débardeur. Deux ou trois autres mômes en ont fait autant.) Depuis qu'ils ont essayé de prendre l'aire de jeu Ryan, il y a deux mois, on s'est fait un petit stock.

Un moment, je me suis revu môme sur cet escalier d'incendie : le bon vieux temps des barres de fer et des battes de base-ball. Quand un cran d'arrêt était quelque chose de rare. Mais la mise n'arrêtait pas de grimper, et visiblement tout le monde était disposé à surenchérir.

Mon plan avait été de leur demander de marcher en groupe serré autour de nous pendant que nous retournerions à l'église. Avec des casquettes, dans le noir, nous pouvions sans doute passer pour des mômes, et, le temps que les gens de Socia aient pigé, nous aurions été dans l'église avec nos flingues. Ce n'était déjà pas un plan formidable au départ. Et je me rendais compte maintenant que le truc évident m'avait échappé à cause de mon propre racisme. Si les jeunes Blacks avaient des armes, les jeunes Blancs, ça allait de soi, en auraient aussi.

– Je vais vous dire. J'ai changé d'avis. Je vous donne cent dollars *et* la bibine contre trois choses.

– Raconte, a dit Colin.

– Nous louer deux de vos revolvers. (Je lui ai lancé mes clés de voiture.) Et aller piquer ma voiture devant chez moi.

– Ça fait deux choses.

– Trois. Deux revolvers et une voiture. Qu'est-ce qu'on vous apprend à l'école par les temps qui courent ?

Un des mômes a rigolé :

– Ça aide si on y va.

– Vous voulez juste louer les revolvers ? a demandé Colin. C'est sûr que vous les rapporterez ?

– Probable. Sinon, on vous filera de quoi en acheter deux autres.

Colin s'est levé, il m'a tendu son revolver, crosse la première. Un .357, des éraflures sur le canon, mais bien huilé. Il a tapé sur l'épaule d'un pote, et le pote a tendu son revolver à Angie. Un .38. Son préféré. Il a regardé son pote :

– Allons chercher la voiture de Mr. Kenzie.

Pendant leur absence, nous sommes allés au magasin de spiritueux, sur le trottoir d'en face, et nous avons pris ce qu'ils nous avaient commandé : cinq caisses de Budweiser, deux litres de vodka, un peu de jus d'orange, un peu de gin. Nous avons retraversé la rue et nous venions de donner le tout aux mômes quand le Vomonstre a déboulé dans l'avenue à toute vitesse, en faisant fumer le caoutchouc des pneus sur les derniers mètres avant le trottoir. Colin et son copain en étaient sortis avant qu'elle s'arrête de rouler.

– Tirez-vous, m'sieur Kenzie, ils arrivent.

Nous nous sommes rués dans la voiture et avons décollé du trottoir au moment où les phares surgissaient derrière nous, gros et malveillants. Il y avait deux jeux de phares, et ils étaient juste derrière nous, trois silhouettes dans chaque voiture. Ils se sont mis à tirer un demi-pâté de maisons après l'école, les balles fusaient sur le Vomonstre. Je suis passé à contresens et j'ai sauté le terre-plein médian en arrivant à Edward Everett Square. J'ai brutalement tourné à droite après une taverne et enfilé la petite rue archi-encombrée, pleine de voitures des deux côtés, en écrasant l'accélérateur. Dans le rétroviseur, j'ai vu la première voiture pivoter sur elle-même pour passer le coin et se redresser impeccablement. La seconde, elle, n'a pas résisté au tournant. Elle a rebondi contre une Dodge et son essieu avant s'est cassé en deux. Le pare-chocs a labouré l'asphalte et s'est retourné sur la calandre.

La première bagnole canardait toujours à tout va, et Angie et moi n'arrêtions pas de baisser la tête, sans trop savoir quelles détonations venaient du canon d'un revolver et lesquelles venaient de l'explosion de feux d'artifice dans le ciel au-dessus de nous. En ligne droite, nous n'avions aucune chance de tenir. Une Yugo pouvait distancer le Vomonstre, et les rues se faisaient de plus en plus étroites, avec moins d'abri et davantage de voitures garées.

Nous sommes entrés dans Roxbury, et ma vitre arrière a implosé. J'ai reçu assez d'éclats de verre dans le cou pour croire un instant que j'avais pris une balle, et Angie avait une coupure au front qui pissait le sang en une épaisse rivière le long de sa pommette.

– Ça va ? j'ai dit.

Elle a hoché la tête ; elle avait peur, mais elle était furieuse. Elle a dit « Qu'ils aillent se faire foutre ! » et elle a pivoté sur son siège, braquant le .38 vers l'endroit où il y avait eu la vitre. Mon oreille a explosé quand elle a expédié deux balles, d'un bras ferme.

Angie est une tireuse d'enfer. Le pare-brise de la voiture a éclaté en deux grandes toiles d'araignée. Le conducteur a braqué et ils ont percuté une camionnette blanche, puis rebondi dans la rue sur le côté.

Je ne me suis pas arrêté pour voir leur état. Le Vomonstre s'est engagé en tanguant dans une portion de route mal pavée, et nos têtes sont allées heurter le plafond. J'ai braqué sur la droite et tourné dans une rue qui était à peine mieux aménagée. Quelqu'un nous a crié quelque chose quand nous sommes passés, et une bouteille s'est fracassée contre le coffre.

Sur·tout le côté gauche de la rue, il y avait un grand terrain vague, avec d'immenses mauvaises herbes jaunies s'échappant des tas de graviers et des débris de parpaings et de briques. À notre droite, des maisons qui auraient dû être condamnées, il y a un demi-siècle, s'affaissaient sous le poids de la pauvreté et du manque d'entretien, en attendant le jour où elles s'écrouleraient l'une sur l'autre comme des dominos. Alors le côté droit de la rue serait identique au gauche. Il y avait plein de monde sur les perrons, et personne n'avait l'air de beaucoup apprécier les deux blancos assis dans un tas de boue roulant, qui descendait leur rue à toute blinde. Quelques autres bouteilles ont touché la voiture, un gros pétard à mèche a explosé devant nous.

Je suis arrivé au bout de la rue, et, juste au moment où je voyais l'autre voiture surgir, un pâté de maisons plus bas, j'ai tourné à gauche. La rue dans laquelle j'avais tourné était encore pire, un sentier morne et oublié entre des herbes marron et les vestiges squelettiques d'immeubles abandonnés. Quelques mômes étaient debout près d'un feu de poubelle où ils balançaient des pétards, et derrière eux deux poivrots se disputaient le droit à la dernière gorgée de gros rouge. Derrière encore, les immeubles condamnés dressaient leurs murs de briques en train de s'effriter, les fenêtres noires dépourvues de carreaux, brûlées çà et là par un feu oublié.

Angie a dit :

– Oh putain, Patrick !

La rue se terminait en cul-de-sac ; pas d'issue, vingt mètres plus loin. Un gros terre-plein en ciment et des années de mauvaises herbes et de gravats nous barraient la route. J'ai regardé derrière moi

278

tout en appuyant sur le frein, et j'ai vu la voiture qui tournait au coin et approchait. Les mômes s'éloignaient du tonneau, flairant la bataille et se retirant de la ligne de tir. Je me suis dressé sur la pédale de frein, et le Vomonstre m'a répondu par un « va chier » belliqueux. Il y a eu un claquement de métal contre métal, et j'aurais été dans une voiture du type Pierre-à-Feu que ça aurait été pareil. Elle a presque eu l'air de piquer une dernière pointe de vitesse juste avant que nous percutions le terre-plein.

Ma tête est allée cogner contre le tableau de bord et un goût métallique a envahi ma bouche sous la force de l'impact. Angie y avait été un peu plus préparée. Elle est partie vers l'avant, mais sa ceinture de sécurité l'a retenue.

Nous nous sommes à peine regardés avant de sauter de la voiture. J'ai crapahuté par-dessus le capot alors que derrière nous les freins crissaient sur le ciment défoncé. Angie sprintait comme une athlète olympique dans le terrain vague entre les mauvaises herbes, les parpaings et les débris de verre, la poitrine en avant, la tête rejetée en arrière. Le temps que je décolle, elle avait dix bons mètres d'avance sur moi. Ils tiraient de la voiture, et les balles arrachaient de gros morceaux du sol à côté de moi ; ce qui restait de terre naturelle giclait entre les ordures.

Angie avait atteint le premier immeuble. Elle me regardait en me faisant signe d'aller plus vite, son revolver pointé dans ma direction, étirant le cou pour bien viser. Je n'aimais pas du tout l'expression dans ses yeux. Alors j'ai remarqué les faisceaux de lumière qui tressautaient devant moi, se découpant contre l'immeuble, occultés là où mon corps les barrait. Ils nous avaient suivis en voiture. Exactement ce que j'avais craint. Quelque part dans toutes ces herbes et ces graviers, des routes avaient existé avant que ce secteur ne soit condamné. Et ils en avaient trouvé une.

Une rafale a criblé un tas de briques cassées au moment où je sautais par-dessus et atteignais le premier immeuble. Angie s'est retournée quand j'ai franchi le seuil, et nous avons couru à l'intérieur, couru sans réfléchir, couru sans regarder, parce que nous courions à l'intérieur d'un bâtiment qui n'avait pas de mur du fond. Il s'était effondré depuis quelque temps, et nous étions tout autant à découvert qu'avant.

La voiture a déboulé au milieu du bâtiment, fusant par-dessus une vieille porte métallique devant nous. J'ai visé parce qu'il n'y avait rien pour se cacher. Le passager avant et le type sur la banquette arrière pointaient des armes noires par les vitres. J'ai tiré deux coups de feu qui ont troué la portière de devant avant que leurs canons se mettent à cracher des langues de feu. Angie a plongé sur sa gauche, atterrissant derrière une baignoire retournée. J'ai sauté en l'air, rien pour me couvrir, et j'étais à moitié redescendu quand une balle a touché mon biceps gauche et m'a fait brusquement pivoter, encore en l'air. J'ai heurté le sol et j'ai tiré de nouveau, mais la voiture était sortie par l'autre côté et faisait le tour pour réattaquer.

– Viens, m'a dit Angie.

Je me suis levé et j'ai vu vers quoi elle courait. Vingt mètres devant nous, il y avait deux autres tours, apparemment intactes, et très rapprochées. Entre elles, il y avait une ruelle bleu foncé. Au bout, un lampadaire projetait un halo jaune pâle, et c'était beaucoup trop étroit pour qu'une voiture puisse s'y engager. Des silhouettes d'épaves métalliques difformes se dessinaient en ombres foncées entre les deux tours.

J'ai couru à travers le terrain vague, j'entendais le moteur venir sur ma gauche, le sang coulait le long de mon bras comme de la soupe chaude. Je m'étais fait tirer dessus. Tirer dessus. J'ai revu leurs visages quand ils avaient fait feu, et j'ai entendu une voix qui, je m'en suis vite rendu compte, était la mienne répéter la même chose, sans s'arrêter : « Enculés de nègres, enculés de nègres. »

Nous avons atteint la ruelle. J'ai regardé derrière moi. La voiture était bloquée par quelque chose dans les graviers, mais, vu la façon dont ils la secouaient de l'intérieur, je ne pensais pas qu'ils resteraient comme ça longtemps. J'ai dit :

– Continue.

– Pourquoi ? a dit Angie. On peut les descendre à mesure qu'ils entrent.

– Il te reste combien de balles ?

– Je ne sais pas.

– Exactement. On risquerait de se retrouver à court en essayant de les descendre. (J'ai escaladé une benne à ordures renversée.) Fais-moi confiance.

Une fois que nous sommes arrivés au bout de la ruelle, j'ai regardé en arrière et j'ai vu les phares qui décrivaient un arc de cercle sur la gauche, se déplaçaient de nouveau, faisaient le tour pour nous rejoindre. La route au bout de la ruelle avait le pavé jaune passé. On a débouché dedans, en entendant le vrombissement du gros moteur se rapprocher. Le lampadaire que nous avions vu était le seul sur deux pâtés de maisons. Angie a vérifié son revolver.

– J'ai quatre balles.

J'en avais trois. C'était elle qui tirait le mieux. J'ai dit :

– Le lampadaire.

Elle a tiré un coup de feu et reculé, tandis que le verre retombait en pluie fine. J'ai traversé la rue en courant jusqu'à un gros taillis d'herbes marron.

Angie s'est tapie derrière une voiture brûlée juste en face de moi. Ses yeux scrutaient la voie par-dessus le capot noirci, me regardaient, nos deux têtes oscillaient, et l'adrénaline libérait en nous l'énergie d'une fission.

La voiture a coupé le coin, s'est élancée vers nous sur le pavé défoncé, son conducteur sortait la tête par la fenêtre pour nous repérer. La voiture s'est mise à ralentir en se rapprochant, essayant de comprendre où nous étions passés. Le passager au fusil à pompe a tourné la tête sur sa droite, a regardé la voiture brûlée, n'a rien vu. Il s'est retourné et a commencé de dire quelque chose au conducteur.

Angie s'est levée, a visé par-dessus le capot noirci, et lui a envoyé deux balles dans la figure. Sa tête a volé sur le côté, rebondi sur son épaule, et le conducteur a détourné les yeux un instant. Quand il a regardé de nouveau, je courais vers sa fenêtre, revolver à bout de bras. Il a dit « Attends ! » par la vitre baissée, et ses yeux ont surgi, immenses et blancs, juste avant que j'appuie sur la détente et que je leur fasse traverser sa tête.

La voiture est partie sur la gauche, a heurté un vieux Caddie, a rebondi contre le trottoir et a grimpé par-dessus avant de percuter un poteau téléphonique en bois et de le fissurer à environ deux mètres du sol. Le type sur la banquette arrière a fracassé la vitre avec sa tête. Le poteau téléphonique a oscillé un instant dans la brise parfumée de l'été, puis il est tombé en avant et a écrasé le côté conducteur de la voiture.

Nous nous sommes approchés lentement, revolvers braqués sur le trou de la vitre arrière. Nous étions à un peu moins d'un mètre de distance, côte à côte, quand la portière s'est ouverte en grinçant et en raclant le trottoir. J'ai pris une grande inspiration et j'ai attendu une seconde qu'une tête se montre. Elle l'a fait, suivie d'un corps qui est tombé sur le pavement couvert de sang et de verre.

Il était vivant. Son bras gauche était tordu derrière lui dans une position impossible et il lui manquait un grand bout de peau sur le front, mais il essayait de ramper quand même. Il a fait cinquante centimètres avant de s'effondrer et de rouler sur le dos en haletant.

Roland.

Il a craché un peu de sang sur le trottoir et a ouvert un œil pour me regarder. L'autre œil commençait déjà à enfler sous le masque de sang.

– Je te tuerai, a-t-il dit.

J'ai secoué la tête.

Il a réussi à se redresser un peu, en s'appuyant sur son bon bras. Il a dit :

– Je te tuerai. La pute aussi.

Angie lui a donné un coup de pied dans les côtes.

En dépit de ses souffrances, il a tourné la tête vers elle et lui a souri :

– 'Scuse.

– Roland, ai-je dit, t'as tout faux. C'est pas nous ton problème, c'est Socia.

– Socia est mort, a-t-il dit (et j'ai vu qu'il avait quelques dents de cassées). Simplement il le sait pas encore. La plupart des Saints passent de mon côté. Socia, je le descends n'importe quand maintenant. Il a perdu la guerre. C'est plus qu'une question de choisir son cercueil.

Il est alors parvenu à ouvrir les deux yeux, juste un instant, et j'ai su pourquoi il me voulait mort.

C'était le gosse des photographies.

– Tu es le...

Il a hurlé, un jet de sang fusant de sa bouche, et il a tenté de se jeter sur moi alors qu'il ne pouvait même pas décoller du sol. Il a rué vers moi et a tapé le poing contre le sol, enfonçant sans doute d'autant les éclats de verre dans la peau et l'os. Son hurlement s'est fait plus fort.

– J'te crèverai, a-t-il crié. J'te crèverai.

Angie m'a regardé :

– Si on le laisse vivre, on est morts tous les deux.

J'y ai réfléchi. Il suffirait d'un coup de feu. Ici, à la pointe du désert urbain, sans personne autour pour poser des questions. Un coup de feu, et plus de Roland à craindre. Une fois qu'on se serait arrangés avec Socia, le retour à notre vie normale. J'ai baissé les yeux sur Roland qui cambrait le dos et sursautait, essayant de se lever, comme un poisson ensanglanté sur une feuille de journal. Son simple effort me foutait une trouille d'enfer. Roland n'avait plus l'air de connaître la peine ou la douleur, seulement sa *pulsion*. Je l'ai regardé fixement, en y réfléchissant, et quelque part dans cette lourde et furieuse masse de haine, j'ai vu l'enfant nu aux yeux mourants.

– Il est déjà mort, ai-je dit.

Angie se tenait au-dessus de lui, le revolver braqué, le chien armé. Roland l'a regardée, et elle lui a rendu son regard, impassible. Mais elle ne pouvait pas le faire non plus, et elle savait qu'elle aurait beau rester debout-là, ça n'y changerait rien. Elle a haussé les épaules et dit « Bonne journée », et nous avons marché vers le boulevard Melnea Cass, quatre rues plus à l'ouest, qui brillait comme la civilisation elle-même.

27

Nous avons fait signe à un bus et sommes montés. Les passagers étaient tous noirs et, quand ils nous ont vus – couverts de sang, les vêtements déchirés –, la plupart ont trouvé une excuse quelconque pour se déplacer vers le fond du bus. Le chauffeur a refermé la porte avec un petit *schvouch* et il est reparti le long de la route.

Nous avons pris des places vers l'avant, et j'ai regardé les gens qui se trouvaient dans le bus. La plupart d'entre eux étaient âgés ; deux avaient l'air d'étudiants, un jeune couple tenait un petit enfant entre eux. Ils nous regardaient avec peur, dégoût et un peu de haine. J'ai eu une idée de l'effet que ça devait faire d'être deux jeunes Noirs en streetwear montant dans un wagon de métro à Southie ou à Dorchester Blanc. Pas agréable comme sensation.

Je me suis adossé et j'ai regardé par la fenêtre les feux d'artifice dans le ciel noir. Ils étaient plus petits maintenant, moins colorés. J'ai entendu un écho de ma voix quand une voiture pleine d'assassins m'avait poursuivi dans un terrain vague en prenant mon corps pour cible, et que ma haine et ma peur s'étaient cristallisées en couleur de peau. « Enculés de nègres », avais-je dit et répété. J'ai fermé les yeux, et, dans l'obscurité, ils ont continué d'enregistrer l'explosion de lumière dans le ciel au-dessus de moi.

La fête de l'Indépendance.

Le bus nous a lâchés au coin de Mass. Avenue et de Columbia. J'ai raccompagné Angie chez elle et, quand nous sommes arrivés devant sa maison, elle m'a touché l'épaule :

– Tu vas faire examiner ça ? '

Malgré la douleur, quand j'avais regardé la blessure dans le bus, je m'étais aperçu que la balle m'avait seulement éraflé, entaillant la peau comme un bon couteau. Pas vraiment mortel. Il fallait nettoyer, et ça faisait un mal de chien, mais pour le moment ça ne méritait pas d'aller me faire faire un joli pansement dans une salle d'urgences bondée.

– Demain, ai-je dit.

Le rideau de son salon s'est légèrement écarté : Phil, qui se prenait pour un détective.

– Tu ferais mieux de rentrer, lui ai-je dit.

La perspective n'avait pas l'air de l'enchanter tant que ça.

– Ouais. Je suppose que oui.

J'ai regardé le sang sur son visage, l'entaille à son front.

– Tu devrais nettoyer ça, aussi. Tu as l'air d'une figurante dans *La Nuit des morts vivants*.

– Tu as toujours le mot qu'il faut, a-t-elle répondu.

Et elle s'est dirigée vers la maison.

Elle a vu le rideau écarté et elle s'est tournée vers moi, le visage rembruni. Elle m'a regardé pendant presque une minute entière, avec de grands yeux un peu tristes :

– C'était un mec sympa. Tu te souviens ?

J'ai hoché la tête, parce que je me souvenais. Phil avait été un mec super, autrefois. Avant que les factures arrivent, avant que les boulots partent et que l'avenir devienne un sale mot pour rire jaune, désignant tout ce qu'il n'aurait jamais. Phil n'avait pas toujours été le Connard. Il l'était devenu.

– Bonne nuit, ai-je dit.

Elle a traversé le perron et elle est entrée.

J'ai rejoint l'avenue, je me suis dirigé vers l'église. Je me suis arrêté au magasin d'alcool et je me suis acheté un pack de bières. Le type derrière le comptoir m'a regardé comme s'il pensait que j'allais mourir bientôt ; il y a un peu plus d'une heure – une heure qui semblait une vie maintenant –, j'avais acheté assez d'alcool pour démarrer ma propre affaire, et maintenant je venais en reprendre.

– Vous savez comment c'est, ai-je dit, le 4 juillet.

Le type m'a regardé, il a considéré mon bras plein de sang et mon visage sale :

– Ouais, dites ça à votre foie.

Remontant l'avenue, j'ai bu une bière en pensant à Roland et Socia, à Angie et Phil, au Héros et moi. Des relations issues de l'enfer. J'avais servi de punching-ball à mon père pendant dix-huit ans, sans jamais riposter. Je continuais à croire, je continuais à me dire : « Ça va changer, il va s'arranger. » C'est dur de fermer la porte à l'espérance quand on aime quelqu'un.

Angie et Phil, c'était pareil. Elle l'avait connu quand il était le plus beau garçon du quartier, un charmeur et un meneur né qui racontait les blagues les plus drôles, les meilleures histoires. C'était l'idole de tout le monde. Un mec super. Elle voyait toujours ça, priait pour que ça revienne, espérait contre tout espoir – et peu importe le degré de cynisme avec lequel elle regardait le reste du monde – que les gens changent parfois pour le mieux. Il fallait que Phil fasse partie de ces gens, ou alors qu'est-ce qui donnait du sens à quoi que ce soit ?

Et puis il y avait Roland, absorbant toute cette haine, cette laideur et cette dépravation qu'on lui avait balancées à tout bout de champ depuis l'enfance, qui faisait volte-face et les recrachait à la figure du monde. Qui partait en guerre contre son père en se disant que, une fois que ce serait fini, il serait en paix. Mais il ne le serait pas. Ça ne marche jamais de cette façon-là. Une fois que cette laideur vous a été inoculée de force, elle devient partie intégrante de votre sang, elle le dilue, elle bat dans votre cœur et en ressort en salissant tout sur son passage. La laideur ne s'en va jamais, ne sort jamais, quoi que vous fassiez. Celui qui pense autrement est un naïf. Tout ce que vous pouvez espérer faire, c'est la contrôler, l'enfermer tout entière dans une petite boule, dans un petit coin, et l'y contenir, un poids constant.

Je suis arrivé au clocher – toujours moins risqué que mon appartement – et je suis entré. Je me suis assis à mon bureau, j'ai bu ma bière. Le ciel était vide maintenant, les célébrations terminées. Le 4 serait bientôt le 5, et la migration à partir du Cap et de Martha's Vineyard avait probablement déjà commencé. Un lendemain de jour férié, c'est comme le lendemain de son anniversaire : tout paraît vieux, comme du cuivre terni.

J'ai posé les pieds sur le bureau et je me suis balancé sur ma chaise. Mon bras me brûlait toujours ; je l'ai tendu devant moi et j'ai versé une demi-bière dessus. Anesthésie maison. La coupure était large mais peu profonde. Dans quelques mois, la cicatrice passerait d'un rouge terne à un blanc plus terne. On la remarquerait à peine.

J'ai levé ma chemise, regardé la méduse sur mon abdomen, la cicatrice qui ne s'estomperait jamais, qu'on ne prendrait jamais pour quelque chose d'inoffensif, pour autre chose que ce qu'elle était :

une marque de violence et d'indifférence pervertie, un marquage de bétail. Le legs du Héros, son estampille sur ce monde, sa tentative d'immortalité. Tant que je serais en vie, portant cette méduse sur le ventre, il le serait lui aussi.

Tandis que je grandissais, la peur du feu qu'éprouvait mon père se développait en proportion directe avec son succès à le combattre. Lorsqu'il atteignit le grade de lieutenant, il avait transformé notre appartement en zone de combat contre l'incendie. Notre réfrigérateur contenait non pas une, mais trois boîtes de bicarbonate de soude. Deux autres dans le placard sous l'évier, une au-dessus du four. Il n'y avait pas de couvertures électriques dans la maison de mon père, pas d'appareils défectueux. Le grille-pain était révisé deux fois par an. Toutes les pendules étaient mécaniques. Deux fois par mois on vérifiait qu'il n'y avait pas de fissures dans le caoutchouc des câbles électriques; les douilles étaient examinées toutes les six semaines. Quand j'avais dix ans, mon père débranchait toutes les prises tous les soirs pour minimiser les flux électriques malveillants.

À onze ans, un soir, tard, j'ai trouvé mon père assis à la table de la cuisine en train de regarder une bougie qu'il avait placée devant lui. Il tenait la main au-dessus de la flamme, qu'il caressait de temps à autre, ses yeux sombres rivés sur les traînées de jaune et de bleu comme si elles pouvaient lui dire quelque chose. Lorsqu'il m'a vu, ses yeux se sont agrandis, il a rougi et m'a dit : « On peut le maîtriser, on peut », et j'ai été stupéfait d'entendre des intonations de doute à peine perceptibles dans le timbre grave de sa voix.

Parce que mon père était de l'équipe de quinze heures et que ma mère travaillait le soir comme caissière au Stop and Shop, ma sœur Erin et moi étions des enfants qui restions seuls à la maison en rentrant de l'école bien avant qu'il soit à la mode de parler de ça. Un soir, nous avons essayé de cuisiner du rouget grillé aux épices, comme nous en avions mangé lors d'une excursion au Cap Cod l'été précédent.

Nous avons versé dans la poêle toutes les épices que nous avons pu trouver, et en quelques minutes la cuisine était pleine de fumée. J'ai ouvert les fenêtres pendant que ma sœur s'occupait de la porte d'entrée et de celle de derrière. Le temps que nous nous rappelions ce qui, au départ, avait provoqué la fumée, la poêle avait pris feu.

Je suis arrivé à la cuisinière juste au moment où le premier gros parachute de flamme bleue s'envolait vers un rideau blanc. Je me suis souvenu de la peur dans la voix de mon père : « On peut le maîtriser. » Erin a soulevé la poêle du feu et de la graisse brune lui a éclaboussé le bras. Elle a lâché la poêle, dont le contenu s'est répandu sur le dessus de la cuisinière comme du napalm.

J'ai pensé à la réaction de mon père quand il découvrirait que nous *lui* avions permis l'accès à sa maison, à la gêne qu'il éprouverait, à la rage en laquelle cette gêne se changerait, rage qui épaissirait le sang dans ses mains jusqu'à ce qu'elles se ferment en poings et s'en prennent à moi.

J'ai paniqué.

Avec six paquets de bicarbonate de soude à portée de main, j'ai attrapé le premier liquide que j'ai aperçu sur le dessus du frigo, et j'ai versé un quart de litre de vodka à quatre-vingts degrés au milieu d'un feu de graisse.

Un dixième de seconde après, j'ai compris ce qui allait se passer et j'ai empoigné ma sœur juste avant que la moitié supérieure de la pièce explose. Allongés par terre, nous avons regardé avec effroi le papier peint au-dessus de la cuisinière se détacher du mur, le nuage de bleu, de jaune, de noir et de rouge qui grossissait au plafond, l'éruption de lucioles sur le côté du frigo par centaines.

Ma sœur a roulé sur elle-même et attrapé l'extincteur dans le couloir. J'en ai pris un dans le cagibi et, comme si les cinq dernières minutes n'avaient pas eu lieu, en vrais enfants d'un pompier illustre, nous nous sommes plantés au milieu de la cuisine et avons aspergé la cuisinière, le mur, le plafond, le frigo et le rideau. En l'espace d'une minute, une mousse blanc et noir nous a recouvert le corps comme de la fiente.

Une fois que nos glandes surrénales ont refermé leurs vannes et que nos tremblements ont cessé, nous nous sommes assis au milieu de notre cuisine dévastée et nous avons regardé la porte d'entrée, par laquelle mon père arrivait tous les soirs à onze heures et demie. Nous l'avons regardée jusqu'à nous mettre tous les deux à pleurer, l'avons regardée encore longtemps après avoir épuisé nos larmes.

Le temps que ma mère rentre de son travail, nous avions chassé la fumée de l'appartement, enlevé toutes les marques de brûlé du frigo et de la cuisinière, et jeté les lambeaux de papier peint carbonisé ainsi que ce qu'il restait du rideau. Ma mère a regardé l'empreinte du nuage noir sur son plafond, le mur brûlé, puis elle s'est assise à la table de la cuisine et a fixé quelque chose dans le cagibi d'un œil vide pendant cinq minutes entières.

– M'man ? a dit Erin.

Ma mère a battu des paupières. Elle a regardé ma sœur, puis moi, puis la bouteille de vodka sur le plan de travail. Elle a incliné la tête vers la bouteille et nous a regardés :

– Lequel de vous deux... ?

J'étais incapable de parler, j'ai pointé le doigt sur ma poitrine.

Ma mère est entrée dans le cagibi. Pour une femme petite et mince, elle marchait comme si elle était grosse, à pas lents et lourds. Elle est revenue avec le fer et la planche à repasser, les a placés au milieu de la cuisine. Dans les instants de crise, ma mère s'accrochait à la routine, et c'était le moment de repasser les uniformes de mon père. Elle a ouvert la fenêtre, et commencé à les retirer de la corde à linge. Nous tournant le dos, elle a dit :

– Allez dans vos chambres. Je vais voir si je peux parler à votre père.

Je me suis assis au coin de mon lit, les mains sur les genoux, face à la porte. J'ai laissé la lumière éteinte, fermé les yeux dans le noir, serré très fort les mains.

Quand mon père est rentré, son tour habituel de la cuisine – jeter sa gamelle sur la table, faire tinter des glaçons dans un verre, se laisser tomber lourdement sur une chaise avant de se verser à boire – s'est effectué sans un mot. Le silence de l'appartement ce soir-là fut plus long, plus épais et plus chargé d'effroi que ce que j'aie jamais connu depuis.

Ma mère a dit :

– Une erreur, c'est tout.

– Une erreur, a dit mon père.

– Edgar, a dit ma mère.

– Une erreur, a répété mon père.

– Il a onze ans. Il a paniqué.

– Hein, hein.

Tout ce qui s'est passé ensuite a semblé se dérouler dans cette étrange compression du temps que connaissent les gens juste avant d'avoir un accident de voiture ou de tomber dans un escalier : tout s'accélère et tout ralentit. Une vie entière défile, dans ses moindres détails, en l'espace d'une seconde.

Ma mère a hurlé « non ! », et j'ai entendu la planche à repasser basculer sur le linoléum de la cuisine, puis les pas de mon père marteler les lattes du plancher vers ma chambre. J'ai essayé de garder les yeux fermés mais, quand il a ouvert la porte d'un coup de pied, une écharde m'a éraflé la pommette et, la première chose que j'ai vue, c'était le fer dans la main de mon père, sans fil ni prise. Son genou m'a heurté l'épaule et renversé sur le lit, et il m'a dit :

– Tu as tellement envie de savoir l'effet que ça fait, mon garçon ?

J'ai regardé ses yeux parce que je ne voulais pas regarder le fer à repasser, et ce que j'ai vu dans ces pupilles sombres était un troublant mélange de colère, de peur, de haine, de sauvagerie et, oui, d'amour, de cela aussi, dans une version bâtarde.

Et c'est là-dessus que j'ai fixé mon attention, à ça que je me suis accroché, que j'ai adressé mes prières, quand mon père a violemment remonté ma chemise jusqu'à mon sternum et m'a appuyé le fer sur le ventre.

Une fois, Angie a dit : « Peut-être que c'est ça l'amour : compter les pansements jusqu'à ce que quelqu'un dise : " Ça suffit ". »

Peut-être.

Assis à mon bureau, j'ai fermé les yeux, sachant que je ne dormirais jamais avec l'adrénaline qui faisait du stock-car dans mon sang, et, quand je me suis réveillé une heure plus tard, le téléphone sonnait.

– Patr..., suis-je arrivé à dire avant que la voix d'Angie déferle au bout du fil :

– Patrick, viens ici. S'il te plaît.

J'ai attrapé mon revolver :

– Qu'est-ce qui se passe ?

– Je crois que je viens de divorcer.

28

Quand je suis arrivé là-bas, une voiture radio était garée en double file devant la maison. Juste derrière se trouvait la Camaro de Devin. Il était sur le perron avec Oscar, en train de parler à un autre flic, un môme. Ça commençait à faire trop de flics qui avaient l'air de mômes à mes yeux, me suis-je dit en grimpant les marches.

Ils étaient penchés sur une masse de chair recroquevillée, à côté de la balustrade, à qui le jeune flic donnait des sels. C'était Phil, et ma première pensée fut : « Mon Dieu, elle l'a tué. »

Devin m'a regardé en levant les sourcils, un sourire grand comme le Kansas aux lèvres.

– On a pris l'appel, a-t-il dit, parce qu'on avait demandé à ce que tout ce qui irait à ton adresse ou à la sienne nous soit réacheminé.

Il a baissé les yeux sur Phil, sur les contusions qui lui couvraient le visage comme des plaies. Il m'a regardé de nouveau :

– Ô jour de bonheur, hein ?

Elle portait un tee-shirt blanc sur un short bleu de cobalt délavé. Il y avait une bulle rouge sur sa lèvre inférieure, et du mascara qui coulait sur son visage. Elle avait les cheveux dans les yeux quand elle est sortie avec précaution sur le perron, pieds nus. Elle m'a alors aperçu et s'est précipitée vers moi. Je l'ai prise dans mes bras, et ses dents se sont enfoncées dans mon épaule. Elle pleurait doucement.

– Qu'est-ce que tu as fait ? ai-je dit en essayant, mais sans doute sans succès, de ne pas laisser percer dans ma voix que j'étais heureusement surpris.

Elle a secoué la tête et s'est serrée contre moi.

Devin s'appuyait contre Oscar, et je ne les avais jamais vus aussi heureux depuis qu'ils avaient tous les deux cessé de verser une pension alimentaire le même jour. Devin a dit :

– Tu veux savoir ce qu'elle a fait ?

– Dis-lui qu'il faut qu'il demande à genoux, a dit Oscar.

Devin a plongé la main dans sa poche en gloussant. Il m'a brandi un Taser sous le nez :

– C'est ça qu'elle a fait.

– Deux fois, a ajouté Oscar.

– Deux fois ! a répété Devin avec allégresse. Il a une sacrée veine de pas s'être payé un putain d'infarctus.

– Ensuite, a dit Oscar, elle lui a collé une raclée.

– Elle a pété les plombs ! Pété les plombs ! Elle l'a bourré de coups de pied dans la tête, dans les côtes, elle lui a flanqué la pâtée du siècle. Regarde-le !

Je n'avais jamais vu Devin aussi ravi.

J'ai regardé. Phil reprenait connaissance, mais une fois qu'il a senti toute cette douleur, je suis bien certain qu'il aurait préféré le sommeil. Il avait les deux yeux complètement enflés. Ses lèvres étaient noires. Il avait des ecchymoses foncées sur au moins soixante-quinze pour cent de son visage. Si ce que m'avait fait Curtis Moore m'avait donné l'air de sortir d'un accident de voiture, Phil avait l'air rescapé d'un accident d'avion.

La première chose qu'il a dite en reprenant connaissance a été :

– Vous l'arrêtez, n'est-ce pas ?

– Bien sûr, monsieur, bien sûr, a dit Devin.

Angie s'est dégagée de mes bras et l'a regardé.

– Vous portez plainte, monsieur ? a demandé Oscar.

Phil s'est aidé de la balustrade pour se relever. Il s'y est cramponné comme si elle pouvait se sauver d'un instant à l'autre. Il a commencé à dire quelque chose, puis il s'est penché par-dessus la balustrade et a vomi dans la cour.

– Joli, a fait Devin.

Oscar s'est approché de Phil et lui a mis la main dans le dos alors qu'il était pris de quelques haut-le-cœur de plus. Oscar lui parlait d'une voix basse et douce, comme s'il ne se passait rien qui sorte de l'ordinaire, comme s'il avait l'habitude de faire la conversation avec les gens pendant qu'ils couvraient leur pelouse de vomi.

– Voyez-vous, monsieur, la raison pour laquelle je demande si vous allez porter plainte, c'est parce qu'il y a des gens qui n'aiment mieux pas dans ce genre de situation.

Phil a craché à plusieurs reprises dans le jardin et s'est essuyé la bouche sur sa chemise. Gentleman, comme toujours.

– Qu'est-ce que vous voulez dire par « ce genre de situation » ?

– Eh bien, a fait Oscar, ce genre de situation.

– Le genre de situation, a dit Devin, où un dur comme vous se fait défoncer le portrait par une femme qui doit pas peser cinquante-deux kilos toute mouillée. Le genre de situation qui peut devenir un sujet de conversation vraiment populaire dans les bars du coin. Vous savez, a-t-il ajouté, le genre de situation qui donne à un mec l'air d'être une sacrée lavette.

J'ai toussé dans ma main.

– Ce sera pas si terrible, monsieur, a enchaîné Oscar. Suffit que vous alliez en justice, et vous expliquez au juge que votre femme aime bien vous tabasser de temps en temps, vous remettre au pas. Ce genre de choses. C'est pas que le juge va vérifier si vous mettez des robes ou quoi que ce soit.

Là-dessus, il lui a donné une autre tape dans le dos. Pas assez fort pour l'envoyer au bout du pâté de maisons, mais presque.

– Vous vous sentez mieux, maintenant ?

Phil a tourné la tête, il a regardé Angie.

– Salope, a-t-il dit.

Personne ne l'a retenue parce que personne n'en avait envie. Elle a traversé le perron en deux enjambées pendant qu'Oscar s'écartait, et Phil a eu à peine le temps de lever le bras qu'elle lui collait un marron à la tempe. Alors Oscar s'est avancé derechef, et il l'a tirée en arrière.

– Phillip, a-t-elle dit, si *jamais* tu t'approches encore de moi, je te tue.

Phil a porté la main à la tempe et il a paru au bord des larmes. Il a dit :

– Vous avez vu ça, vous autres.

– Vu quoi ? a fait Oscar.

Et Devin a dit :

– Moi je prendrais la dame au mot, Phillip. Elle a une arme et le permis qui va avec, à ce que je comprends. C'est déjà un miracle que vous respiriez encore.

Oscar a lâché Angie, et elle nous a rejoints, Devin et moi. J'ai cru un instant voir de la fumée lui sortir par les oreilles. Oscar a dit :

– Vous allez porter plainte ou non, Phillip ?

Phil a pris le temps d'y réfléchir. Il a pensé aux bars où il ne pourrait plus se montrer. Tous ceux de son quartier, c'était certain. Pensé aux sifflements et aux blagues homosexuelles qui le suivraient jusqu'à la tombe, aux soutiens-gorge et aux petites culottes qui feraient régulièrement leur apparition dans sa boîte aux lettres.

– Non, a-t-il dit, je ne porte pas plainte.

Oscar lui a tapoté la joue :

– C'est vraiment viril de votre part, Phillip.

Le jeune flic est sorti de la maison avec la valise d'Angie, et l'a déposée devant elle.

– Merci, a-t-elle dit.

Nous avons entendu un bruit comme un chat lapant de la nourriture mouillée, et, quand nous avons tourné la tête, nous avons vu que Phil pleurait dans ses mains.

Angie lui a décoché un regard d'un mépris si cinglant et sans appel que la température du perron a dû chuter de dix degrés. Elle a pris sa valise et s'est dirigée vers la voiture de Devin.

Oscar a donné une claque dans le flanc de Phil, et Phil a sorti la tête de ses mains. Il a levé les yeux vers l'énorme visage d'Oscar, et celui-ci lui a dit :

– Il lui arrive quoi que ce soit tant qu'on est vivants, moi et lui (il a pointé son doigt sur Devin), quoi que ce soit, genre la foudre lui tombe dessus ou son avion s'écrase ou elle se casse un ongle, *quoi que ce soit*, et on va venir jouer avec toi, Phillip. Tu vois ce que je veux dire ?

Phil a hoché la tête, puis les convulsions sont revenues, et il s'est remis à sangloter. Il a tapé le poing contre la balustrade et il est parvenu à les maîtriser, et son regard a croisé le mien.

– Bubba se languit vraiment de toi, Phil, ai-je dit.

Il s'est mis à trembler.

J'ai fait demi-tour et, pendant que je descendais les marches, Devin a dit :

– Hé, Phil, c'est dur quand c'est ton tour, ou je me trompe ?

Phil s'est retourné et il a vomi de nouveau. Nous sommes allés à la voiture de Devin, et je me suis assis à l'arrière avec Angie. Les Camaro sont juste assez spacieuses à l'arrière pour qu'un nain s'y sente à l'aise, mais ce soir-là je ne me plaignais pas. Devin a descendu la rue, en lançant de brefs coups d'œil à Angie dans son rétroviseur :

– Les goûts et les couleurs, ça se discute pas, hein ?

Oscar s'est tourné vers Angie.

– Confondant, a-t-il dit, absolument confondant.

29

– Ça ne fait aucun doute que Socia a perdu la guerre, a dit Devin. Il se cache depuis deux jours, et la moitié de ses gars sont passés du côté des Avengers. Personne ne s'attendait à ce que Roland soit aussi bon tacticien. (Il nous a jeté un coup d'œil.) Marion ne fera pas la semaine. Une chance pour vous, hein ?

– Ouais, ai-je répondu tout en pensant : « Ça laisse encore Roland. »

– Pas pour moi. J'ai perdu cent dollars dans cette cagnotte à la con.

– T'aurais dû parier sur Roland, a dit Oscar.

– C'est maintenant que tu me le dis ?

Ils nous ont déposés à mon appartement.

– Une voiture va patrouiller autour du pâté de maisons tous les quarts d'heure, a dit Oscar. Tout ira bien.

Nous leur avons dit « bonne nuit ! » et sommes montés à l'appartement. J'avais huit messages sur mon répondeur, mais je les ai ignorés. J'ai dit :

– Café ou bière ?

– Café, a répondu Angie.

J'en ai mis dans le filtre et j'ai allumé le Mr. Coffee. J'ai sorti une bière du frigo, je suis retourné dans le salon. Elle était recroquevillée dans le coin du canapé, et semblait plus petite que d'ordinaire. Je me suis assis en face d'elle dans un fauteuil et j'ai attendu. Elle a posé un cendrier sur sa cuisse, allumé une cigarette d'une main tremblante.

– Sacré 4 juillet, hein ?

– Sacré 4 juillet, ai-je acquiescé.

Elle a dit :

– Je suis rentrée à la maison et je n'étais pas en forme.

– Je sais.

– Je venais de tuer quelqu'un, pour l'amour du ciel.

Sa main tremblait si fort que la cendre s'est détachée de la cigarette et est tombée sur le canapé. Elle l'a poussée dans le cendrier.

– Donc j'entre, et le voilà qui se met à râler parce que la voiture est toujours garée à South Station, que je ne suis pas rentrée à la maison hier soir, et à me demander, sans vouloir l'affirmer, si je baise avec toi. Et moi, je me dis : « Je viens à peine de franchir la porte, j'ai une sacrée chance d'être encore en vie, j'ai du sang plein la figure », et il trouve rien de plus original à me dire que : « Tu baises avec Pat Kenzie ? » Bon sang !

Elle a passé la main sur le front pour écarter ses cheveux de son visage, et l'a gardée comme ça.

– Alors je lui ai dit « Offre-toi un cerveau, Phillip », ou quelque chose dans ce goût-là, et je suis passée devant lui et là il me sort : « La seule chose que tu pourras niquer quand j'en aurai fini avec toi, bébé, c'est toi-même. »

Elle a tiré une bouffée de sa cigarette.

– Sympa, hein ? Alors il m'attrape par le bras, je mets ma main libre dans mon sac et je lui balance une décharge avec le Taser. Il tombe par terre, puis il se relève à moitié, et je lui donne un coup de pied. Il perd l'équilibre, tombe à la renverse sur le perron.

Je lui balance une autre décharge. Et là, pendant que je le regardais, tout est parti. Je veux dire tout, tous les sentiments que j'ai jamais eus pour lui se sont en quelque sorte volatilisés d'un coup, et la seule chose que je voyais, c'était cette espèce de merde qui m'avait *maltraitée* pendant douze ans, et je... j'ai vu un peu rouge.

J'avais des doutes en ce qui concernait les sentiments. Ils reviendraient. Ils le faisaient toujours, en général quand on y était le moins préparé. Je savais qu'elle ne l'aimerait sans doute plus jamais, pourtant l'émotion ne partirait pas ; les rouges, les bleus, les noirs de tout ce qu'elle avait bien pu éprouver durant ce mariage se réfléchiraient encore et toujours en elle. Vous pouvez quitter une chambre à coucher, mais le lit reste avec vous. Je ne lui ai pas dit ça ; cependant, elle l'apprendrait bien assez tôt toute seule.

J'ai dit :

– À en juger par ce que j'ai constaté, tu as vu très rouge.

Elle a souri légèrement, a laissé ses cheveux lui retomber dans les yeux.

– Ouais. Je suppose. Mais j'y aurai mis le temps.

– Y a pas débat.

– Pat ?

C'est la seule personne qui peut m'appeler comme ça sans me faire grincer des dents. Les rares fois où elle le fait, ça passe, ça me fait plutôt chaud au cœur.

– Ouais ?

– Quand je le regardais, après, j'arrêtais pas de repenser à nous deux dans cette ruelle avec la voiture qui faisait le tour des immeubles pour nous rattraper. Et j'étais terrifiée à ce moment-là, entends-moi bien, mais je n'étais pas aussi terrifiée que j'aurais pu l'être parce que j'étais avec toi. Et on dirait que tous les deux, on s'en sort toujours quand on est ensemble. Je n'ai pas autant de doutes quand je suis avec toi. Tu sais ?

– Je sais bien, ai-je dit.

Elle a souri. Sa frange lui couvrait les yeux, et elle a gardé la tête baissée un moment. Elle a commencé de dire quelque chose.

Alors le téléphone a sonné. J'ai bien failli le flinguer.

Je me suis levé, je l'ai attrapé.

– Allô !

– Kenzie, c'est Socia.

– Félicitations.

– Kenzie, il faut qu'on se voie.

– Non, il ne faut pas.

– Bon Dieu, Kenzie, je suis mort si tu m'aides pas.

– Écoute ce que tu viens de dire, Marion, et réfléchis.

Angie a levé les yeux, et j'ai hoché la tête. La douceur s'est retirée de son visage comme le ressac sur un récif.

– D'accord, Kenzie, je sais ce que tu penses, assis bien en sécurité chez toi, tu te dis « Socia, il est fini maintenant ». Mais je suis pas fini. Pas encore. Et si je suis obligé, je viendrai te chercher et je m'assurerai de bien t'emmener avec moi dans la tombe. T'as ce qu'il me faut pour rester en vie et tu vas me le donner.

J'y ai réfléchi.

– Essaie de me descendre, Socia.

– Je suis à huit cents mètres de chez toi.

Ça me l'a coupée, mais j'ai dit :

– Viens donc. On se prendra une bière avant que je te flingue.

– Kenzie, a-t-il dit d'une voix soudain lasse, je peux te descendre et je peux descendre ta partenaire, celle que tu regardes comme si elle détenait tous les mystères de la vie. T'as plus ton psychopathe et sa quincaille pour te protéger.

N'importe qui peut descendre n'importe qui. Si Socia avait pour seul objectif de s'assurer que mon enterrement précède le sien de quelques jours ou de quelques heures, il pouvait y arriver. J'ai dit :

– Qu'est-ce que tu veux ?

– Les putains de photos, mec. Ça nous sauvera la vie à tous les deux. Je dirai à Roland que s'il me tue ou te tue, ces photos verront le jour, je te le garantis. C'est exactement ce qu'il veut pas, que les gens disent que Roland se fait défoncer la rondelle.

Quel prince. Le père de l'année.

– Où et quand ? ai-je dit.

– Tu connais la bretelle d'accès à l'autoroute, à côté de Columbia Station ?

C'était à deux rues d'ici.

– Ouais.

– Dans une demi-heure. En dessous.

– Et je serai débarrassé de vous deux ?

– Exact, putain. Ça nous permettra de respirer encore un bout de temps moi et toi.

– Dans une demi-heure.

Nous avons retiré les photos et les pistolets du confessionnal. Nous avons photocopié les premières à la photocopieuse du sous-sol, que le père Drummond utilise pour ses cartes de Loto, remis les originaux à leur place et regagné mon appartement.

Angie a bu une grande tasse de café noir et j'ai fait le point sur notre stock d'armes. Nous avions le .357 avec deux balles restantes, le .38 que Colin nous avait donné ainsi que le .38 que Bubba avait acquis pour nous, le neuf millimètres, et le .45 que j'avais pris à Sucette, équipé de son silencieux. Nous avions également quatre grenades au frigo et l'Ithaca calibre .12.

J'ai enfilé mon trench, Angie a enfilé son cuir, et nous avons tout pris sauf les grenades. On n'est jamais trop prudent avec des gens comme Socia. J'ai dit « Sacré 4 juillet ! », et nous avons quitté l'appartement.

Une partie de l'I-93 passe au-dessus du quartier. En dessous, la ville garde trois dépôts – de sel, de sable et de graviers – en cas d'urgence. Ces trois cônes s'élèvent à six mètres de hauteur, sur une base de quatre, cinq mètres de largeur. C'était l'été, donc ils ne servaient pas tant que ça. À Boston, cela étant, il faut toujours être prévoyant. Mère Nature nous joue parfois des tours, par exemple elle nous envoie une tempête de neige début octobre rien que pour montrer qu'elle a le sens de l'humour.

On peut entrer dans ce secteur par l'avenue, par l'entrée arrière de la station de métro Columbia-JFK ou par Mosley Street, si on n'a rien contre le fait d'enjamber quelques arbustes et de descendre une pente.

Nous avons enjambé quelques arbustes et descendu la pente en soulevant des nuages de poussière jusqu'en bas. Nous avons contourné un pilier de soutènement vert et avons débouché entre les trois cônes.

Socia était debout au milieu, là où les bases des cônes convergent en un triangle irrégulier. Un petit môme se tenait à côté de lui. Des pommettes encore mal dessinées et un corps potelé, reste de l'enfance, trahissaient son âge, même s'il croyait que ses lunettes panoramiques et sa casquette lui donnaient l'air assez vieux pour acheter une bouteille de scotch. S'il avait plus de quatorze ans, c'était qu'il vieillissait bien.

Les mains de Socia pendaient le long de son corps, vides, mais le môme avait fourré les siennes dans les poches de son blouson de Nylon, et il les faisait rebondir contre ses hanches saillantes.

– Sors les mains de tes poches, ai-je dit.

Le môme a regardé Socia, et je lui ai braqué le .45 dessus.

– C'est lequel, le mot que tu ne comprends pas ?

Socia a hoché la tête.

– Sors tes mains, Eugene.

Les mains d'Eugene sont lentement sorties de la veste, la gauche vide, la droite tenant un .38 qui avait l'air deux fois plus gros qu'elle. Il l'a jeté sur le tas de sel sans que je le lui aie demandé, et il a fait le geste de remettre les mains dans ses poches. Puis il a changé d'avis et les a tendues devant lui comme s'il ne les avait jamais remarquées avant. Il a fini par les croiser sur la poitrine et il a remué les pieds. Il n'avait pas l'air de savoir trop quoi faire de sa tête non plus. Avec de rapides mouvements de rongeur, il m'a regardé, a regardé Angie, ensuite Socia, puis de nouveau l'endroit où il avait jeté le revolver, et enfin en l'air, vers le dessous vert de l'autoroute.

Malgré toutes les odeurs de sel, de gaz d'échappement et de vinasse qu'il y avait ici, la puanteur de la peur du môme flottait dans l'air comme un gros nuage.

Angie m'a regardé, et j'ai hoché la tête. Elle a disparu derrière le cône à notre gauche pendant que je surveillais Socia et Eugene. Nous savions que personne ne rôdait en haut sur l'autoroute parce que nous l'avions vérifié en longeant Mosley. Personne non plus sur le toit de la station de métro, nous l'avions noté en descendant la colline.

– Rien que moi et Eugene, a dit Socia. Personne d'autre.

Je ne voyais pas beaucoup de raisons de ne pas le croire. Socia avait davantage vieilli en trois jours que Jimmy Carter en quatre ans à la Maison-Blanche. Il avait le cheveu miteux. Ses vêtements pendaient comme sur un cintre en fil de fer, avec des taches de nourriture beigeâtres sur le lin de belle qualité. Il avait les yeux roses, des yeux de sniffeur de crack, brûlant d'adrénaline et recherchant la pénombre. Ses poignets minces tremblaient et sa peau avait la pâleur d'un ouvrage d'entrepreneur de pompes funèbres. Ses jours étaient comptés, et même lui savait qu'il avait largement dépassé la date limite.

En le regardant pendant environ un vingtième de seconde j'ai éprouvé quelque chose qui s'apparentait à de la pitié. Puis je me suis rappelé les photos dans ma veste, le garçon maigre qu'il avait tué et le robot endurci qui s'était relevé des cendres, qui ressemblait au garçon, parlait comme le garçon, mais avait laissé son âme dans une chambre de motel aux draps tachés. J'ai entendu la bande où il faisait sauter l'œil d'Anton de son orbite. J'ai vu sa femme tomber sous une grêle de balles par un doux matin d'été, les yeux voilés d'une résignation éternelle. J'ai pensé à son armée d'Eugene qui fermaient leurs yeux de verre et couraient vers la mort pour lui, inhalaient son « produit » et exhalaient leur âme, j'ai regardé Marion Socia, et il ne s'agissait pas de noir ou de blanc, il s'agissait de haine. Rien que de savoir qu'il existait me faisait haïr la nature du monde.

Il a fait un signe de la tête vers Eugene.

– Il te plaît mon garde du corps, Kenzie ? Si ça s'appelle pas racler les fonds de tiroir, hein ?

J'ai regardé le garçon, pouvant seulement imaginer ce que ces paroles faisaient aux yeux derrière les lunettes.

– Socia, ai-je dit, t'es un sale porc.

– Ouais, ouais, ouais.

Il a plongé la main dans sa poche, et je lui ai mis le .45 contre la gorge.

Il a regardé le silencieux lové contre sa pomme d'Adam.

– Tu me prends pour un idiot ? (Il a sorti une petite pipe de sa poche.) J'me fais juste un petit flash.

J'ai reculé d'un pas tandis qu'il extrayait un gros caillou de son autre poche et le plaçait dans la pipe. Il l'a allumé et il a aspiré fort, en fermant les yeux. D'une voix de grenouille il a dit :

– T'as apporté ce dont j'ai besoin ?

Il a rouvert les paupières, et le blanc de ses yeux a vacillé comme une télé en mauvais état.

Angie est venue se placer à côté de moi, et nous l'avons observé.

Il a expulsé violemment la fumée de ses poumons et a souri. Il a tendu la pipe à Eugene.

– Aaah ! Qu'est-ce que vous regardez, vous deux ? a-t-il ricané. Les moutards blancs refoulés sont choqués par le grand démon noir ?

– Ne rêve pas, Socia, a dit Angie. Tu n'es pas un démon. Tu n'es qu'un serpent de rien du tout. Putain, t'es même pas noir.

– Alors qu'est-ce que je suis, ma p'tite dame ?

– Une aberration, a-t-elle répondu en lui balançant sa cendre de cigarette sur la poitrine.

Il a haussé les épaules, enlevé la cendre de sa veste.

Eugene tirait sur la petite pipe comme si c'était un roseau pointant hors de l'eau. Il l'a rendue à Socia et a renversé la tête en arrière.

Socia a tendu le bras et m'a donné une tape sur l'épaule.

– Hé, mon gars, donne-moi ce que je viens chercher. Sauve-nous tous les deux de ce chien enragé.

– Ce chien enragé ? C'est toi qui l'as créé, Socia. Tu l'as complètement dépouillé, et puis tu ne lui as rien laissé d'autre que de la haine alors qu'il n'avait pas dix ans.

Eugene s'est mis à danser d'un pied sur l'autre et il a regardé Socia.

Socia a reniflé, il a tiré une bouffée de la pipe. La fumée s'échappait lentement aux coins de sa bouche.

– Qu'est-ce que tu sais des choses, hein, garçon blanc? Il y a sept ans, cette salope m'a retiré mon fils; elle a essayé de tout lui apprendre sur Jésus et sur la façon de se conduire avec l'homme blanc, comme s'il avait une chance à la base. Un petit nègre du ghetto. Elle a essayé de me coller une interdiction de visite. À moi. De me séparer de mon propre enfant pour pouvoir lui bourrer la tête de tout un tas de conneries sur le Rêve américain. De la merde. Le Rêve américain pour un nègre, c'est comme une photo de nana à poil dans une cellule de prison. L'homme noir dans ce monde, il est rien à moins de savoir chanter ou danser, lancer un ballon, vous amuser, vous, les blancos. (Il a tiré de nouveau sur sa pipe.) Le seul moment où vous aimez regarder un Noir, c'est quand vous êtes dans le public. Et Jenna, la salope, qui essaie de transmettre à mon fils toutes ces conneries à la oncle Tom, de lui raconter que Dieu veillera sur lui. De la merde en barre, tout ça. Un homme fait ce qu'il fait sur cette terre et c'est tout. Y a pas de comptable là-haut qui prend des notes, quoi qu'en disent les pasteurs.

Il a tapé la pipe contre sa jambe, fort, vidant les cendres et la résine, le visage congestionné.

– Allez, Kenzie, maintenant donne-moi ce truc, et Roland te laissera tranquille. Et moi aussi.

J'avais mes doutes là-dessus. Socia me laisserait tranquille jusqu'à ce qu'il soit de nouveau en sécurité, si tant est que cela arrive. Alors il commencerait à s'inquiéter de tous les gens qui savaient quelque chose sur lui, qui l'avaient vu supplier. Et il nous éliminerait tous pour préserver ses illusions sur lui-même.

Je l'ai regardé, pesant toujours le pour et le contre pour déterminer si j'avais d'autres possibilités que celle qu'il m'offrait. Il m'a rendu mon regard. Eugene s'est écarté de lui d'un pas, un petit pas, et sa main droite est allée gratter son dos.

– Allez. File-les.

Je n'avais guère le choix. Il ne faisait aucun doute que Roland me tuerait sinon. J'ai plongé ma main libre dans ma poche et j'en ai extrait l'enveloppe kraft.

Socia s'est légèrement penché en avant. Eugene se grattait toujours le dos de la main droite, et son pied gauche tapait sur le ciment. J'ai tendu l'enveloppe à Socia, et le pied d'Eugene a pris de la vitesse.

Socia a ouvert l'attache de l'enveloppe, et reculé sous le lampadaire pour contempler son œuvre.

– Des photocopies, a-t-il dit.

– Excellentes ! Je garde les originaux.

Il m'a regardé, a vu que ce n'était pas négociable et a haussé les épaules. Il les a regardées une par une, en prenant son temps, comme si c'étaient de vieilles cartes postales. À deux ou trois reprises, il a gloussé doucement.

– Socia, ai-je dit, il y a quelque chose que je ne pige pas.

Il a souri, un sourire de fantôme.

– Beaucoup de choses que tu piges pas, garçon blanc.

– Bon, à ce moment précis dans le temps, alors.

– Qu'est-ce que c'est ?

– As-tu repiqué les photos originales d'une vidéocassette ?

Il a secoué la tête.

– Super-huit amateur.

– Alors, si tu as le film original, pourquoi tous ces gens meurent-ils ?

Il a souri.

– J'ai pas l'original. La première maison que les gars de Roland ont attaquée, a-t-il ajouté en haussant les épaules, c'était une baraque que j'ai sur Warren. L'ont attaquée à la bombe incendiaire, en espérant que je serais dedans. J'y étais pas.

– Mais le film, oui ?

Il a hoché la tête, puis baissé de nouveau les yeux sur les photocopies.

Eugene se penchait en avant, tordant le cou pour essayer de voir par-dessus l'épaule de Socia. Sa main droite était enfouie sous sa veste, dans le dos, et sa gauche grattait furieusement sa hanche. Son petit corps tremblait, et j'entendais un grondement qui sortait de sa bouche, une espèce de bourdonnement grave qu'il n'était à mon avis pas conscient de produire. Quoi qu'il s'apprêtât à faire, c'était pour bientôt.

J'ai avancé d'un pas, le souffle court.

– Eh ben, a dit Socia, qu'est-ce que vous en dites ? Ce garçon aurait pu être une star de cinéma. Hein, Eugene ?

Eugene s'est décidé. Il a bondi en avant, presque comme s'il trébuchait, et sa main s'est dégagée, pistolet au poing. Il a dirigé son bras en l'air mais celui-ci a heurté le coude de Socia. Socia s'écartait lorsque je me suis avancé et que j'ai attrapé Eugene par le poignet, en pivotant pour lui rentrer mon dos dans la poitrine. Socia s'est tordu la cheville sur la chaussée. Il a basculé vers le sol, et le pistolet a retenti deux fois dans l'air immobile et humide. J'ai décoché un coup de coude dans la figure d'Eugene et j'ai entendu un craquement d'os.

Socia a rebondi contre la chaussée et a roulé dans le cône de sable, et les photocopies ont volé en une grande gerbe. Eugene a laissé tomber le pistolet. J'ai lâché son poignet glissant, et il est tombé en arrière de tout son long sur la chaussée, avec un petit bruit sec quand sa tête a heurté le ciment.

J'ai ramassé l'arme et regardé Angie. Elle était en position de tir, le bras ferme, balayant le .38 entre Socia et Eugene.

Eugene s'est assis, les mains sur les jambes, le sang coulait de son nez cassé.

Socia gisait contre le tas de sel, le corps dans l'ombre de l'autoroute. J'ai attendu, mais il n'a pas bougé.

Angie s'est approchée de lui et a baissé les yeux. Elle a voulu lui attraper le poignet et il a roulé sur le dos. Il nous a regardés et s'est mis à rire, un beuglement sonore et explosif. Nous l'avons regardé qui essayait de le maîtriser, mais c'était plus fort que lui. Il a voulu se redresser contre le cône, mais le mouvement a libéré du sel au-dessus de lui, qui a ruisselé à l'intérieur de sa chemise. Ça l'a fait rire encore plus fort. Il a glissé de nouveau dans le sel comme un homme ivre sur un matelas à eau, en y assénant des claques, et le rire se répercutait comme une onde dans l'atmosphère, couvrant momentanément le vacarme des voitures qui passaient en haut.

Il a fini par se redresser en se tenant le ventre.

– Hou là là... Y a plus personne dans ce monde à qui on peut faire confiance ? (Il a gloussé et regardé le garçon.) Eh, Eugene, combien Roland t'a payé pour me trahir ?

Eugene n'a pas semblé l'entendre. La couleur de sa peau avait pris la teinte malsaine de quelqu'un qui lutte contre la nausée. Il respirait profondément, une main sur le cœur. Il n'avait pas l'air conscient de son nez cassé, mais ses yeux étaient agrandis par l'énormité de ce qu'il venait de tenter et de ce que ça lui avait rapporté. Une terreur insondable flottait dans ses iris, et je voyais que son cerveau luttait pour la dépasser, qu'il fouillait dans son âme à la recherche du courage nécessaire pour atteindre la résignation.

Socia s'est levé et il a enlevé un peu de sel de son costume. Il a secoué la tête lentement, puis s'est penché pour ramasser les photocopies éparpillées.

– Eh ben, eh ben. Tu trouveras pas de trou assez profond ou de pays assez grand pour garer tes miches, petit. Roland ou pas Roland, t'es mort.

Eugene a regardé ses lunettes brisées qui gisaient par terre à côté de lui et il a vomi sur ses genoux.

– Vomis tant que tu veux, a dit Socia. C'est pas ça qui va t'aider.

J'avais la nuque et le bas des oreilles échauffés jusqu'à l'écœurement, le sang qui bouillonnait juste sous la peau. Au-dessus de nous, la bretelle métallique de l'autoroute a vibré au passage d'un convoi de semi-remorques qui fonçaient dans une stridente cacophonie.

J'ai baissé les yeux vers le garçon et je me suis senti fatigué – horriblement fatigué – par tout ce tourbillon de mort, de haine mesquine, d'ignorance et d'absolue indifférence qui m'avait agressé durant cette dernière semaine. J'étais fatigué de toutes ces discussions qui ne menaient nulle part : Noir contre Blanc, riche contre pauvre, méchant contre innocent. Fatigué de la malveillance et de la stupidité, et de Marion Socia et de sa cruauté désinvolte. Trop fatigué pour me soucier d'implications morales, de politique ou de quoi que ce soit à part les yeux de verre de ce garçon, par terre, qui semblait ne plus savoir pleurer. J'étais épuisé par les Socia et les Paulson, les Roland et les Mulkern de ce monde, et les fantômes de toutes leurs victimes me suppliaient dans un murmure grinçant de faire payer quelqu'un. D'y mettre fin.

Socia sautait les ombres entre les cônes.

– Kenzie, y avait combien de photos ?

J'ai basculé le chien du .45 tandis qu'au-dessus de nos têtes les pneus des camions pesaient sur le lourd métal avec une implacable fureur, fonçant vers une destination qui pouvait être à deux mille kilomètres ou la porte à côté.

J'ai regardé le nez que j'avais cassé. Quand le garçon avait-il oublié comment pleurer ?

– Kenzie. Y avait combien de photos, bordel ?

Angie me regardait fixement, et je savais que les bruits qui déchiraient l'air au-dessus de nous se déchaînaient dans sa tête également.

Socia a ramassé une autre photocopie.

– Putain, mec, y a intérêt que ce soit tout !

Le dernier des camions est passé dans un bruit de ferraille, mais le mugissement a continué, battant fiévreusement à mes tympans.

Eugene a gémi en se touchant le nez.

Angie a jeté un coup d'œil à Socia, qui cherchait par terre en marchant en crabe. Elle a reporté le regard sur moi et hoché la tête.

Socia s'est redressé et il s'est avancé vers la lumière, les photocopies à la main.

– Il va en falloir encore combien, Socia ? ai-je dit.

– Quoi ? a-t-il dit en regroupant les photocopies pour former une pile bien nette.

– Combien de gens encore vas-tu bousiller avant que ce soit enfin assez ? Avant que même *toi*, tu en sois dégoûté ?

Angie a dit :

– Vas-y, Patrick. Maintenant.

Socia a jeté un regard furtif sur elle puis sur moi, les yeux vides. Je crois qu'il ne comprenait pas le fond de ma question. Il m'a regardé en attendant que je développe. Au bout d'environ une minute, il a levé les photocopies en l'air. Son pouce a glissé sur celle du dessus, appuyant entre les cuisses nues de Roland.

– Kenzie, a-t-il dit, c'est tout ce qu'il y a, ou pas ?

– Ouais, Socia, j'ai dit, c'est tout ce qu'il y a.

J'ai braqué le pistolet et je lui ai envoyé une balle dans la poitrine.

Il a lâché les photocopies et porté une main à l'orifice, titubant en arrière mais toujours debout. Il a regardé le trou, le sang sur sa main. Il a paru surpris et, un bref instant, saisi par la peur.

– Mais pourquoi t'as fait ça, bordel? a-t-il dit en s'étranglant.

J'ai de nouveau armé le chien.

Il m'a regardé, et la peur a quitté ses yeux. Les iris se sont pailletés d'une satisfaction froide, d'une connaissance obscure. Il a souri.

Je lui ai tiré dans la tête, et le revolver d'Angie est parti au même moment. Les balles l'ont à nouveau cloué dans le tas de sel, puis il a roulé sur le dos et glissé sur le ciment.

Angie tremblait un peu, mais sa voix était ferme.

– Je crois que Devin avait raison.

J'ai baissé les yeux sur Socia.

– Comment ça?

– Il y a des gens, soit tu les tues, soit tu laisses tomber, parce que tu ne les feras jamais changer d'avis.

Je me suis penché et j'ai commencé de ramasser les photocopies.

Angie s'est agenouillée près d'Eugene, et lui a nettoyé le nez et la figure avec un mouchoir. Il ne paraissait pas surpris, ni fou de joie, ni perturbé par ce qui s'était passé. Ses yeux étaient vitreux, un peu dans le vague.

– Est-ce que tu peux marcher? lui a demandé Angie.

– Oui.

Il s'est levé en chancelant, a fermé les yeux quelques secondes, puis a expiré lentement.

J'ai trouvé la photocopie que je cherchais, je l'ai essuyée avec un peu de gravier, et je l'ai mise dans la veste de Socia. Eugene tenait bon sur ses pieds maintenant. Je l'ai regardé et je lui ai dit :

– Rentre chez toi.

Il a hoché la tête et s'est éloigné sans un mot. Il a grimpé la pente, et disparu de l'autre côté des arbustes.

Angie et moi avons pris le même chemin une minute plus tard et, pendant que nous marchions vers mon appartement, j'ai glissé mon bras autour de sa taille en essayant de ne pas y penser.

30

La dernière semaine de sa vie, la charpente d'un mètre quatre-vingt-huit de mon père pesait cinquante kilos.

Dans sa chambre d'hôpital, à trois heures du matin, j'écoutais sa poitrine cliqueter comme des éclats de verre bouillant dans une casserole. Ses expirations semblaient se frayer un chemin à travers plusieurs épaisseurs de gaze. De la salive séchée blanchissait les coins de sa bouche.

Quand il a ouvert les yeux, ses iris verts paraissaient flotter sans amarre au milieu du blanc. Il a tourné la tête dans ma direction.

– Patrick.

Je me suis penché vers le lit, l'enfant en moi toujours prudent, toujours attentif à ses mains, prêt à décamper si elles bougeaient trop brusquement.

Il a souri :

– Ta mère m'aime.

J'ai hoché la tête.

– C'est quelque chose à... (Il a toussé, et la violence de la quinte a plié sa poitrine, décollé sa tête de l'oreiller.) C'est quelque chose à emporter avec moi. Là-bas, a-t-il dit, en révulsant les yeux comme s'ils pouvaient entrevoir l'endroit où il allait.

J'ai dit :

– C'est bien, Edgar.

Sa main faible m'a tapé le bras :

– Tu me détestes toujours, n'est-ce pas ?

J'ai regardé dans ces iris à la dérive et j'ai hoché la tête.

– Qu'est-ce que tu fais de tous les trucs que les bonnes sœurs t'ont appris ? Du pardon ?

– Tu a tout épuisé, Edgar. Depuis longtemps.

La main sans force s'est tendue à nouveau, m'a effleuré l'abdomen.

– Toujours furieux pour cette petite cicatrice ?

Je l'ai regardé fixement, sans rien lui donner, lui disant qu'il ne restait plus rien à prendre, même s'il en avait la force.

Il a secoué la main d'un geste dédaigneux.

– Va te faire foutre, alors. (Il a fermé les yeux.) Pourquoi t'es venu ?

Je me suis adossé contre la chaise, j'ai regardé ce corps décharné en attendant qu'il cesse d'avoir un effet sur moi, que cette fange empoisonnée de haine et d'amour s'arrête de s'écouler à travers mon corps.

– Pour te regarder mourir, ai-je dit.

Il a souri, les yeux toujours fermés.

– Ah, a-t-il dit, un vautour. Alors, tu es le fils de ton père, finalement.

Il a dormi un moment après cela, et je l'ai regardé, écoutant le verre brisé cliqueter dans sa poitrine. J'ai compris alors que, quelle que soit l'explication que j'avais attendue toute ma vie, elle était scellée dans cette charpente décharnée, dans ce cerveau pourri, et qu'elle ne sortirait jamais. Elle allait accompagner mon père dans son voyage noir vers cet endroit qu'il voyait lorsqu'il révulsait les yeux à l'intérieur de son crâne. Toute cette connaissance obscure était sienne seulement, et il l'emportait avec lui pour avoir matière à rire pendant le trajet.

À cinq heures trente, mon père a ouvert les yeux et pointé un doigt vers moi.

– Il y a quelque chose qui brûle, a-t-il dit, il y a quelque chose qui brûle.

Ses yeux se sont agrandis et sa bouche s'est ouverte comme s'il allait hurler.

Et il est mort.

Et je le regardais, attendant toujours.

31

Il était une heure et demie, le matin du 5 juillet, quand nous avons rencontré Sterling Mulkern et Jim Vurnan au bar du Hyatt Regency de Cambridge. Le bar est une de ces salles panoramiques qui pivotent, et, tandis que nous dérivions en cercle lent, la ville scintillait, les passerelles de pierre rouge qui enjambent la Charles River me paraissaient vieilles et plaisantes, et même les briques couvertes de lierre de Harvard ne me gênaient pas.

Mulkern portait un costume gris sur une chemise blanche, pas de cravate. Jim avait un ras-du-cou en angora et un pantalon havane en coton. Aucun des deux n'avait l'air content.

Angie et moi portions notre tenue ordinaire, et aucun de nous deux n'en avait rien à faire.

– J'espère que vous avez une bonne raison pour nous appeler à cette heure, mon garçon, a dit Mulkern.

– Bien sûr, ai-je dit. Si cela ne vous ennuie pas, dites-moi s'il vous plaît quel était notre marché.

– Allons, qu'est-ce que ça signifie ? a fait Mulkern.

– Répétez les termes du contrat que nous avons passé, ai-je dit.

Mulkern a regardé Jim en haussant les épaules.

– Patrick, a dit Jim, tu sais parfaitement qu'on s'était mis d'accord sur ton tarif journalier plus les frais.

– Plus?

– Plus une prime de sept mille dollars si tu fournissais les documents volés par Jenna Angeline.

Jim était irritable; peut-être sa blonde épouse de Vassar avec la coiffure à la Dorothy Hamill le faisait-elle de nouveau dormir sur le canapé. Ou peut-être avais-je interrompu leurs ébats bi-mensuels.

– Vous m'avez avancé deux mille dollars, ai-je dit. J'ai travaillé pendant sept jours. En fait, si je voulais être tatillon, on est le matin du huitième jour, mais je vous fais une fleur. Voici la facture.

Je l'ai tendue à Mulkern.

Il y a à peine jeté un coup d'œil.

– Ridiculement cher, mais nous vous avons embauché parce qu'il paraît que vous justifiez vos tarifs.

Je me suis enfoncé dans mon siège.

– Qui a prévenu Curtis Moore à mon sujet? Vous ou Paulson?

– Qu'est-ce que tu racontes? a dit Jim. Curtis Moore travaillait pour Socia.

– Mais il s'est débrouillé pour commencer à me filer environ cinq minutes après notre première rencontre. (J'ai regardé Mulkern.) Ô combien pratique.

Les yeux de Mulkern ne révélaient rien; un homme capable de réfuter mille suppositions, aussi logiques soient-elles, du moment qu'il n'y avait pas de preuve pour les étayer. Et s'il y avait une preuve, il pouvait se contenter de dire : « Je ne me souviens pas. »

J'ai bu une gorgée de bière.

– Connaissiez-vous bien mon père?

– Je connaissais bien votre père, mon garçon, maintenant venez-en au fait.

Il a regardé sa montre.

– Vous saviez qu'il battait sa femme, qu'il maltraitait ses enfants.

Mulkern a haussé les épaules.

– Pas mon affaire.

– Patrick, a dit Jim, ta vie privée est hors de propos ici.

– Il faut bien que ce soit l'affaire de quelqu'un. (J'ai regardé Mulkern.) Si vous étiez au courant pour mon père, sénateur, en tant qu'élu, pourquoi n'avez-vous rien fait ?

– Je viens de vous le dire, mon garçon, pas mon affaire.

– C'est quoi votre *affaire*, sénateur ?

– Les documents, Pat.

J'ai redemandé :

– C'est quoi votre *affaire*, sénateur ?

– L'État, bien sûr. (Il a gloussé.) Je serais ravi de m'asseoir avec vous et de vous expliquer le concept utilitariste, Pat, mais je n'ai pas le temps. Un père qui vous donne quelques gifles, ça n'exige pas d'intervention, jeune homme.

Quelques gifles. Deux séjours à l'hôpital dans les douze premières années de ma vie.

– Vous étiez au courant pour Paulson ? ai-je repris. De tout, je veux dire ?

– Allons, jeune homme. Remplissez votre contrat, et retournons chacun à nos occupations respectives.

Sa lèvre supérieure était luisante de transpiration.

– Que saviez-vous ? Saviez-vous qu'il enculait des petits garçons ?

– Ce genre de langage n'est pas nécessaire ici, a dit Mulkern, qui a souri en regardant autour de lui.

– Dites-nous quel genre de langage convient à votre sens des bienséances, a dit Angie, et nous verrons s'il s'applique à des cas d'abus sexuels sur des enfants, de prostitution, d'extorsion et de meurtre.

– De quoi parlez-vous maintenant ? Ce sont des propos insensés que j'entends là. Des propos insensés. Donnez-moi les documents, Pat.

– Sénateur ?

– Oui, Pat ?

– Ne m'appelez pas Pat. C'est quelque chose qu'on dit à un chien, pas un nom qu'on donne à une personne.

Mulkern a reculé dans son fauteuil en roulant des yeux. De toute évidence, je ne comprenais rien à ce côté-ci de la planète.

– Mon garçon, a-t-il dit, vous...

– Que saviez-vous, sénateur ? Que saviez-vous ? Votre aide de camp se fait des petits garçons, et les gens se mettent à mourir un peu partout parce que lui et Socia avaient fait quelques films amateurs pour leur usage perso et que les choses leur ont échappé. C'est bien ça ? Et si Socia avait fait chanter Paulson pour qu'il change la nature de sa pression sur le projet de loi contre le terrorisme de rue ? Et Paulson, s'il avait bu quelques verres de trop en pleurant son innocence perdue, et que Jenna les avait trouvées, les photos de son fils en train de se faire abuser par l'homme pour qui elle travaillait ? Pour qui elle votait peut-être, même ? Que saviez-vous, sénateur ?

Il m'a regardé fixement.

– Et j'étais l'aimant, ai-je repris. N'est-ce pas ?

J'ai regardé Jim, et il m'a rendu mon regard, le visage vide de toute expression.

– J'étais censé conduire Socia et Paulson à Jenna, les aider à faire le ménage. C'est bien ça, sénateur ?

Il a enregistré ma colère et mon indignation, et il a souri. Il savait que je n'avais rien sur lui, rien que des questions et des hypothèses. Il savait que l'on ne pouvait jamais obtenir plus, et la victoire a durci ses yeux. Plus j'en demanderais, moins j'en obtiendrais. Comme ça que ça marche.

– Donnez-moi les documents, Pat, a-t-il dit.

– Faites voir le chèque, Sterl, ai-je dit.

Il a tendu la main, et Jim y a déposé un chèque. Jim me regardait comme si nous jouions ensemble au même jeu depuis des années, mais qu'il réalisait seulement maintenant que je ne comprenais rien aux règles. Il a secoué lentement la tête, telle une directrice de pensionnat. Jim aurait fait une excellente religieuse dans un bon couvent.

Mulkern a rempli l'ordre du chèque, mais non le montant.

– Les documents, Pat.

Je me suis penché et je lui ai tendu l'enveloppe kraft. Il l'a ouverte, en a sorti les photos, les a gardées sur ses genoux.

– Pas de photocopies, cette fois-ci ? Je suis fier de vous, Pat.

– Signez le chèque, sénateur.

Il a regardé le reste des photos, a souri tristement en s'attardant sur l'une d'elles, et les a remises dans l'enveloppe. Il a repris son stylo, l'a tapoté doucement contre le dessus de la table.

– Pat, a-t-il dit, je crois que vous avez besoin d'une leçon pour vos manières. Oui. Donc je vais couper votre prime en deux. Qu'est-ce que vous en dites ?

– J'ai fait des photocopies.

– Les photocopies n'ont aucune valeur juridique.

– Mais ça peut faire un sacré foin.

Il m'a regardé, m'a jaugé en une seconde, et a secoué la tête. Il s'est penché vers le chèque.

J'ai dit :

– Appelez Paulson. Demandez-lui laquelle manque.

Le stylo s'est arrêté.

– Manque ? a-t-il dit.

– Manque ? a répété Jim.

– Manque ? a dit Angie, rien que pour faire sa maligne.

J'ai acquiescé.

– Manque. Paulson pourra vous dire qu'il y en avait vingt-deux en tout. Vous en avez vingt et une dans cette enveloppe.

– Et où peut-elle bien être ? a demandé Mulkern.

– Signez le chèque, tête de nœud, et vous le saurez.

Je ne crois pas que Mulkern s'était jamais fait traiter de « tête de nœud » de sa vie. Il n'avait pas l'air d'en raffoler non plus, mais peut-être qu'il s'y ferait.

– Donnez-la-moi, a-t-il dit.

– Signez ce chèque, sans « leçon pour mauvaises manières », et je vous dirai où elle est.

– Ne le signez pas, sénateur, a dit Jim.

– Tais-toi, Jim, a dit Mulkern.

– Ouais, tais-toi, Jim, ai-je dit. Va chercher un os au sénateur.

Mulkern m'a regardé dans le blanc des yeux. Ça semblait être sa principale technique d'intimidation, mais c'était peine perdue avec quelqu'un qui avait passé les quelques derniers jours à se faire tirer dessus. Il lui a fallu quelques minutes, mais je crois qu'il a pigé.

– Quoi qu'il arrive, a-t-il dit, je vous briserai.

Il a signé le chèque avec le montant correct et me l'a tendu.

– Crotte alors, j'ai dit.

– Donnez la photo.

– Je vous ai dit que je vous dirais où elle est, sénateur. Je n'ai jamais dit que je vous la donnerais.

Mulkern a fermé un instant les yeux en respirant bruyamment par le nez.

– Bien. Où est-elle ?

– Juste là, a dit Angie, en tendant le doigt vers l'autre bout du bar.

Richie Colgan a pointé la tête de derrière une plante verte. Il nous a fait signe de la main, puis il a regardé Mulkern et il a souri. Un grand sourire. Les commissures des lèvres lui remontaient quasi jusqu'aux paupières.

— Non, a fait Mulkern.

— Si, a dit Angie en lui tapotant le bras.

— Regardez les choses du bon côté, Sterl, ai-je dit, vous n'avez pas eu besoin de faire de chèque à Richie. Il vous nique gratos.

Nous nous sommes levés.

— Vous êtes grillés dans cette ville, a dit Mulkern. Vous ne pourrez même pas toucher l'aide sociale.

— Sans blague ? Peste alors, autant que j'aille trouver Richie et que je lui dise que vous m'avez donné ce chèque pour vous avoir aidé à couvrir votre implication dans toute cette affaire.

— Et qu'est-ce que ça vous apporterait ? a dit Mulkern.

— De vous mettre dans la position où vous êtes prêt à me mettre. Et j'aime autant vous dire que ça me ferait bicher.

Je me suis penché, j'ai attrapé ma bière et je l'ai finie.

— Vous voulez toujours démolir mon nom, Sterl ?

Mulkern tenait l'enveloppe à la main.

— Paulson est un homme bien, a-t-il dit. Un bon politicien. Et ces photos datent de sept ans. Pourquoi ramener tout ça à la surface ? C'est de l'histoire ancienne.

J'ai souri et je l'ai cité :

— « Tout sauf hier paraît jeune, sénateur. »

J'ai donné un coup de coude à Jim.

— N'est-ce pas toujours le cas ?

32

Nous avons tenté d'avoir une conversation avec Richie dans le parking, mais c'était comme d'essayer de parler à quelqu'un qu'on verrait passer en avion. Il se balançait sur ses pieds et n'arrêtait pas de nous couper la parole en disant « retiens cette idée, s'il te plaît ». Puis il chuchotait quelque chose dans son magnétophone portatif. Probable qu'il a écrit les trois quarts de son papier debout dans le parking du Hyatt Regency.

Nous nous sommes dit bonne nuit, et il a regagné sa voiture en rebondissant sur la plante des pieds tout du long. Nous avions peut-être tué Socia, mais Richie allait enterrer Paulson.

Nous sommes rentrés en taxi ; les restes des feux d'artifice jonchaient les rues calmes ; le vent portait une odeur de poudre âpre et forte. L'excitation qu'il y avait eu à enterrer le bouc émissaire de Mulkern sous ses yeux commençait déjà à se dissiper, elle s'écoulait du taxi vers ces rues désolées, se perdait quelque part dans les ombres qui nous recouvraient entre les lampadaires.

Lorsque nous sommes arrivés chez moi, Angie est allée droit au frigo et elle a sorti une bouteille de blanc californien de la porte. Elle a aussi pris un verre, bien qu'à la regarder le boire, ça n'eût pas l'air très fondé ; la seule façon dont elle aurait pu le descendre plus vite, ç'aurait été en intraveineuse. J'ai sorti deux bières, et nous nous sommes assis au salon, fenêtres ouvertes, en écoutant le vent pousser une cannette de bière le long de l'avenue, la renverser sur l'asphalte, la rouler peu à peu vers le coin.

Je savais que, dans une semaine environ, je me remémorerais tout cela avec plaisir, que je savourerais l'expression de Mulkern quand il s'était rendu compte qu'il venait de me payer une forte somme pour lui foutre sa vie en l'air. J'étais parvenu à accomplir le plus rare des exploits : j'avais fait payer quelqu'un de la Chambre. Dans une semaine environ, ce serait un sentiment agréable. Pas maintenant, pourtant. Maintenant, nous étions confrontés à quelque chose d'entièrement autre, et l'air était chargé du poids imminent de nos propres consciences.

Angie en était à la moitié de la bouteille quand elle a dit :

– Qu'est-ce qui se passe ?

Elle s'est levée en tenant la bouteille entre l'index et le majeur, ballottant contre sa cuisse.

Je me suis levé, pas certain d'être déjà prêt à affronter cela. J'ai pris deux autres bières, je suis revenu.

– Nous avons tué quelqu'un, ai-je dit.

À entendre, ça paraissait simple.

– De sang-froid.

– De sang-froid.

J'ai ouvert une bière, posé l'autre par terre à côté du fauteuil.

Elle a vidé son verre, s'est resservie.

– Il n'était pas dangereux pour nous.

– Pas à ce moment-là, non.

– Mais nous l'avons tué quand même.

– Nous l'avons tué quand même, ai-je dit.

C'était abrutissant et répétitif, comme conversation, mais j'avais l'impression que nous nous efforcions tous les deux de dire exactement ce que nous avions fait, sans pipeau, sans mensonges qui reviendraient nous hanter plus tard.

– Pourquoi ? a-t-elle demandé.

– Parce qu'il nous répugnait. Moralement.

J'ai bu un peu de bière. Ç'aurait pu être de l'eau pour ce que je faisais attention à son goût.

– Beaucoup de gens nous répugnent moralement, a-t-elle dit. On va les tuer aussi ?

– Je ne crois pas.

– Pourquoi pas ?

– Pas assez de balles.

– J'ai pas envie de plaisanter là-dessus. Pas maintenant.

Elle avait raison.

– Excuse-moi, ai-je dit.

Elle a dit :

– Dans la même situation, nous le referions.

J'ai pensé à Socia tenant la photo, passant le doigt entre les jambes de son fils.

– Oui, ai-je dit.

– C'était un prédateur.

J'ai hoché la tête.

– Il a permis qu'on abuse de son enfant contre de l'argent, alors nous l'avons tué.

Elle a bu encore un peu de vin, ne l'inhalant plus tout à fait. Elle était debout au milieu de la pièce, pivotant lentement sur son pied gauche de temps à autre, avec la bouteille qui oscillait comme un pendule entre ses doigts.

– En gros, c'est ça, ai-je dit.

– Paulson faisait des choses semblables. Il a abusé de cet enfant, et sans doute de centaines d'autres. Nous le savions. Nous ne l'avons pas tué.

– Tuer Socia a été une impulsion. Nous ne savions pas que nous allions le faire quand nous l'avons rencontré.

Elle a ri, un rire bref et dur.

– On le savait pas, hein ? Alors, pourquoi on a pris un silencieux avec nous ?

J'ai laissé la question tomber entre nous, essayé de ne pas y répondre. Pour finir, j'ai dit :

– Peut-être qu'on est allés là-bas en sachant qu'on le tuerait si on avait la moitié d'une excuse. Il le méritait.

– Paulson aussi. Il est en vie.

– On irait en prison si on tuait Paulson. Socia ne comptait pour personne. Ils mettront ça sur le compte de la guerre des gangs, et ils seront contents qu'il ne soit plus là.

– Bien pratique pour nous.

Je me suis levé, j'ai marché jusqu'à elle. Je lui ai mis les mains sur les épaules, et j'ai arrêté son lent pivotement. J'ai dit :

– Nous avons tué Socia sur une impulsion. (Si je le répétais assez, peut-être que ça deviendrait vrai.) Nous ne pouvions pas descendre Paulson. Il est trop retranché. Mais nous nous sommes occupés de lui.

– De manière très civilisée.

Elle a dit « civilisée » comme certaines personnes disent « impôts ».

– Oui, ai-je dit.

– Donc nous nous sommes occupés de Socia selon les lois de la jungle, et nous avons expédié Paulson conformément aux lois de la civilisation.

– Exactement.

Elle m'a regardé dans les yeux, et les siens étaient noyés d'alcool, de fatigue et de fantômes.

– La civilisation a l'air d'être quelque chose que nous choisissons quand ça sert nos objectifs, a-t-elle dit.

Je pouvais difficilement trouver à redire. Un maquereau noir était mort et un pédophile blanc préparait un communiqué de presse quelque part devant une bouteille de Chivas, tout aussi coupables l'un que l'autre.

Les gens comme Paulson pourraient toujours se cacher derrière le pouvoir. Ils pouvaient risquer la disgrâce, ils pouvaient même tirer six mois dans un country club fédéral et subir l'opprobre du public, mais ils étaient en vie. Paulson avait en fait des chances de s'en sortir indemne. Il y a quelques années, un membre du Congrès qui avait admis avoir eu des rapports sexuels avec un garçon de quinze ans avait été réélu. J'imagine que pour certaines personnes, même le détournement de mineurs est quelque chose de relatif.

Et les gens comme Socia pouvaient glisser entre les mailles un certain temps, voire longtemps. Ils tuaient, mutilaient, rendaient la vie de leur entourage laide et morne, mais, tôt ou tard, en général, ils finissaient comme Socia lui-même : ils perdaient leur cervelle sous une bretelle d'autoroute. Ils finissaient en page 13 de la section locale, et les flics haussaient les épaules et ne se démenaient pas pour retrouver leurs tueurs.

L'un disgracié, l'autre mort. L'un qui vit, l'autre mort. L'un Blanc, l'autre mort.

Je me suis passé la main dans les cheveux, j'ai senti la crasse et le gras de la veille, perçu l'odeur des ordures et des déchets sur mes doigts. À ce moment-là, j'ai véritablement haï le monde et tout ce qu'il contenait.

L.A. brûle, et dans tant d'autres villes, le feu couve en attendant le jet d'essence qui arrosera les braises, et nous écoutons des politiciens qui alimentent notre haine et notre étroitesse d'esprit, qui nous disent qu'il s'agit simplement de revenir aux vraies valeurs, alors qu'eux sont assis dans leurs propriétés de bord de mer à écouter les vagues pour ne pas avoir à entendre les cris des noyés.

Ils nous disent que c'est une question de race, et nous les croyons. Ils appellent ça une « démocratie », et nous hochons la tête, tellement contents de nous-mêmes. Nous blâmons les Socia, nous nous moquons parfois des Paulson, mais nous votons toujours pour les Sterling Mulkern. Et en certains instants de quasi-lucidité, nous nous demandons pourquoi les Mulkern de ce monde ne nous respectent pas.

Ils ne nous respectent pas car nous sommes leurs enfants maltraités. Ils nous baisent matin, midi et soir, et, tant qu'ils nous bordent en nous embrassant, tant qu'ils nous chuchotent à l'oreille : « Papa t'aime, Papa va s'occuper de toi », nous fermons les yeux et nous nous endormons, troquant nos corps, nos âmes, contre les vernis rassurants de la « civilisation » et de la « sécurité », fausses idoles de notre rêve humide du xxᵉ siècle.

Et c'est sur notre foi en ce rêve que comptent les Mulkern, les Paulson, les Socia, les Héros de ce monde. C'est ça, leur connaissance obscure. C'est comme ça qu'ils gagnent.

J'ai souri faiblement à Angie.

— Je suis fatigué, ai-je dit.

— Moi aussi. (À son tour, elle m'a souri faiblement.) Épuisée.

Elle s'est dirigée vers le canapé, a déplié le drap que j'avais laissé dessus.

— On démêlera ça un jour, hein ?

— Ouais. Un jour, ai-je répondu en me dirigeant vers ma chambre. Bien sûr.

33

La photographie que nous avions donnée à Richie montrait le sénateur Paulson dans toute sa gloire. Elle montrait très clairement ce dont il tirait sa gloire. Le corps de Roland occupait un tiers du cadre, et on avait une bonne idée de son âge, de la jeunesse du corps sous Paulson. Aucun doute sur son sexe. Mais, à la différence de la plupart des autres photos, on ne voyait pas le visage de Roland, juste ses petites oreilles et sa petite tête. Socia était debout dans la chambre, il regardait avec une expression d'ennui, en fumant une cigarette.

Le *Trib* a passé la photo avec les flous et les barres noires voulus aux endroits que vous pouvez imaginer. À côté de la photographie, il y en avait une autre : une de Socia couché sur le dos dans le gravier, le corps comme une poupée gonflable que quelqu'un aurait oublié de gonfler. Il avait la tête rejetée en arrière, la petite pipe encore à la main. Au-dessus de cette photo, il y avait cette légende : L'HOMME DE LA PHOTO DE PAULSON TUÉ DANS UN RÈGLEMENT DE COMPTES.

En plus de sa rubrique, Richie signait aussi l'article sur le meurtre de Socia. Il disait que la police n'avait pas encore de suspect pour le moment, et que toutes les empreintes pouvaient avoir été brouillées si le tueur avait eu le bon sens de se frotter les mains dans le gravier avant de toucher à quoi que ce soit. Le tueur l'avait eu. Il signalait que la photocopie de la photo de Paulson avait été découverte dans la veste en lin couverte de sang de Socia. Il signalait le mariage de droit coutumier liant Socia à Jenna Angeline, qui travaillait comme femme de ménage pour, notamment, les sénateurs Paulson et Mulkern. Le journal repassait aussi la photo de sa mort, avec la Chambre qui se dessinait derrière elle.

C'était le plus grand scandale depuis que le proc avait foiré l'affaire Charles Stuart. Peut-être plus grand. Il nous faudrait attendre que tout sorte au grand jour.

Une chose qui ne sortirait pas au grand jour, c'était Roland. Je doute que Paulson ait connu l'identité de l'enfant avec lequel il se trouvait ce jour-là ; au fil des années suivantes, je suis sûr qu'il y en a eu tant d'autres. Et quand bien même il la connaissait, je doute qu'il l'aurait crié sur les toits. Socia n'était pas près de faire beaucoup de déclarations publiques ces jours-ci, et Angie et moi étions claire-ment en dehors de l'affaire.

Richie était un sacrément bon journaliste. Il reliait Paulson à Socia et Socia à Jenna avant la fin du troi-sième paragraphe, puis il observait qu'il avait été consigné lors de la session législative de vendredi que Paulson avait fait une motion demandant un jour de congé supplémentaire, précisément le jour où le projet de loi contre le terrorisme de rue devait venir en discussion. Richie n'insinuait jamais rien, n'accusait jamais. Il se contentait d'aligner les faits l'un après l'autre sur la table du petit déjeuner des gens, et il les laissait tirer leurs propres conclusions.

J'avais mes doutes quant au nombre de gens qui saisiraient, mais je me suis dit qu'il y en aurait assez pour piger.

Paulson était censé être en vacances dans la maison familiale de Marblehead, mais, le temps que je trouve le journal du matin à la télé, Devin et Oscar étaient devant les caméras à Marblehead. Oscar disait :

– Le sénateur Paulson a une heure pour se livrer à la police de Marblehead, ou nous allons le chercher.

Devin ne disait rien. Il était debout à côté de son collègue, rayonnant, un cigare de la taille d'un Boeing à la bouche.

Le journaliste a dit à Oscar :

– Sergent Lee, votre coéquipier a l'air plutôt content de tout ça.

– Il est tellement heureux, a dit Oscar, qu'il ne sait pas s'il a envie de chier ou de...

Ils ont passé un flash publicitaire.

J'ai changé de chaîne et j'ai vu Mulkern sur la Sept. Il montait les marches de la Chambre avec une armée de gens qui trottaient à côté de lui, et Jim Vurnan qui essayait de suivre quelques pas derrière. Il a fendu la masse des micros comme une rame dans une mer morte, une mélopée de « Pas de commentaires » s'échappant de ses lèvres tout le temps qu'il franchissait les portes d'entrée. J'espérais vaguement qu'il mette un peu d'animation, qu'il balance un petit « Je ne me souviens pas » çà et là pour briser la monotonie, mais j'imagine que me faire plaisir ne figurait pas en haut de sa liste de « choses à faire » du matin.

Angie était réveillée depuis quelques minutes, le visage appuyé contre le bras du canapé où elle avait dormi, les yeux gonflés de sommeil, mais vifs.

– Quelquefois, Skid, a-t-elle dit, ce boulot est pas dégueu.

J'étais assis par terre au pied du canapé. Je l'ai regardée :

– Tu as toujours les cheveux qui se dressent sur la tête le matin au réveil ?

Pas le truc malin à dire quand on est assis près du pied de quelqu'un. Ma parole suivante a été « Aïe ».

Elle s'est levée, m'a balancé le drap sur la figure et a dit :

– Café ?

– Ce serait super, ai-je répondu en écartant le drap.

– Alors fais-en assez pour nous deux, tu veux ?

Elle a titubé jusqu'à la salle de bains, et ouvert la douche.

Sur la Cinq, les deux présentateurs étaient arrivés de bonne heure et promettaient de rester avec moi jusqu'à ce que tous les faits soient connus. J'ai eu envie de leur dire qu'ils étaient bons pour se faire livrer des pizzas au studio pendant les dix années à venir si c'était ça qu'ils attendaient, mais j'ai laissé glisser. Ils pigeraient bien tout seuls.

Ken Mitchum, sur la Sept, disait que c'était peut-être le plus grand scandale depuis les années Curly.

Le temps de passer sur la Six, ils en étaient à la comparaison avec Charles Stuart, mettant en parallèle la coloration raciale des deux affaires. Ward souriait en rapportant cela, mais Ward sourit tout le temps. Laura, en revanche, faisait la gueule. Laura est noire ; je la comprenais.

Angie est sortie de la douche, fraîchement vêtue d'un short gris à moi et d'un sweartshirt Polo Ralph Lauren blanc. Le sweatshirt m'appartenait aussi, mais que je sois damné s'il ne lui allait pas mieux qu'à moi.

– Où est mon café ? a-t-elle demandé.

– Avec la cloche. Dis-le-moi, quand tu les auras trouvés tous les deux.

Elle a froncé les sourcils, tout en se brossant les cheveux, la tête penchée sur un côté.

La photographie du corps de Socia est apparue sur l'écran. Elle a arrêté un instant de se brosser.

– Comment tu te sens ? ai-je dit.

Elle a fait un geste de la tête vers la télévision.

– Bien, tant que je n'y pense pas. Allez, viens, sortons d'ici.

– Pour aller où ?

– Ben, je ne sais pas pour toi, bébé, mais, moi, j'ai envie de dépenser un peu de cet argent de la prime. Et puis, a-t-elle ajouté en se redressant et en rejetant ses longs cheveux en arrière, il faut qu'on aille voir Bubba.

– As-tu envisagé la possibilité qu'il soit fâché contre nous ?

Elle a haussé les épaules :

– Il faut bien mourir un jour, non ?

J'ai pris une console Gameboy Nintendo pour Bubba, et j'ai acheté un paquet de jeux *Tuez-les-Terroristes-Rouges* pour aller avec. Angie lui a acheté une poupée Freddy Krueger et cinq revues porno.

Il y avait un policier qui montait la garde devant sa porte, mais, après avoir passé quelques coups de fil, il nous a autorisés à entrer. Bubba était en train de lire un exemplaire usé des *Recettes de l'anarchiste* quand nous sommes entrés, d'apprendre toutes sortes de chouettes nouveaux moyens pour fabriquer une bombe à hydrogène dans son arrière-cour. Il a levé les yeux, et, pendant la plus longue seconde de ma vie, je n'ai pas su s'il était fâché ou non.

– Il était temps que quelqu'un que j'aime se pointe, a-t-il dit.

J'ai réappris à respirer.

Je ne l'avais jamais vu aussi pâle, et tout le côté gauche de sa poitrine ainsi que son bras étaient dans le plâtre, mais, si vous enlevez le plâtre, j'ai vu des gens avec un gros rhume qui avaient l'air en moins bonne santé. Angie s'est penchée et l'a embrassé sur le front, puis brusquement elle a tiré sa tête contre sa poitrine et l'a tenue là un instant, les yeux fermés.

– J'étais inquiète pour toi, espèce de malade.

– Ce qui me tue pas me fait juste saigner.

Bubba. Toujours si profond.

– Une poupée Freddy Krueger ! a-t-il dit. Trop canon ! (Il m'a regardé.) Et toi, crapule, tu m'as apporté quoi ?

Nous sommes partis au bout d'environ une demi-heure. Les médecins avaient pensé au départ qu'il resterait au moins une semaine aux soins intensifs, mais ils disaient maintenant que dans deux jours il pourrait sortir. Bien sûr, il risquait une mise en examen, mais, comme il nous l'a assuré :

– Qu'est-ce que c'est, un témoin ? Non, vraiment. J'en ai jamais vu. C'est ces gens qui ont toujours l'air pris d'amnésie juste quand je suis censé passer en justice ?

Nous avons descendu Charles Street et sommes entrés dans Back Bay, la carte de crédit d'Angie faisant des ravages sur son passage. Bonwitt Teller n'a pas pu résister. Elle a attaqué le magasin tel un cyclone, et, quand nous en sommes repartis, nous emportions la moitié du rez-de-chaussée dans des sacs en papier.

J'ai fait une demi-heure de shopping chez Eddie Bauer, encore vingt minutes au Banana Republic de Copley Place, et j'avais l'estomac qui commençait à se retourner, dans cette atmosphère de cascades de marbre dégoulinant sur trois étages, de fenêtres en or massif et de chaussettes à losanges à quatre-vingt-cinq dollars dans les étalages de Neiman-Marcus. Si Donald Trump gerbait, ce serait sans doute Copley Place qui giclerait dans la cuvette.

Nous sommes sortis de là par l'entrée de derrière, qui est le meilleur endroit en ville pour trouver un taxi en milieu d'après-midi. Nous étions en train d'essayer de décider où aller déjeuner quand j'ai aperçu Roland debout au pied de l'Escalator, son immense charpente s'étirant paresseusement en travers du chemin, un bras dans le plâtre, un œil fermé et l'autre qui nous regardait fixement.

J'ai passé la main sous les pans de ma chemise et j'ai empoigné le neuf millimètres, froid contre mon ventre mais chaud dans ma main.

Roland a reculé :

– Je veux vous parler.

J'ai gardé la main sur l'arme.

– Ben, parle, a dit Angie.

– Venez faire un tour avec moi.

Il s'est retourné et il est sorti par la porte à tambour.

Je ne sais pas très bien pourquoi nous l'avons suivi, mais nous l'avons suivi. Le soleil tapait fort et l'air était chaud mais pas trop humide, tandis que nous remontions Dartmouth, nous éloignant des hôtels surannés, des boutiques pittoresques et des yuppies qui sirotaient des cappuccinos au milieu d'une illusion de civilisation. Nous avons traversé Columbus Avenue et sommes descendus par le South End, et au bout d'un moment les *brownstones* rénovés ont cédé la place à ceux qui avaient moins belle allure, ceux qui n'avaient pas encore été touchés par l'esprit conquérant de la clique Perrier-plantes vertes. Nous avons continué de marcher, sans qu'aucun de nous ne dise un mot, nous enfonçant plus avant vers Roxbury. Dès que nous en avons franchi la limite, Roland a dit :

– Je veux juste vous parler une minute.

J'ai regardé autour de moi, n'ai rien vu qui me réconforte, mais d'une certaine façon je lui faisais confiance. Ayant vérifié dans le creux de son bras en écharpe et n'y ayant pas vu de revolver, j'avais une raison concrète de le faire. Mais il n'y avait pas que ça. De ce que je savais de Roland, il n'était pas comme son père. Il ne vous attirait pas dans la mort en vous berçant de quelques paroles aux inflexions d'hypnotiseur. Il vous attaquait direct et vous expédiait dans votre cercueil.

Une autre chose que je ne pouvais pas rater, c'est que ce môme était immense. Je ne l'avais jamais vu debout de si près, et c'était quasi impressionnant. Il approchait le mètre quatre-vingt-quinze, et chaque centimètre carré de la peau de son corps était tendu sur des boules de muscles. Je fais un mètre quatre-vingt-cinq et j'avais l'impression d'être un nain.

Il s'est arrêté dans un terrain vague délabré, un chantier de construction qui attendait son heure, le prochain endroit dont le grand capital s'emparerait pour gagner du terrain, encore et toujours plus de terrain, repoussant Roxbury vers l'ouest ou vers l'est jusqu'à ce qu'il devienne un nouveau South End, un autre endroit où aller prendre un verre et écouter de la musique underground. Et les habitants rouleraient eux aussi vers l'est ou vers l'ouest pendant que les politiciens couperaient des rubans, serreraient la main à des entrepreneurs et parleraient de progrès, invoqueraient avec fierté des statistiques de criminalité en baisse dans le secteur, tout en ignorant les statistiques de criminalité en hausse dans les secteurs où les déplacés se seraient installés. Roxbury redeviendrait un joli mot; Dedham ou Randolph, un vilain mot. Et un autre quartier disparaîtrait.

– Vous deux, vous avez tué Marion, a dit Roland. Nous n'avons rien dit.

– Vous avez pensé que ça... me ferait plaisir? C'est ça? Que ça me tiendrait à distance?

– Non, ai-je dit. Ça n'avait pas grand-chose à voir avec toi sur le moment, Roland. Il nous foutait les boules. Aussi simple que ça.

Il m'a regardé, puis il a porté le regard au-delà du terrain. Nous n'étions pas trop loin des immeubles délabrés dans lesquels ils nous avait poursuivis la nuit d'avant. Tout autour de nous, il n'y avait que des bâtiments en ruine et des embryons de chantiers. À guère plus d'un jet de pierre de Beacon Hill.

Il a semblé lire dans mes pensées.

– C'est exact, a-t-il dit. On est sur le pas de ta porte.

J'ai regardé en arrière, aperçu le profil des bâtiments de la ville qui miroitait dans un soleil de milieu d'après-midi, qui paraissait assez proche pour qu'on puisse l'embrasser. Je me suis demandé quel effet ça faisait de vivre ici, aussi près, en sachant qu'on ne pourrait jamais y goûter. Pas gratuitement. Quelques kilomètres et un monde de distance. J'ai dit :

– Enfin, bon.

– Vous ne pouvez pas continuer à nous faire ça indéfiniment, a dit Roland. Pouvez pas nous retenir.

– Roland, c'est pas « nous » qui t'avons créé. N'essaie pas de mettre ça aussi sur le dos de l'homme blanc. C'est ton père et toi qui avez fait ce que tu es.

– Et qu'est-ce que je suis ? a-t-il dit.

J'ai haussé les épaules.

– Une machine à tuer de seize ans.

– Exact, putain. Exact. (Il a craché par terre à gauche de mon pied.) Mais j'ai pas toujours été comme ça.

J'ai pensé au garçon maigre sur les photos, essayé d'imaginer quelles pensées bienveillantes, peut-être même pleines d'espoir, avaient traversé son cerveau avant que quelqu'un ne le grille, ne surcharge les circuits jusqu'à ce que le bon soit obligé de partir rien que pour faire place à tout le mauvais. J'ai regardé l'homme de seize ans qui était devant moi, cette pierre lourde, massive, à l'œil abîmé et au bras dans le plâtre. Je n'arrivais pas, malgré tous mes efforts, à relier les deux.

– Ouais, bon, ai-je dit, on a tous été des petits garçons, Roland. (J'ai regardé Angie.) Et des petites filles, aussi.

– L'homme blanc... a commencé Roland.

Angie a laissé tomber son sac et elle a dit :

– Roland, nous n'allons pas écouter ce discours à la con. Nous savons tout sur l'homme blanc. Nous savons qu'il a le pouvoir et nous savons que l'homme noir ne l'a pas. Nous savons comment marche le monde et nous savons que c'est pourri. Nous savons tout ça. Nous ne sommes pas trop contents de nous-mêmes non plus, seulement voilà. Et peut-être que si tu avais quelques suggestions sur le moyen d'améliorer les choses, on aurait de quoi discuter. Mais tu tues des gens, Roland, et tu vends du crack. Ne t'attends pas à des violons.

Il lui a souri. Ce n'était pas le sourire le plus chaleureux que j'aie jamais vu – Roland a à peu près autant de chaleur en lui qu'une calotte glaciaire –, mais il n'était pas complètement froid non plus.

– Peut-être, peut-être, a-t-il dit.

De sa main libre, il s'est gratté juste au-dessus du plâtre.

– Vous avez gardé... ce truc à l'écart des journaux, alors peut-être que vous croyez que je vous suis redevable. (Il nous a regardés.) C'est pas le cas. Je dois rien à personne, parce que je demande rien.

Il s'est frotté la peau à côté de son œil abîmé.

– Seulement je ne vois pas tellement l'intérêt de vous tuer non plus.

J'ai dû me rappeler qu'il avait seize ans.

– Roland, ai-je dit, il y a un truc que j'aimerais te demander.

Il a froncé les sourcils, eu tout à coup l'air de s'ennuyer.

– Vas-y.

– Toute cette haine, toute cette colère en toi... est-ce qu'elles t'ont quitté en partie quand tu as appris que ton père était mort ?

Il a retourné un bloc de parpaing avec le pied et haussé les épaules.

– Non. Peut-être que si j'avais pu appuyer moi-même sur la détente, dans ce cas peut-être.

J'ai secoué la tête.

– Ça marche pas comme ça.

Il a donné un coup de pied dans un autre morceau de parpaing.

– Non, a-t-il dit, j'imagine que non.

Il a regardé au-delà des mauvaises herbes et des immeubles bordant l'autre côté du terrain, passé les pans de brique éventrés, hérissés de tortillons de métal soudé qui dépassaient comme des drapeaux.

Son empire.

– Vous deux, vous rentrez chez vous, a-t-il dit. On s'oublie mutuellement.

– Ça marche, ai-je dit.

Mais j'avais le sentiment que je n'oublierais jamais Roland, même après avoir lu son avis de décès.

Il a hoché la tête, plus pour lui-même qu'à notre intention, et il a commencé de s'éloigner. Il avait gravi la pente d'un petit monticule de déchets industriels quand il s'est arrêté, nous tournant le dos. Quelque part, pas très loin, une sirène a retenti avec un son creux. Il a dit :

– Ma mère, elle était bien. Elle était correcte.

J'ai pris la main d'Angie.

– C'est vrai, ai-je dit, mais personne n'a jamais eu besoin d'elle.

Ses épaules ont légèrement bougé, peut-être en un haussement, peut-être autre chose.

– On peut pas dire, non, a-t-il répondu, avant de se remettre à marcher.

Il a traversé le terrain vague sous nos yeux, rapetissant lentement au fur et à mesure qu'il approchait des immeubles. Prince solitaire en route vers son trône, se demandant pourquoi le goût du pouvoir n'était pas aussi doux qu'il aurait dû l'être.

Nous l'avons regardé disparaître par une porte obscure tandis qu'une brise – fraîche pour cette période de l'été – arrivait de l'océan et poussait vers le nord, soufflait devant l'immeuble, devant nous avec des doigts glacés qui nous ébouriffaient les cheveux et nous agrandissaient les yeux, avançait vers le cœur de la ville. La main chaude d'Angie a serré la mienne, nous avons fait demi-tour et contourné les gravats, et suivi la brise vers notre partie de la ville.

Rivages/noir

Rivages/Mystère

John Dickson Carr
En dépit du tonnerre (n° 5)

Jacques Futrelle
Treize enquêtes de la machine à penser (n° 29)

Edward D. Hoch
Les Chambres closes du Dr Hawthorne (n° 34)

William Kotzwinkle
Fata Morgana (n° 2)

Alexis Lecaye
Einstein et Sherlock Holmes (n° 19)

John P. Marquand
À votre tour, Mister Moto (n° 4)

Kai Meyer
La Conjuration des visionnaires (n° 33)

Thomas Owen
L'Initiation à la peur (n° 36)

Anthony Shaffer
Absolution (n° 10)

J. Storer-Clouston
*La Mémorable et Tragique Aventure
de Mr Irwin Molyneux* (n° 11)

Rex Stout
Le Secret de la bande élastique (n° 1)
La Cassette rouge (n° 3)
Meurtre au vestiaire (n° 6)

Hake Talbot
Au seuil de l'abîme (n° 38)

Josephine Tey
Le plus beau des anges (n° 7)